Adrian S

Hedigers letzter Tag

Ready du Teigaff!?

Roman

cantonadi@yahoo.fr

Bibliografische Information der Deutschen Nationalbibliothek:
Die Deutsche Nationalbibliothek verzeichnet diese Publikation in der Deutschen Nationalbibliografie; detaillierte bibliografische Daten sind im Internet über http://dnb.dnb.de abrufbar.

Copyright © 2016 Adrian Stürm
Illustration: Titelbild Copyright © 2001, Adrian Stürm, *'Soirée en Lorraine'*
3. Auflage, 2017
Herstellung und Verlag: BoD - Books on Demand, Norderstedt

ISBN: 978-3-7412-7923-2

In Memoriam
Hans W.

Great stay at the Harbour View House.

Best
Alain R.

Prolog

Marcel Hediger hat ein Leben lang Witze und Geschichten erzählt. Doch das Erzählen ist ihm vergangen. Er erzählt keine Witze mehr. Er spricht überhaupt nicht mehr. Er, oder was von ihm übrig geblieben ist, hängt einfach nur noch still im nackten Raum, einen halben Meter über dem Boden, und schweigt.

Keine der vielen, einst von ihm zum Leben erweckten alten Geschichten kommen über seine Lippen – auch keine neue. Er ist tot. Er war schon tot, tot bevor er endgültig gestorben ist. Er war seit fünf Jahren tot, um treffend zu sein – seit jenem Tag, der alles verändert hatte.

Jetzt, da er endlich das Zeitliche gesegnet hat, wird er für die Nachwelt zum Leben erweckt und beginnt zu leben – und das nicht grundlos. Mehr als 1000 Tage nach seinem Dahinscheiden wird sein Fall zu den Akten gelegt und als ungelöst klassifiziert werden. Jetzt wird er weiterleben, jetzt erst recht, was ja seine Absicht gewesen ist. Als Teil seiner eigenen, letzten Geschichte – weiterleben mit uns bis heute, bis morgen, für immer. Wie eigentlich?

Genau das erfahren wir in seiner letzten Geschichte 'Hedigers letzter Tag' – Ready du Teigaff!?

28. April 2015

- 1 -

"Benno, die werden sich noch wundern. Aber dann ist es zu spät", seufzte Marcel Hediger, starrte seinen Freund an, der neben ihm auf dem Sofa hockte, seinen einzigen Freund, der ihm geblieben war, und murmelte: "Tja, wer hätte das damals gedacht? Benno, du etwa?"
Benno schwieg – wie eigentlich immer. Er war über die Jahre wortkarg geworden, ja richtiggehend träge und alt, schaute Marcel Hediger kurz an, um seinen Kopf dann wieder zu senken und auf das Sofa zu betten.
"Die Zeit geht spurlos an uns vorüber, doch jeder Tag und jede Nacht hinterlässt neue, tiefere Spuren", sinnierte Marcel Hediger. Sein Gesicht war voller Furchen und seine Handrücken mit Altersflecken übersäht. Alles an ihm war in die Jahre gekommen, bis auf seine Augen, die noch immer wild leuchteten und einen letzten Hauch von Lebensenergie versprühten. "Benno, wer, wie du und ich, keine Zeit mehr hat, dem läuft auch diese noch davon. Ach, mein Freund, niemand hätte damals gedacht, dass es so kommen würde. Doch es ist so gekommen..." Er nickte, schaute auf, nach links, nach rechts, als suchte er nach etwas, und griff zu. "Magst du noch ein Stück Schokolade – Zartbitter? Schau her, ich breche dir ein Stück ab..."
Marcel Hediger brummte etwas von *'Theobromin'* und *'Alles wird gut'*, strich sich mit der flachen Hand über das Gesicht und öffnete erneut seine Augen. Vor sich sah er den Fernseher von Sony, diese schwarze Flimmerkiste, die auch schon bessere Tage gesehen hatte. Dahinter wusste er die Wohnwand aus Mahagoni, dieses Protzteil, das jedem Ökofutzi die Galle hochkommen liess, ihr aber damals so sehr gefallen hatte. Zur Linken führte die Türe auf den Balkon hinaus und zur Rechten gelangte man zum spartanischen Essraum und zur Küche.
Marcel Hediger griff in seine rechte Hosentasche, faltete das Stofftuch auf und schnäuzte hinein. Seine Hand zitterte. Sorgsam faltete er das Taschentuch wieder zweimal, legte es auf das Salontischchen, beugte sich noch etwas mehr vor und griff nach dem Aschenbecher. Der rote Streichholzkopf raute sich an der Schachtel auf, knisterte und hauchte dem Hölzchen sein kurzes Leben ein,

das nur wenig über den ersten Zug hinaus währte und sein Ende im Aschenbecher ausglimmte.

"Es ist, wie es ist, und eines Tages wirst du – du! – recht gehabt haben und es wird die Letzte gewesen sein."

Wie in Zeitlupentempo führte Marcel Hediger die rechte Hand an seine Lippen. Er inhalierte tief, pustete Wolke um Wolke in Richtung Decke, drückte endlich die Kippe aus und wandte den Oberkörper der Wand hinter dem Sofa zu. Das Portrait zeigte eine vielleicht fünfzigjährige Frau im Profil.

"Jetzt sind die guten alten Zeiten, nach denen wir uns im Alter zurücksehnen werden, hast du damals gesagt – damals vor ich weiss nicht wie vielen Jahren. Weisst du noch, meine geliebte Helga, damals in Erfoud im südlichen Marokko? Damals war die Welt noch in Ordnung."

Marcel Hediger lächelte, schaute sich weiter im Wohnzimmer um und nickte. *Damals*, das war wirklich schon viel zu lange her. Was blieb waren einzig die Erinnerungen, mit jedem Jahr etwas verschwommener, etwas verblasster, etwas vager, etwas vernebelter. Kein Wunder bei all den Jahren, die er seine Erinnerungen schon sammelte und mit sich herumschleppte.

Genau das hatte er kommen sehen und bereits in frühen Jahren Vorkehrungen getroffen. Heute war das Wohnzimmer voller Staubfänger, die alle ihre eigene Geschichte erzählten – alles Erinnerungsstücke an längst vergangene Zeiten. Da war die Vase aus Ägypten neben dem Fernsehgerät, der Teppich aus dem grossen Bazar in Istanbul unter dem Salontischchen, oder etwa die fünf Töpfe mit den verschiedensten Orchideenarten, die Helga in den Jahrzehnten vor ihrem Tod gekauft hatte. Ja, das Wohnzimmer lebte – genau wie er, Marcel Hediger.

Er betrachtete den Erni an der Wand – und ihm wurde warm ums Herz. Helga war vernarrt gewesen in die drei wilden Pferde. Nur deshalb hatten sie das Bild gekauft. Wann immer er die Stuten anschaute, diese geballte Muskelkraft, dann war Helga wieder bei ihm. Er seufzte und schaute sich um. Nur zu gut verspürte er ihre Nähe.

Anfänglich hatte ihm das Poster nicht gefallen. Er wollte ein Ölgemälde oder wenigstens eine Lithografie. Doch Helgas Geld hatte nicht gereicht. Und sie war glücklich und zufrieden gewesen mit der auf Papier gedruckten Kunst – und deshalb auch er. Wenigstens hatte er ihr diesen Eindruck vermittelt.

7

Helga war es nie um Kunst gegangen. Sie hatte im Bild den Ausdruck von Leben gesehen, den die drei Pferde für sie verkörperten, das braune im Vordergrund, das schwarze im Hintergrund und das helle dazwischen. Sie hatte Pferde geliebt, das Animalische an ihnen, das Wilde, das Unberechenbare. Er, Marcel Hediger, war dagegen immer schon der Ruhige von ihnen gewesen, der Fels in der Brandung, der Realist. Stunde um Stunde hatte er am seichten Ufer beim Fliegenfischen verbracht, während sie vom Leben nie genug bekommen konnte, immer in Bewegung gewesen war und jeden Tag wie den letzten gelebt hatte. Irgendwann war es dann ihr letzter gewesen – damals vor so langer Zeit.

Marcel Hediger seufzte. Seine Fingerspitzen glitten über das naturbelassene Ledersofa. Zusammen hatten sie dieses auf dem Flohmarkt erstanden – ebenso die beiden dazu passenden Sessel. Die drei Möbelstücke waren schon damals alt gewesen. Doch all die Zeit in ihrem Heim hatten sie die notwendige Aufmerksamkeit bekommen, waren monatlich von Helga mit irgendwelchen, von einem Hausierer gekauften Ölen behandelt worden und sahen heute noch gleich aus wie am ersten Tag.

"Wir brauchen keine Statussymbole", hatte Helga immer wieder behauptet, "wir haben ja uns."

Das waren ihre Worte gewesen – immer und immer wieder. Bis auch er, Marcel Hediger, ihren Worten Glauben geschenkt und die Flecken auf dem einen Sessel und die aufgerauten Stellen auf der dem Fenster zugewandten Seite des Sofas nicht mehr gesehen hatte. Wie sollte er diese Flecken auch sehen? Sie hatten ja sich – Helga hatte Marcel und Marcel hatte Helga – und das reichte für mehr als ein gemeinsames Leben und war wichtiger als jedes Sofa der Welt.

Er seufzte. In Gedanken sah er sie vor sich im Sessel sitzen, sah, wie sie schlief, wie sie lächelte, wie sie weinte. Helga war ihr Leben lang von den eigenen Emotionen überwältigt worden, hatte pausenlos im Sonnenschein ihre Stockzähne gezeigt und bei jeder Szene im Kinosaal frische Tränen vergossen. Es war unbestritten – Helga hatte ein Leben lang mit Leib und Seele gelebt. Er, Marcel Hediger, war dagegen ein Leben lang in auf den ersten Blick zinslosen Raten gestorben. Doch heute, an diesem 28. April 2015, einem einfach nur tristen Regentag, dachte niemand mehr an sie. Die Nachwelt hatte sie vergessen, wogegen er noch lebte und seine Erinnerungen wie angesparte Zinsen mit sich herumtrug – was ihm wiederum Angst bereitete. Was nur sollte dereinst mit seinen Erinnerungen geschehen?

Marcel Hediger tastete nach den Pantoffeln. Sein Augenlicht war auch nicht mehr das, was es einmal gewesen war. Doch das spielte keine Rolle mehr. Seit sie nicht mehr war, brauchte er nicht mehr zu sehen. Er spürte, wie seine Füsse in den Pantoffeln Halt fanden. Zuerst im Linken und dann im Rechten, bei dem die Naht nicht mehr hielt und seine grosse Zehe täglich mehr Freiheiten genoss. Marcel Hediger stützte sich auf der Lehne des Sofas ab und stemmte seinen schmächtigen Oberkörper in die Höhe. Von da oben sah die Welt doch schon ganz anders aus.

Das Hochzeitsfoto stand auf dem Fenstersims – wie schon vor einem Jahr und so manches Jahr davor. Marcel Hedigers Hand zitterte als er nach dem Rahmen griff. Seine Fingerkuppen glitten über die Muscheln, die ein Fischer beidseitig angeklebt hatte. Bestens erinnerte er sich an jene gemeinsamen Osterferien und den Kauf des Rahmens an der Rue de Geaume in Marseille. Mit viel Eifer hatte er um den Preis gefeilscht.

Marcel Hediger seufzte und starrte die Wand zu seiner Rechten an. Gefühlte hundert Fotos hingen da, zeugten von Fernreisen, von zurückliegenden Feiern mit Freunden und sonstigen Anlässen, aber vor allem von einem Mann und einer Frau in den verschiedensten Altersstadien. Er seufzte erneut – wie so oft in den zurückliegenden Tagen, Wochen, Monaten und Jahren.

"Das ist der Anfang vom Ende meiner letzten Geschichte...", murmelte er und klatschte in seine Hände. "Na, Hediger, *ready du Teigaff!?*"

- 2 -

Das Leben war grausam, wusste Marcel Hediger. Früher hatte der Mensch seine Zeit in der Hand gehabt. Heute bestimmte die Uhr an der Hand über seine Zeit – tickte unaufhörlich und brachte aber nie, was sich ihr Träger versprach. "Warum nur bekommt der Zahn der Zeit nie Karies?", murmelte Marcel Hediger und stellte sich das Leben mit vom Karies entzahntem Kiefer vor. Sein Erinnerungsvermögen reichte nicht aus, um geistig so weit in seine eigene Kleinkindheitszeit zurückzugehen, als er noch zahnlos an der Zeit genagt hatte.

An einem Donnerstag im Monat April 1932 war er, Marcel, in einer Kleinstadt in Westeuropa auf die Welt gekommen – zeit-, zahn- und karieslos, irgendwann morgens kurz nach 10 Uhr. Die ganze Welt hatte sich über seine Geburt gefreut – nicht so er, Marcel Hediger. Und schon gar nicht über seine ersten beiden Jahre mit permanent feurigbrennendem Hintern in Stoffwindeln und zahnendem Ober- und Unterkiefer. Er freute sich auf die windellosen Jahre, und je mehr er denken konnte, umso mehr sehnte er den Kindergarten herbei und die ersten zweiten Zähne. Kaum den Schritt in den Kindergarten zum ersten Mal zurückgelegt, freute er sich auf die Primarschule, und in der Primarschule angekommen fand er zwar seinen Stuhl, aber nicht seinen Platz.

Nur zu gut erinnerte sich Marcel Hediger an Ronald, wahrlich keine Leuchte, aber eigentlich auch kein Unmensch. Nur hatte sein Mitschüler ausgerechnet an ihm den Narren gefressen und in ihm sein Lieblingsopfer gefunden. Immer wieder wurde er zu Ronalds Zielscheibe, musste ihn im Schachspiel gewinnen oder bei der Matheprüfung abschreiben lassen und bekam danach trotzdem sein Fett weg. Es waren karge Jahre in der Primarschule – nicht nur wegen der aufgekommenen Kriegswirren im nachbarschaftlichen Hitler-Deutschland.

Marcel Hediger sehnte sich nach einer Zeit ohne Ronald. Das Gymnasium versprach einen Neuanfang, hielt aber ebenfalls nicht wirklich. War es zuvor der Mitschüler gewesen, der ihm das Leben zur Hölle gemacht hatte, so übernahmen nun die Lehrer diese Aufgabe, allen voran der Mathematiklehrer Hans-Peter Peterhans-Peter. Marcel wurde an der Wandtafel blossgestellt, auf seine damalige Kleinwüchsigkeit reduziert und erntete immer nur Hohn und Spott. Also wollte Marcel Hediger die Zeit als minderbegleiteter Unjähriger – oder nicht ganz Volljähriger – möglichst schnell hinter sich bringen, ohne Lebensfreude, ohne Genuss, ohne bleibende positive Erinnerung, einzig mit einer unstillbaren Vorfreude auf alles, was noch kommen mochte.

Auf die Matura folgten die 17 Wochen Militärdienst und das Studium an der Eidgenössischen Technischen Hochschule in Zürich, kurz ETH genannt. Dann keimte die Vorfreude auf die erste Liebe, die Vorfreude auf den Start ins Berufsleben, die Vorfreude auf die Hochzeit, die Vorfreude auf das erste Kind, die Vorfreude auf die erste grosse Reise nach Indien, die Vorfreude auf die Umschulung zum Flugzeugnavigator in einer Douglas-DC-3, die Vorfreude auf die erneute Umschulung zum Co-Piloten, die Vorfreude auf Luxusferien in Amerika, Venedig, St-Tropez und auf Capri, die Vorfreude auf die eigene Ferienwohnung in St. Moritz, die Vorfreude auf die Beförderung auf den linken Sessel, gleichbedeutend mit jenem des Flugzeugkapitäns, die Vorfreude auf die Pensionierung, die Vorfreude auf das Leben, das doch endlich beginnen sollte – irgendwie, irgendwann. Doch das Leben liess wie eine Diva auf sich warten.

Ja, Marcel Hediger wollte schon leben, aber er konnte es nicht. Und als er endlich zum Schluss gekommen war, dass er wirklich leben konnte, da war es zu spät und er starb auch schon wieder – und alles nur wegen ihr. Und er blieb tot bis zu seinem Tod, den er, wie er Benno zuvor mehrmals erläutert hatte, wahrlich mehr als verdiente, der aber einfach zu lange hatte auf sich warten lassen.

Ein Leben lang lebte Marcel Hediger nicht im Heute, sondern vertröstete sich auf das Morgen. Doch das Morgen versprach nur, brachte aber nie und vertröstete ihn immer wieder weiter auf das Übermorgen, das noch mehr versprach und noch weniger hielt. Wozu all sein Streben, fragte er sich im Nachhinein. Doch da war es bereits zu spät und er endgültig gestorben und somit endlich neu geboren und damit mitten im Leben – bei uns und mit uns.

28. April 2015 – Marcel Hediger seufzte. Heute war sein letzter Tag. Er wusste dies und starrte auf die Bananenkiste am Boden. Sie war leer – ganz leer, eigentlich so leer wie seine Jugendzeit. Wobei, bei allem Pessimismus, so leer war seine Jugendzeit nun auch wieder nicht gewesen. Oft war er in die Knie gegangen, aber immer wieder aufgestanden. Und wenn er so nachdachte, so hatte er eigentlich als Junge viel öfters gelacht als geweint.

"Im Leben geht es nicht darum, blaue Flecken zu vermeiden, sondern Narben zu sammeln", murmelte der alte Mann, während ein Lächeln mit seinen Mundwinkeln spielte. Kurz nur, für den Bruchteil einer Sekunde vielleicht, hatte er geschmunzelt – und gerade nochmals. "Einzig diese Narben, als Zeichen der Abnützung, zeugen auch noch im hohen Alter davon, dass wir uns dem Leben gestellt haben."

In Gedanken war er bei Felix, seinem besten Kollegen aus der Primarschulzeit. Die unvergesslichsten Streiche hatten sie zusammen ausgeheckt. Erneut schmunzelte Marcel Hediger. Es gab also doch noch Erinnerungen, die seinen Lippen ein Lächeln abrangen.

Felix war der einzige Mensch gewesen, der nie nach Marcels Leben getrachtet hatte – war Hediger überzeugt. Ganz im Gegenteil hatte Felix mit ihm seine in einer alten Schuhschachtel angesparten Süssigkeiten ebenso geteilt wie die Leidenschaft für den Fussball – natürlich in grün-weiss – und, schon in ganz frühen Jahren, die Sehnsucht nach Reisen durch ferne Länder und zu fremden Kulturen. Ob es ihn, Felix, noch gab, fernab im Pazifik auf der Osterinsel, wohin er sich schon in jungen Jahren vor dem Militärdienst geflüchtet hatte?

Marcel Hediger seufzte erneut. Die Guten hatten immer nur seinen Weg gekreuzt, die Schlechten aber waren mit ihm gefahren – ausnahmslos. Wobei Felix, diese treue Seele, wenigstens für eine kurze Zeit als Ausnahme die Regel bestätigt hatte.

"Was machst du heute, mein Freund", murmelte Marcel Hediger. "Bist du ebenfalls einsam und alleine? Ich hoffe, wenigstens du hast dein Glück gefunden."

Er wusste nicht mehr, wann er begonnen hatte, mit sich selbst zu sprechen. In jungen Jahren hatte er unter der Dusche gesungen, daran erinnerte er sich noch gut. Vielleicht hatte er nicht jeden Ton getroffen, aber dafür seine Umgebung mit voller Inbrunst beschallt.

Irgendwann nach ihrem Abgang war die Wohnung zu leer geworden, und er hatte die Leere mit Worten gefüllt – zuerst noch mit gedachten, dann mit geflüsterten und zu guter Letzt mit laut gesprochenen.

"Felix, mein Freund", sagte Marcel Hediger endlich mit kräftiger Stimme, "hoffentlich hast du deinen Frieden in dieser Welt gefunden und vertröstest dich nicht auf eine andere." Nachdenklich wiegte er den Kopf von einer Seite zur anderen, hielt plötzlich inne und öffnete seine geballte Faust. Ein rotes Etwas aus Plastik oder Gummi tauchte zwischen seinen Fingern auf. Ja, da war er wieder, der luftlose Luftballon. Und mit ihm die Erinnerungen – die Erinnerungen an die Zeit mit seinem besten Freund Felix. Was hatten sie sich doch damals mit der roten Farbe und den grauen Wasserpistolen amüsiert!

Marcel Hediger schmunzelte.

"Schau her, Marcel, das ist mein Versteck." Felix strahlte über das ganze Gesicht, als er die Kartonschachtel unter der Treppe hervorkramte, die zum Mehrfamilienhaus an der Ebnetstrasse 1 führte. "Am letzten Wochenende hat mir Tante Rosa zwei Wasserballons geschenkt. Ich glaube, sie mag mich."
"Wer ist Tante Rosa?"
"Mein Vater nennt sie eine anonyme Alkoholikerin. Keine Ahnung, was anonym bedeutet."
"Mein Vater sagt immer anno dazumal – eigentlich in jedem zweiten Satz, wenn er von früher spricht", erklärte Marcel. "Wer soll das verstehen? Die Erwachsenen sprechen manchmal ganz eigenartig, gar nicht so wie wir."
"Sie sprechen immer nur von gestern und nie von heute. Das Heute interessiert sie gar nicht."
"Vielleicht kommt deine Tante Rosa ursprünglich aus einem Land namens Alkoholika, und dessen Einwohnerinnen nennt man Alkoholikerinnen. Auf welchem Kontinent liegt dieses Land?"
"Was, wenn Alkoholika eine Stadt und kein Land ist? Meine Tante ist in Skandinavien aufgewachsen, in einer grossen Stadt mit einem noch grösseren Schloss, in dem eine Königsfamilie wohnt", meinte Felix nachdenklich. "Stell dir mal vor, die Alkoholiker stellten in dieser Stadt nur Wasserballons her, in einer ganz riesigen Fabrik mit hundert Schornsteinen."
"Wau, das wäre toll..."
In diesem Augenblick läutete die Klingel beim Kindergarten Lindenwies. Felix lachte und griff erneut in die Schachtel.
"Marcel, ich habe eine Idee."
Er hielt eine graue Spielzeugpistole und einen Topf mit rotem Deckel in der Hand.
"Caran d'Ache", las Marcel laut vor, "was willst du mit der Wasserfarbe?"
"Komm mit zum Garten..."
Felix jagte davon. Seine langen blonden Haare wehten auf und ab und seine dünnen Beine schnellten abwechselnd vorwärts. Marcel folgte mit Mühe und immer grösserem Rückstand.
"Was machst du da?", keuchte er endlich und schnappte nach Luft. Nur zu gut hatte er gesehen, wie sein Freund den ersten Bal-

lon in den Zuber mit Wasser getaucht hatte. "Wollen wir die Kindergärtler mit Ballons bewerfen?"
"Wasserbomben machen Spass, aber ich habe eine bessere Idee."
Ja, genau, Felix hatte immer die besseren Ideen. War Marcel noch ebenbürtig im Kopieren, so blieb Felix' Kreativität und Einfallsreichtum für ihn unerreichbar. Einmal etwa nahm Felix ein Feuerzeug mit in die Schule und erhitzte damit während mehreren Minuten die Türklinke. Als Lehrer Huber, das war jener mit dem spitzen Ziegenbart und den drei Härchen auf der einen und den fünf auf der anderen Wange, dann in das Klassenzimmer gestürmt kam, schrie und jaulte er so was von laut auf, dass er dem Herrn Pfarrer auf der Kanzel Konkurrenz machte. Die Verbrennungen dritten Grades machten einen Arztbesuch unumgänglich. Der Unterricht fiel aus und Felix wurde zur Strafe für mehrere Wochen in den Putzdienst verbannt.

Nicht nur gegenüber den Lehrern, nein auch gegenüber der sonstigen erwachsenen Obrigkeit liess der Respekt der beiden Jungs zu wünschen übrig. Einmal hockten sie auf der Natursteinmauer beim Schulhaus Ebnet und schauten auf die vorbeiflitzenden Autos hinunter. Schon seit Minuten hielten sie die rohen Eier in ihren feuchten Händen.

"Was meinst du, wann kommt einer?"
"Keine Ahnung... Die Sonne brennt und wir schwitzen selbst im Schatten. Lange darf es nicht mehr dauern, sonst sind die Eier hart."
"Da... ich erkenne dieses Geräusch 100 Kilometer gegen den Wind. Das kesselt und knattert wie nur ein VW kesselt und knattert... Siehst du, es ist schon wieder ein Käfer, mit luftgekühltem Vierzylinder-Boxermotor und Heckantrieb, und natürlich wieder mit Verdeck. Warum fährt hier nie ein Amischlitten vorbei, etwa so ein Cadillac Cabriolet mit 7,4 Liter grossem Sechzehnzylinder-V-Motor. Das würde passen."

Gebannt harrten Marcel und Felix eine weitere Viertelstunde aus, lauschten, beobachteten, diskutierten, behaupteten, bis sich Felix ruckartig aufrichtete und den Zeigefinger auf seine geschlossenen Lippen presste. Marcel schwieg sofort und kniff seine Augen zu dünnen Schlitzen zusammen.

"Da, schau an, endlich... das ist ein MG TC... ohne Verdeck!"
"Was nun?"

"Konzentrier dich, wie besprochen. Gleich ist er da. Wir haben nur einen Versuch."
Die beiden Jungs richteten sich auf, fixierten den roten Flitzer, streckten gleichzeitig den linken Arm mit ausgefahrenem Zielzeigefinger weit aus und führten den rechten Wurfarm locker über ihren Kopf. Reifen quietschten.
"Zack, voll auf den Beifahrersitz", schrie Felix, "genauer geht es nicht."
"Ich habe leider nur den Kotflügel erwischt. Aber..." Marcel zog seine Mütze tiefer ins Gesicht. "Der Fahrer steigt aus. Er flucht... Der sieht ja aus wie der Herr Bürgermeister."
"Nichts wie weg", rief Felix und rannte los. "Der Herr Bürgermeister fährt doch einen roten MG TC?!"
"Echt?"
Von diesem Tag an wusste auch Marcel Hediger, wie des Herrn Bürgermeisters Sportroadster aussah respektive wie er drei Tage später mit von der heissen Sommersonne im Stoffsessel eingekochten Rühreiern duftete. Genauso lange dauerte es, bis der Dorfpolizist Sprenger die beiden Übeltäter ausfindig gemacht hatte und dann bei der Familie Hediger an der Haustüre klingelte.
Ein andermal spielten Felix und Marcel Cowboy und Indianer und schossen mit Metallpfeilen auf die am Ast hängenden reifen Äpfel, bis nur noch Löcher übrig blieben.
"Was meinst du, Marcel, wie hoch können wir den Pfeil schiessen?", fragte Felix und spannte erneut den Bogen. "Glaube mir, jetzt löchere ich die Wolke dort oben."
Felix sagte es und liess los – es surrte in der Luft, dann war es still.
"Siehst du ihn noch?", fragte Marcel besorgt und hielt sich die flache Hand über die Stirne. "Ich nicht."
"Ich auch nicht... aber er muss da oben irgendwo sein, ganz bestimmt. Ich glaube nicht, dass er in der Wolke stecken bleibt."
"Was, wenn er doch oben bleibt?"
"In der Wolke? Du..."
'...hast sie wohl nicht mehr alle', wollte Felix noch sagen, zuckte aber plötzlich zusammen, knallte Po voran auf den Boden und schrie auf – eigentlich alles gleichzeitig.
"Aaaahhhhhhhhhhhh!!!!!!!!"
"Felix, was ist?"

"Mein Rücken... meine Hose!" Felix machte einen Satz und fiel vornüber in den Matsch, mit dem Hosenbund in den Kniekehlen.
"Ich hänge fest!"
"Was...", Marcel riss seinen Mund weit auf, "...was ist mit deiner Hose?"
"Ich hänge fest!" Felix wälzte sich in alle Richtungen. Doch es gelang ihm nicht, sich zu erheben. "So hilf mir doch..."
"Wie...?"
"Nun mach schon!"
Langsam begriff auch Marcel. Der Metallpfeil hatte aus einem unerklärlichen Grund die Wolke verfehlt, seine Spitze irgendwann wieder der Erde zugeneigt, war mit immer grösserer Geschwindigkeit unbemerkt auf die beiden Jungs zugerast und hatte sich – Felix' Rücken nur leicht aufritzend – an Haut und Hemd vorbei in die Manchesterhose gebohrt und diese ins Erdreich getackert, dass sich Felix respektive seine Hose nicht mehr von der Stelle rühren konnte. Marcel umklammerte den Pfeil.
"Er gibt nach", sagte er nach mehrmaligem Zerren und streckte endlich seine geballte Faust in die Luft. "So, Felix, da haben wir den frechen Kerl, der dir an die Hose wollte... bist du verletzt?"
"Mein Arsch brennt höllisch... ist aber nicht so schlimm... Wir Indianer... ahhh... wir kennen keine Schmerzen."
"Das war Glück. Der Pfeil hätte dich den Skalp kosten können."
"Was heisst hier Glück?", murrte Felix, griff sich zwischen die Pobacken, führte seine Finger an seine Nase und zog den Gurt rasch hoch. "Ich habe mir in die Unterhosen gemacht... das bleibt aber unter uns!"
Indianer kannten keine Schmerzen, machten aber die Hose voll. So und nicht anders musste es auch im Wilden Westen gewesen sein, war Marcel überzeugt. Er verstaute Bogen, Köcher und Pfeile im Geheimversteck unter der Treppe und verkroch sich für den restlichen Nachmittag zu Hause in seinem Zimmer.
Nicht immer fanden sich Marcel Hedigers Mitmenschen oder Mitschüler in der Opferrolle. Meistens spielten vielmehr alle anderen Marcel Hediger fiese Streiche.
"Iss vom gelben Schnee", hatten ihm seine falschen Freunde schon im Kindergarten gesagt, "der schmeckt wie Limonade."
In der Mittelschule steckten ihn die Mitschüler Po voran in den Abfalleimer, nicht zwecks endgültiger Entsorgung, sondern zwecks temporärer Ausstellung auf dem Materialkasten von Geografieleh-

rer Schneider. Dieses Exemplar unterrichtender geistiger Umnachtung, das noch schlechter sah als ein Maulwurf, brauchte die halbe Lektion, um den fehlenden Schüler überhaupt erst zu vermissen, und die zweite Hälfte der Lektion, um ihn dann hoch oben auf dem Schrank auszumachen – oder wenigstens das, was er von Marcel Hediger erkannte. Denn von unten sah der Lehrer nichts weiter als die verschwommenen Umrisse der beiden Unterschenkel, die braunen Halbschuhe mit den ausgefransten Schnürsenkeln und Marcels Wuschelkopf. Zur Strafarbeit am Mittwochnachmittag verknurrte der intellektuell tiefstfliegende Pauker natürlich nur den armen Aussenseiter und keinen der Übeltäter, die Marcel erst in seine missliche Lage gebracht hatten.

Zu guter – oder besser schlechter – Letzt war da noch Patrick, der Klassenprimus in der Oberstufe – unfairerweise die unangefochtene Nummer eins sowohl in Mathe und Sport als grad auch noch bei den Mädchen. Um diesen zu imponieren musste immer wieder Marcel dran glauben. "Wäre ich du, ich würde nicht ich sein wollen", war Patricks Lieblingsspruch, und nach diesem lebte er.

Nahm Marcel eine Klassenarbeit entgegen, starrte er zuerst auf das rote Geschmier des Paukers und danach in das selbstgefällige Grinsen Patricks. War Marcel Torhüter, wälzte er sich im Matsch und Patrick jubelte. Kreuzte die niedliche Liliane – die blonden, langen Haare zum Pferdeschwanz zusammengebunden oder auch offen – Marcels Weg und schenkte ihm ihr süssestes Lächeln, dann auch nur, weil Patrick direkt hinter ihm stand und ebenfalls seine weissen Zähne zeigte.

Marcel Hedigers Jugendzeit war geprägt von einem einzigen emotionalen Auf und Ab. Felix war sein einziger Freund, der seine Freizeit aber hauptsächlich auf Tennis- und Fussballplätzen verbrachte. Die restlichen Mitschüler duldeten Marcel bestenfalls, wenn überhaupt. Und so begann der einsame Junge seine ihm ganz eigene Welt zu konstruieren. Eine Welt, in die er sich zurückzog, gar regelrecht hineinfloh. Er verschlang einen Klassiker nach dem anderen, stillte seinen literarischen Wissensdurst und entdeckte dabei vor allem eines – seine grenzenlose Fantasie.

Um sich besser in jene Zeit zurückzuversetzen, sollten wir uns eines vor Augen führen: Damals sprachen die Menschen noch miteinander oder schrieben sich Seiten füllende Briefe. Es gab kein Internet, kein Facebook, kein Twitter, kein ach was auch immer in der Zukunft noch alles erfunden werden sollte. Beim Sprechen schaute man sich gegenseitig in die Augen und das Telefon, es war damals ein grosser, an der Wand befestigter Kasten mit Drehwahlscheibe, geringeltem Kabel und einem gigantisch grossen Hörer mit Sprechmuschel, klingelte ganz selten und lenkte kaum von der zwischenmenschlichen Kommunikation ab. Unter einem Netz verstand man ein zartbesaitetes Textilwerk, in dem ein behaarter Achtfüssler auf Insektenjagd ging, bestenfalls noch gespannte Leitungen, über die der Strom floss und die damaligen Muscheltelefone – das Telefon wohlverstanden noch mit 'ph' geschrieben – mit Energie versah, aber bestimmt kein Internet, in dem Daten in verschlüsselter Form verschoben werden konnten.

Marcel Hediger war gar nichts anderes übrig geblieben als raus aus der Komfortzone seiner elterlichen Behausung zu gehen, raus ins Leben, um nicht zu Hause zu vereinsamen. In jener Zeit, in der Geschichtenerzähler als weiterentwickelte Form des Minnesängers noch eine Daseinsberechtigung hatten, entdeckte auch Marcel Hediger seine Leidenschaft für das Wort Goethes – und entdeckte damit womöglich seine einzige wirkliche Begabung.

Umgeben von seinen erfundenen Protagonisten fühlte er sich geborgen, lernte viel über sich und seine eigene Bestimmung, erkannte endlich die Bedeutung des Wortes 'Selbstbewusstsein', kämpfte sich in die Aussenwelt zurück und ging aus jeder neuen Geschichte gestärkter hervor. Seine Geschichten hatten es in sich und handelten meistens von Unterdrückung, Leidenschaft, Wille, Ausdauer, Einsatz, Opfer und Kampf, die mit Ruhm und Ehre belohnt wurden, wobei er eine ihm eigene Erzählform entwickelte und spritzigen Witz gekonnt mit bitterstem Sarkasmus paarte. Minutenlang stellte er sich die überflüssigsten Fragen. Er überlegte sich etwa, ob ein Kannibale, der sich selbst verspeiste, sein Körpergewicht verdoppelte oder ob er durch die Selbstverspeisung ganz verschwand. Oder ob der Vogel Strauss, der sich, aus welchem unerklärlichen Grund auch immer, als Vogel betitelte, obwohl er wissentlich nicht fliegen konnte, nun ein Tier war oder ein Vogel.

Marcel Hediger erzählte seine struben Witze und Geschichten, und mit jeder Woche scharten sich mehr Zuhörer um ihn – wohl verstanden nicht nur seine Mutter oder seine Grosstanten. Alle Augenpaare richteten sich in diesen Minuten auf ihn, denn er beherrschte den Spannungsaufbau wie kein Zweiter. Und so las man ihm seine Worte von den Lippen ab, liess sich von ihm in ferne Länder und fremde Kulturen entführen und verharrte gebannt, bis

er seine Erzählung mit einer überraschenden Wendung auflöste. Seine Lieblingsgeschichten drehten sich um einen verpfändeten Diamantring oder einen Mord auf einer exotischen Insel, von der die Mitschüler nicht einmal wussten, dass diese existierte. Am Schluss kam dann jeweils sein Lieblingswitz.
"Was ist das Gegenteil von 'analog'?"
Seine Zuhörer taten Marcel Hediger den Gefallen und zuckten mit ihren Schultern, worauf er schmunzelnd auflöste: "Anna sagte die Wahrheit."
Auf seine letzten Worte folgte ein überwältigendes Gelächter und Geklatsche, das weitere Leute neugierig machte, die man in der folgenden Erzählrunde auf dem Pausenplatz antraf. In diesen Momenten fühlte sich Marcel Hediger wie Jesus inmitten seiner Jünger, nur teilte er mit seinen Zuhörern keine Brote und Fische, sondern Geschichten. Ganz selten ging es ihm aber auch wie dem lachenden Clown, der hinter seiner Maske die Tränen kaschierte.

Einer seiner treusten Zuhörer war Felix – genau dieser Felix, mit dem er die geheime Schatztruhe unter der Treppe an der Ebnetstrasse 1 geplündert hatte.

"Schau her, Marcel", jauchzte Felix und griff nach dem Farbtopf mit dem roten Deckel, "jetzt kommt noch die Farbe in den Ballon rein, dann ein Knopf ins Ende, mehrmals schütteln – fertig."

"Wir bewerfen die Kindergärtler mit roter Farbe?"

"Nicht doch", schmunzelte Felix und schob sich seinen gefüllten Ballon unter das weisse Hemd, "es wird viel besser."

Hinter einer Hecke versteckt, lauerten die beiden den Kleinen auf und verhielten sich still wie ein Staubkorn im Mausoleum. Als die Kindergärtler singend um die Ecke bogen, sprang Felix hinter der Hecke hervor.

"Komm Marcel, richte deine Pistole auf mich. Ja, genau so wie ich – peng, peng." Er jaulte laut auf und zischte Marcel zu: "So, und jetzt zerplatze deinen Ballon."

Marcel Hediger tat wie befohlen, und so zielten die beiden gegenseitig auf sich und ballerten munter drauflos. Ihre Hemden verfärbten sich tiefrot. Blut spritzte in der Luft herum und auf den Boden. Ihre Gesichter und Hände waren rot verschmiert, als Felix und Marcel gleichzeitig tot umfielen und sich nicht mehr rührten – so tot waren sie. Quentin Tarantino hätte seine wahre Freude an der Darbietung gehabt.

Kreischend rannten die kleinen Kinder davon und nach Hause, konnten eine Woche lang abends nicht mehr einschlafen und wurden von den schlimmsten Alpträumen heimgesucht. Felix und Marcel ihrerseits hockten noch lange hinter dem Haselstrauch, hinter den sie sich versteckt hatten, und hielten sich ihre Bäuche.

Sie lachten auch noch, als die Herbstsonne schon fast hinter dem Horizont verschwunden war und die nächste Moralpauke der Eltern nicht mehr lange auf sich warten liess.

28. April 2015 – Marcel Hediger seufzte und wippte den Kopf in einer Art und Weise hin und her, wie es eigentlich nur die Inder beherrschten. Er streckte seinen Arm aus, liess den Luftballon in die Bananenkiste fallen und fuhr sich mit den gespreizten Fingern durch das Haar. Ein Schmunzeln spielte mit den Mundwinkeln des alten Mannes und liess diese nach oben zucken. Ja, es hatte sie doch noch gegeben, die vereinzelten Glücksmomente in seinem Leben. Seine Jugendzeit war nicht mal so übel gewesen – nur schien diese Zeit des Glücks heute fern und vergessen.

Mit den Fingerspitzen berührte er die Oberfläche des Aschenbechers, ja streichelte das versteinerte Teil regelrecht. Ganz deutlich spürte er das Leben, das einst gewesen war und heute nur noch in seiner Vorstellung weiterexistierte. Irgendwie erinnerte ihn der Aschenbecher an sich selbst, an Marcel Hediger.

Die drei Fossilien, eingeschlossen im Granit, den ein marokkanischen Steinmetz in die Form des Aschenbechers gebracht hatte, waren Orthozeren, also trichterförmige Pfeilspitzkrebse, vielleicht auch versteinerte Kopffüssertiere, je nachdem, welchem der marokkanischen Verkäufer Marcel Hediger nun mehr Glauben schenken wollte.

Der alte Mann erinnerte sich noch gut, wie der Einheimische in seiner beigefarbenen Djellaba, diesem traditionellen, lang wallenden Gewand, und mit der Kapuze tief in der Stirn, Stein um Stein vergebens gespaltet hatte, bis er in der gleissenden Sonne der Sahara auf genau diesen – seinen – Stein gestossen war. Der Metz hatte ein Fossil nach dem anderen vom Granit befreit, bis die drei Orthozeren wie auf einer Matratze ruhten und das Gestein zum Aschenbecher verkommen war.

Die Schweissperlen waren ihm, Marcel Hediger, von den Haarspitzen in den Nacken getropft und hatten dem Rückgrat entlang kühl nach unten gekitzelt. Er hatte diese gefühlsintensive Sensation als angenehm empfunden und sich auch nicht für die nassen Spuren auf dem hellblauen Hemd geniert. Im trockenen Wüstenwind verflüchtigte sich jegliche Feuchtigkeit innert nützlicher Frist und liess nichts weiter als dünne, weisse Zeichnungen auf dem Baumwollstoff zurück.

Marcel Hediger wiegte den schwarz glänzenden und bei der Berührung mit einem anderen harten Gegenstand metallisch klingenden Aschenbecher in der Hand und seufzte: "Helga, weisst du noch, damals in Marokko?"

Nie hatte Helga jene drei Herbstwochen vergessen: Mit Dromedaren waren sie auf der südlichen Seite des Altasgebirges durch das Tal der Kasbahs und die Todraschlucht gereist, und danach mit dem Jeep von Tinerhir weiter in Richtung Osten. Palmenrain reihte sich an Palmenrain, bewässerter Garten an Garten, idyllische Lehmhaus-Oase an Oase. Von Errachidia hatten sie den Bus weiter nach Erfoud genommen, jener Stadt in der Region Meknès-Tafilalet, in der mehr Dromedare lebten als Menschen – wenigstens damals in den wilden Fünfzigern.

Die Oasenstadt am Rande der Sahara lag an der Ktaoua Formation, einer geologischen Schicht, die reich war an Fossilien aus dem Devon, der vierten geochronologischen Zeitperiode innerhalb des Paläozoikums, die vor 420 Millionen Jahren begonnen und vor 360 Millionen Jahren geendet hatte. Aus dieser Wüsteneinöde hatte der Granit-Aschenbecher seinen Weg in die auf den ersten Blick zivilisierte Welt Westeuropas gefunden, in den auch auf den zweiten Blick noch zivilisierten Haushalt von Helga und Marcel Hediger.

Der alte Mann lächelte, waren seine Erinnerungen doch noch so präsent als sei alles gestern gewesen. Die Sonnenstrahlen blendeten damals so sehr, dass ihm die Augen wehgetan hatten, und er hatte die Lider zu engen Schlitzen zusammengekniffen. Nur zu gut sah er sie noch vor sich, seine Helga, seine Herzallerliebste, die untergehende Sonne im Gesicht und die roten Sanddünen von Merzouga im Hintergrund. Sie zwinkerte ihm zu und gebot ihm mit dem rechten Zeigefinger näher zu kommen.

Nie konnte Marcel Hediger ihr Lächeln vergessen, ihre strahlenden Augen, ihre vollen Unterlippen und ihre zierlichen Ohrläppchen, in denen die mit einem Opal gespickten Ohrstecker grün glitzerten.

Ja, mit diesen Ohrsteckern hatte alles begonnen. Genau dieser Blickfänger hatte die Lawine ins Rollen gebracht, die unaufhörlich ein Leben lang gerollt hatte, ohne Rücksicht auf Verluste, ohne Rücksicht auf ihn, Marcel Hediger. Er griff in seine rechte Hosentasche – grün glitzerte der Opal zwischen Daumen und Zeigefinger.

Im Nachhinein fragte sich Hediger oft, was geschehen wäre, wenn...?

Wenn er den Schlüssel, der zu Hause auf der Kommode gelegen hatte, nicht eine Minute gesucht, sondern die Türe sofort geöffnet und eine Minute früher die Stufen nach unten genommen hätte. Wenn er, angekommen beim Fussgängerstreifen, das Postauto zur Vollbremse gezwungen und nicht Vorfahrt gewährt hätte. Wenn er nicht die beiden Schaufensterpuppen beim Kaufhaus in der Marktgasse eine gefühlte Ewigkeit akribisch auf allfällige Unterschiede analysiert, sondern sofort die Treppe nach oben zum Bäcker genommen hätte. Wenn er beim Gemüsestand auf dem Marktplatz nicht noch Ronald, dem Schrecken aus der Primarschulzeit, über den Weg gelaufen und von ihm in ein einseitig erzwungenes und nicht enden wollendes Gespräch über Trickbetrügerei verwickelt worden wäre.

Doch Hediger hatte Zeit benötigt, um die Schlüssel zu finden, Zeit, um die Strasse zu überqueren, Zeit, um all die anderen Situationen zu meistern, und war einige Minuten zu spät beim mit seinem Kumpel Urs Achermann vereinbarten Treffpunkt – damals kurz nach dem Ende des 2. Weltkrieges. Genau diese Minuten waren die beiden dann auch verspätet an der Kinokasse und einzig aufgrund dieser auf den ersten Blick unbedeutenden Ereignisse stand Hediger genau hinter ihr in der Reihe an. Wäre er ihr ohne all diese Ereignisse je über den Weg gelaufen, fragte sich Hediger später oft.

Ihre Ohrstecker fielen ihm sofort auf. Sie glitzerten tiefgrün, direkt oberhalb ihres schlanken Halses. Sein Blick glitt instinktiv über ihren straffen Po und ihre langen Beine. So stand sie vor ihm und kramte mehr Münzen zusammen als ein hungriger Zigarettenautomat in einem Jahr schlucken konnte. Hediger schmunzelte.

"Was sucht ein so zierliches Wesen in einem Hitchcock-Film", murmelte er in seinen nicht existierenden Bart hinein. Genau in diesem Augenblick drehte sie sich um und starrte ihn an.

"Hast du noch einen Zweier?", sülzte sie und zeigte ihre weissen Zähne.

"Einen Zweier?", stotterte Hediger und griff sich an den Po. Keine Sekunde später glänzte es braunmetallen auf seiner Handfläche. "Aber sicher."

"Du bekommst ihn wieder."
"Ich... aber klar doch..."
Die Unbekannte hatte sich bereits von Marcel Hediger abgewandt und kicherte mit ihrer Kollegin um die Wette.
"Was ist mit dir", flüsterte Urs. "Gefällt sie dir?"
"Ach was...", entgegnete Marcel Hediger und starrte weiter gebannt auf den langen blonden Pony vor ihm, "Weiber!"
"Wie bitte – Weiber?", sagte da die Unbekannte und starrte Marcel bereits wieder in die Augen. "Du bist wohl keiner, mit dem man Pferde stehlen kann."
"Wer braucht schon Pferde?"
"Ich will mein eigenes Gestüt", lächelte sie. "Ich bin übrigens Helga."
"So, Helga...", murmelte er und spürte, wie ihm sofort heiss wurde, "Marcel..."
Das feminine Gekicher trug das seine dazu bei, dass er den Blick senkte und zu Boden starrte.
"Marcel, du bekommst ihn wieder."
"Was... Wen...?"
"Den Zweier."
"Ach, das... das passt schon..." Hediger schüttelte den Kopf. "Du kannst ihn behalten."
"Danke", sagte Helga, umfasste mit Daumen und Zeigefinger ihr Ohrläppchen und drehte den Ohrstecker hin und her. "Viel Spass noch..."
"Spass?"
"Mit Hitchcock..."
Den Mord aus intellektueller Herausforderung verband Hediger nun wirklich nicht mit 'Spass haben'. Und so sehr der strangulierte Junge seine letzten Sekunden auch auszappelte, Hedigers Aufmerksamkeit galt nicht der Leinwand, sondern dem Blondschopf drei Reihen vor ihm. Er fand erst wieder zu sich, als er seine Cola versehentlich über seinen Schoss schüttete, wie ein Pfeil in die Höhe schoss, ein Schreckensschrei seinen Lippen entglitt, die Tüte Popcorn im hohen Bogen durch die Reihen wirbelte und ausnahmslos jedes Augenpaar im Saal auf ihn gerichtet war. Es war einer dieser Augenblicke, in denen man das Loch im Boden suchte, die Erde sich aber einfach nicht auftat.
Während der Pause bekam Hediger kein Wort von Urs' Monolog über die Fertigkeiten des Suspence-Regisseurs mit. Er starrte un-

entwegt auf das Lippenpaar, das Popcorn um Popcorn vernichtete und immer wieder so herrlich schmunzelte. Leider galt ihre Aufmerksamkeit nicht ihm, sondern ihrer kichernden Freundin.
"...der erste Film von Transatlantic Pictures. Aber..." Urs hielt inne und starrte seinen Kollegen an. "Was ist, Marcel, hörst du mir überhaupt zu?"
"Was... Aber sicher, klar doch", stammelte Hediger und fügte sofort an. "Ich bin ganz deiner Meinung."
"Bezüglich?"
"Eben... dem, was du gesagt hast."
"Was habe ich gesagt?"
"Eben, dass du... du sagtest..." Hediger seufzte. "Tut mir leid, mein Freund, ich war mit den Gedanken an einem anderen Ort."
"Auch mit deinen Augen", lachte Urs. "Ach, Junge, dein Schritt sieht ja aus, als hättest du dir die Hosen vollgepinkelt. So schlimm war der Film doch gar nicht."
Hediger starrte zu Boden, liess seine Arme hängen und deckte die Stelle mit dem Kinoprogramm ab, entgegnete aber nichts.
"Wenigstens hat sie dich bemerkt."
"Wer?"
"Wohl jede..." Urs lachte erneut und nickte in die richtige Richtung. "Sie amüsiert sich."
"Wer?"
"Ach, nun verstell dich mal nicht... Das mit dem Zweier, 'das passt schon, du kannst ihn behalten'... Ich kenne dich viel besser als du denkst."
"Na ja", murmelte Hediger und schmunzelte endlich wieder. "Tut mir leid, habe ich dir nicht zugehört."
"Wieviel hast du mitbekommen...?"
"So ziemlich alles bis zu deiner Frage...", Hediger schaute auf, "na ja, vermutlich hast du mich schon etwas früher abgehängt. Ich weiss nicht mal mehr, worüber wir gesprochen haben."
"Es ging um den Film. Für mich ein einmaliges Werk."
"Genau."
"Die ganze Geschichte spielt in der gleichen Wohnung, mit nur wenigen Personen, und wirkt, als sei der Film ohne Schnitte gedreht worden." Urs nickte, als pflichtete er seinen Worten selbst bei. "Alfred Hitchcock will unabhängiger arbeiten und hat mit dem Medienunternehmer Baron Sidney Bernstein die Produktionsgesellschaft Transatlantic Pictures gegründet. *Cocktail für eine Lei-*

che ist ihr erster gemeinsamer Kinofilm. Ach, Hitchcock ist einfach ein Genie. Es ist faszinierend, wie er die Spannung mit Humor koppelt. Angst, Schuld und Identitätsverlust tauchen immer wieder als Motive in seinen Filmen auf."

"Was meinst du, wird der Detektiv den beiden Jungs den Mord nachweisen?"

"Darum geht es doch gar nicht, sondern um die Dialoge, die theoretischen Ansätze über den Übermenschen sowie die Kunst des Mordens. Ja, die beiden haben den perfekten Mord geplant und durchgezogen. Doch nichts ist theoretischer als die praktischste Theorie. Ich sehne das Ende herbei und habe dabei noch keine Ahnung, wie uns Hitchcock dieses servieren wird."

Mit nassem Schritt sehnte auch Hediger das Ende des Filmes herbei und blieb so lange sitzen, bis alle Zuschauer den Saal verlassen hatten.

An diesem Abend kreuzte Helga nicht mehr seinen Weg. Doch als er zu Hause die letzten Cola- und Popcorn-Spuren auf seiner Kleidung beseitigt und die Bettlaken bis zum Kinn hochgezogen hatte, begleitete die holde Blonde ihn auf dem Weg in die Träume. Was er als letztes sah, bevor ihn der Schlaf endgültig übermannte, waren ihre opalgrünen Ohrstecker.

28. April 2015 – Hediger seufzte, legte die mit dem Opal besetzten Ohrstecker in den Aschenbecher und verstaute beides sorgsam in der entfernten Ecke der Bananenkiste.

"Gütiger Himmel", murmelte der alte Mann und starrte auf die blau-gelb-weisse Kartonkiste mit dem blauen Mädchen-Logo. "Leer und einsam sieht alles aus. Doch bald wird sich das ändern – ready du Teigaff?!"

Sein Blick glitt die Wand hoch und blieb auf dem Antlitz der vielleicht fünfzig Jahre alten Frau hängen.

"Weisst du, Helga, früher schien auch in der Nacht die Sonne", sagte er. "Und heute? Schau nur mal nach draussen – die Farben sind verblasst. Heute ist alles nur noch grau."

Hediger griff nach dem Gehstock. Seine Hände zitterten, ebenso seine Mundwinkel. Er keuchte bei jeder Bewegung und japste nach Luft wie auf den letzten Metern eines Marathonlaufes. Vor der Wand blieb er stehen, griff nach dem aufgehängten Bild, wandte sich dann dem Schrank mit der Vitrine zu und erzitterte sich die beiden darauf stehenden gerahmten Fotos. Alle drei Portraits zeigten die gleiche Frau in Abständen von vielleicht 10 bis 20 Jahren.

Hediger liess seine alten Knochen ins weiche Sofa plumpsen.

"Helga, Helga", murmelte er und nickte, "die Zeit raubt uns viel und stiehlt sich dann auch noch mit jedem Tag mehr davon. Schau mich an und bewundere das Häufchen Elend, das geblieben ist."

Er betrachtete das eine Portrait. Die Frau war vielleicht 20 Jahre alt. Mit dem Zeigefinger strich er über ihre Wange.

"Helga, meine Helga, müsste ich mein Leben zusammenfassen, so bräuchte ich nur fünf Buchstaben dazu", seufzte er und wischte sich mit dem Handrücken über das Gesicht. "Meine grosse Liebe, warum nur bist du von mir gegangen?"

Er griff nach dem Stofftaschentuch, das säuberlich gefaltet auf dem Salontisch lag, und schnäuzte hinein.

"Du warst meine erste grosse Liebe und meine letzte. Du warst mein Ein und Alles. Nie habe ich vergessen. Nie werde ich vergessen."

Marcel Hediger strich sich mit der Hand durch sein kurzgeschnittenes Haar. Er hatte die Rekrutenschule hinter sich, alle Voraussetzungen für die Aufnahme an der Eidgenössischen Technischen Hochschule erfüllt, das Stipendium in der Tasche, lebte seit 3 Tagen an der Badenerstrasse unter dem Dachstock bei Frau Strübi und glaubte, endlich auf dem richtigen Platz zu sitzen. Schmunzelnd schaute er sich in der Aula um. Er war einer von ihnen, einer von ein paar Dutzend Kommilitonen, die an diesem Tag im Herbst 1951 ihr ETH-Studium begannen.

"Ist dieser Stuhl noch frei?", vernahm Hediger eine Stimme und drehte sich um. Der Junge hatte volles Haar und einen dünnen Oberlippenbart. "Muss ja nicht die vorderste Reihe sein. Es reicht, wenn ich später in der vordersten Reihe bin."

"Nein, muss es nicht... Ich bin übrigens Marcel."

"Kein Problem, das kann jedem passieren." Der Junge schmiss seine Ledertasche auf den Boden, sackte wie ein Kartoffelsack in den Stuhl hinein und lachte. "Ich bin Heinrich – Heinrich Rohrer aus Buchs. Buchs St. Gallen und nicht Buchs Zürich oder Aargau oder gar Buochs Nidwalden, musst du wissen."

"Ich weiss, wo Buchs St. Gallen liegt."

"Siehst du unser Studium ebenfalls als Berufung?", fragte Heinrich und wartete Marcels Reaktion schon gar nicht erst ab. "Du musst wissen, ich möchte ein ganz Grosser werden und irgendetwas Verrücktes erfinden. Es müsste doch beispielsweise möglich sein, Sonnenlicht in elektrische Energie umzuwandeln."

"Studierst du deswegen Physik?"

"Es geht nichts über die Forschung", nickte Heinrich. "Schon mal von Albert Einstein gehört?"

Nun nickte Hediger. Doch Heinrich öffnete seine Lippen schneller.

"1907 lieferte der Einstein die theoretische Erklärung des lichtelektrischen Effekts, die auf seiner Lichtquantenhypothese aufbaute. Dafür erhielt er 1921 den Nobelpreis. Eines Tages bekomme auch ich den Nobelpreis." Zwei Männer betraten den Vorlesungssaal. "Wolfgang Pauli und Paul Scherrer", flüsterte Heinrich. "Die beiden Profs sind für unsere Grundausbildung verantwortlich."

Hediger nickte nur. Hatte er sich eben noch wie befreit gefühlt, so setzte ihn sein Mitstudent bereits wieder unter Druck. Nicht nur war Heinrich redegewandter, nein, er kannte auch schon seine Bestimmung, seine Professoren und garantiert auch schon alle Antworten auf die vielen Prüfungsfragen. Bis zur Mittagspause wechselten die beiden Jungs kein Wort mehr.

Nach dem Essen schlenderte Hediger durch den Lichthof der Universität Zürich. In der Westvorhalle, auch Göttergarten genannt, war die archäologische Sammlung. Neben einer ägyptischen Mumie lagen und standen da auch zahlreiche Gipskopien antiker Statuen herum wie etwa jene der Nike von Samothrake. Hediger stemmte seine Hände in die Hüften und schaute durch die grosse Bogenöffnung am surreal grossen Kouros von Samos vorbei zurück hinauf in den Lichthof.

"Ein Triumph der Architektur", sprach er zu sich selbst. Ohne den Blick zu senken machte er ein paar Schritte. "Vom Erdgeschoss bis zum Glasdach erzählt jedes Stockwerk die Geschichte einer anderen abendländischen Stilepoche, von der griechischen Antike bis zum noch allgegenwärtigen Industriezeitalter."

Hediger setzte sich auf einen einsamen Stuhl und umklammerte seine Kaffeetasse.

"Was nur mache ich an der ETH?", fragte er sich halblaut. "Weshalb studiere ich nicht Geschichte oder Architektur?"

"Das hättest du dir früher überlegen sollen", vernahm er eine Stimme hinter sich. Hediger fuhr herum und erstarrte. Sie hatte die Wimpern dezent getuscht, den knallroten Lippenstift frisch nachgezogen und lächelte wie die Monroe.

"Hel... Helga? Du... hier?"

"Was interessiert das schon die Welt?", entgegnete sie keck.

"Überrascht?"

"Aber was...?"

"Ich studiere Putz- und Kochwissenschaften. In vier Jahren möchte ich als *eidg. dipl. putz.-koch.* der Universität Zürich abschliessen. Und du?"

"Putzwissenschaften?"

"Marcel, noch nie gehört?"

Sie lachte laut, worauf er nickte und schmunzelte.

"Du nimmst mich auf den Arm."

"Dazu mangelt es mir wohl noch etwas an der Physik...", sie lachte erneut, "oder besser an der Physis. Physik ist ja eher dein Steckenpferd. Warum so überrascht?"

"Ich habe nicht damit gerechnet, dich hier..."

Hediger hielt inne und starrte Helga an.
"...mich hier an der Uni anzutreffen?", beendete sie seinen Satz.
"Weil ich blond bin? Weil ich eine Frau bin? Weil meine Zukunft sowieso am Herd ist? Weil nur ihr Männer ein Stimmrecht an der Urne habt, gemäss Bundesverfassung das Oberhaupt der Familie stellt und wir Frauen uns einzig und alleine um die Kindererziehung kümmern sollten?"
"Das habe ich nicht gesagt."
"Aber gedacht hast du's..." Sie zog die Augenbrauen hoch. "Marcel, Marcel, ich träume vom Tag, an dem mehr Frauen als Männer an Universitäten studieren, an dem wir Frauen Grosskonzernen vorstehen oder gar die Mehrheit im Bundesrat stellen, und das wohl verstanden ohne eine erniedrigende Frauenquote."
'Die Mehrheit im Bundesrat stellen, das kann ja heiter werden', dachte Hediger und grinste, während er an der Tasse nippte. 'Dann streiten sich die Bundesrats-Zicken bestimmt darum, welche von ihnen den Bundesrats-Herren der Schöpfung den Kaffee servieren darf'.
"Marcel", vernahm er Helgas strenge Stimme, "was ist?"
"Nichts."
"Du hast so eigenartig geschmunzelt. Machst du dich über meine Gedanken lustig?"
"Aber warum sollte ich? Ich bin zufrieden und schmunzle immer mal wieder." Er tippte sich mit dem rechten Zeigefinger gegen die Schläfe. "Gehst du an den Ball der Erstsemestrigen?"
"Thomas hat mich bereits gefragt."
"Thomas?"
"Minder."
"Ach, der Stinkstiefel?"
"Bist wohl eifersüchtig, dass dein Vater nicht in der Politik ist?"
"Hoffen wir mal, der Apfel fiel weit genug vom Stamm." Hediger wandte sich leicht ab und starrte die Wand an. "Stimmt nur die Hälfte von dem, was man über seinen Vater liest, dann..."
"Thomas ist anders."
"Thomas Anders?"
"Nein, Thomas Minder... Sein Vater mag ein Lebemann sein, doch er ist das pure Gegenteil."
"Der Weg von der Treue zur Untreue ist oft nur ein Sprung zur Seite – ein Seitensprung."

"Der Satz gefällt mir – sowas interessiert die Welt", schmunzelte Helga. "Vielleicht bist du doch nicht so ein Spiesser, wie ich all die Zeit gedacht habe."
"Ich, ein Spiesser?"
Helga lachte und zog ihre Hand aus der Tasche. Es glänzte bronzen zwischen ihren Fingern. "Hier ist noch dein Zweier. Ich habe deine nette Geste nie vergessen."
Nun lachte auch Hediger.
Helga wohnte nur zwei Strassen von ihm entfernt, erfuhr er noch, und sie studierte an der philosophischen Fakultät.
So weit, so gut – doch da war ja noch dieser Thomas Minder Junior. Warum nur war ihm, Hediger, keine vergleichbare Aufmerksamkeit vergönnt? Seine Eltern gehörten der Arbeiterklasse an. Nie war ihm auch nur der kleinste Brotsamen in den Schoss gefallen. Alles musste er sich hart erkämpfen – und kam trotzdem mehr schlecht als recht durch das Leben. Er fühlte sich wie ein Groschenroman zwischen all den literarischen Klassikern der Weltliteratur. Dabei wusste er nur zu gut, dass nicht jeder, der auf dem Regal stand, ein Klassiker war. Da stand auch so mancher Trostpreis, der einfach nur zum richtigen Zeitpunkt am richtigen Ort gewesen war.

Bekanntlich war keine Regel ohne Ausnahme, und so blieb es zwei Treffen später völlig überraschend Hediger vorbehalten, Helga an den Erstsemestrigenball zu begleiten. Er fragte sich nicht, ob er nun Gewinner oder Trostpreis war – oder einfach nur der Spatz in der Hand seiner Tanzpartnerin – sondern führte seine Taube vom Dach und auf das Parket, auf die Bretter, die ihm wie die Welt vorkamen, und lächelte den ganzen Abend, selbst als er Helga versehentlich auf die Füsse trat.

Zwei Monate später, als Frau Strübi ein Wochenende in den Bergen verbrachte, schlief Helga das erste Mal in seinen Armen ein. Zum ersten Mal im Leben erlag Hediger dem wahnwitzigen Irrglauben, die Welt bliebe stehen. Doch dem war nicht so. Sie drehte sich weiter und weiter und weiter, und er sich mit ihr – immer im Kreis.

28. April 2015 – Hediger seufzte, erhob sich, machte zwei Schritte und öffnete seine Finger. Das Portrait mit der vielleicht zwanzigjährigen Frau fiel in die Bananenkiste. Dann machte der alte Mann zwei weitere Schritte, stellte den Gehstock an die Wand und griff nach einem mit Staub überhäuften Bündel Papier, das sich nach näherer Betrachtung als vergilbte Zeitung herausstellte.
"Das Wunder von Bern", murmelte er und starrte zur Decke hoch, "dabei hat mich nur das Wunder von Zürich interessiert."
Hediger bewegte seine Hand. Eine Staubwolke flockte zu Boden. Der alte Mann führte seine freie Hand vor Nase und Mund, holte ruckartig tief Luft und musste, als das Kitzeln nicht mehr auszuhalten war, drei Mal laut niessen. Mit dem Armrücken strich er sich über seine Nase und starrte erneut auf die Titelseite.
"Die Olympiade in Berlin im 36 war längst Vergangenheit, das Hitler-Deutschland aber noch in allen Köpfen, da hat König Fussball einer ganzen Nation das Selbstvertrauen zurückgegeben", sagte er mit halblauter Stimme. "Alle Welt hat von Fritz Walter und Sepp Herberger gesprochen, und selbst mich haben jene Ereignisse nicht kalt gelassen. Auch wenn ich für meine Zwischenprüfungen pauken musste. Ja, 1954 ist ein unvergessliches Jahr gewesen, mit dem 2. Züri-Fäscht, dem angeblich grössten Seenachtsfest seit Wilhelm Tell, als Sommerhöhepunkt. Doch mir hat das Jahr 1954 mein ganz eigenes Hediger-Wunder beschert." Er schaute über seine Schulter und schmunzelte. Benno hatte die Augen geschlossen. "Ja, ja, mein Freund, mein Hediger-Wunder von Zürich war mir noch viel lieber als das Wunder von Bern."

1954 – es war Sommer, ein Sommer wie im Bilderbuch, wenigstens bis zu jenem Wochenende. Das letzte Schmelzwasser kam von den Bergen, mit der Sihl und der Limmat, und strömte weiter in Richtung Rhein. Wer konnte, floh aus den stickigen Häusern an den See, wo sich Trauerweide an Trauerweide reihte und Laubbäume Schatten spendeten. Zürich lebte – und Marcel Hediger mittendrin.

Er lebte nicht nur mitten in Zürich, er fühlte sich angekommen und akzeptiert. Mit Heinrich wälzte er die dicksten Lehrbücher, kippte mit dem Welschen Jean-Pierre, dem Basler Hubertus und weiteren Studienkollegen im Zeughauskeller am Paradeplatz Gerstensaft um Gerstensaft und in der Weinstube Isebähnli an der Froschaugasse Viertel um Viertel. Abendliche Spaziergänge von der Schmiede Wiedikon an den See und dem Schanzengraben entlang zurück zum Stauffacher boten eine gute Abwechslung zur intensiven Prüfungsvorbereitung. Schaffte er noch eine Runde im kühlenden Nass des Zürichsees, fühlte er das Leben in seinen Körper zurückkehren.

Mit Helga erlebte Hediger in jeder Jahreszeit einen weiteren Frühling – auch im wunderbehafteten Sommer 1954. Sie war seine absolute Traumfrau. An ihrer Seite fühlte er sich verstanden und ernst genommen. Waren sie zusammen, lachte er vor Glück und schaffte es nicht, seinen Blick auch nur eine Sekunde zu senken. Kaum aus den Augen, blieb sie in seinen Sinnen und verfolgte ihn bis in seine nächtlichen Träume – in die er mit einem Lächeln auf den Lippen entfloh. Stand tags darauf das nächste Wiedersehen an, raste sein Herz schon Stunden vorher vor Sehnsucht und sein Blut schoss wild durch seine Venen und trommelte gegen seine Schläfen, dass ihm ganz schwindlig wurde. Und war es endlich soweit – der erste Blickkontakt, die erste Berührung, der ganz eigene, sie umhüllende Duft aus Jasmin und Helga in der Nase, ihre feuchte Wärme auf seinen leicht geöffneten Lippen – dann liess er sich fallen, tauchte ab in dieses Meer aus Daunenfedern und Blütenblättern und liess sich von den kitschigsten Rosawölkchen in luftige Höhen davontragen, weit weg von Realität und weltlichem Irrsinn. Seit Romeo und Julia hatte es keine schönere Liebesgeschichte mehr gegeben als jene von Marcel und Helga. Er wusste, dass er nur noch verlieren konnte.

Am Abend des 3. Julis, einem Samstag mit viel Sonnenschein, zog Hediger mit seiner Helga durch die Gassen, vom Hauptbahnhof durch das anrüchige Niederdörfli zur Weinstube 'Oepfelchammer' am Rindermarkt, in der sich schon Gottfried Keller manches Glas über den Durst genehmigt hatte.

"Morgen Sonntag ist das Finale", sagte Hediger, hielt Helga galant die Türe auf und schmunzelte. Er vermutete ihre Antwort – und lag richtig.

"Was interessiert das schon die Welt?", sagte sie noch auf der Schwelle, während sie sich die schwarze Haube vom Schopf zog.

"Ich freue mich auf das Spiel", entgegnete Hediger und entledigte sich des Mantels. "Die richtigen beiden Mannschaften haben sich qualifiziert. Deutschland lebt nach dem Weltkrieg wieder auf, und mit Ungarn wird ein würdiger Weltmeister gekürt werden. So hat der Fussball für beide Finalisten etwas Gutes."

"Ach, Marcel, glaubst du wirklich, ich möchte über Fussball parlieren? Nach dem traumhaften Picknick am See mit 2 Stoffklappstühlen und einer umgekippten, mit Tischdecke gedeckten Kiste Bier. Du hast dich mal wieder selbst übertroffen."

"Ich geniesse jeden Augenblick mit dir ", flüsterte Hediger und folgte seiner Helga die Stufen nach oben. "Ich bin ja so glücklich, dass du dich nicht dem verzogenen Promibengel Minder an den Hals geschmissen hast."

"Ach, Marcel, ich brauche keinen anderen und will meine Umstände schon gar nicht mindern – und schon gar nicht mit einem Minder. In deinen Armen fühle ich mich geborgen und bei dir bin ich zu Hause. Ich bewundere dich für deine Lebensenergie und deinen Willen. Kein Berg ist dir zu hoch und kein Horizont zu fern. Du visierst ein Ziel an und lässt es nicht mehr aus den Augen. Im Gegensatz zu all den anderen Schnöseln finanzierst du dir dein Studium selbst und arbeitest immer wieder abends im Briefversand in der Sihlpost. Es gibt nichts, was mich an dir stört."

"Vielleicht mein Interesse für Fussball?"

Helga antwortete nicht, sondern lächelte den Wirt Baur-Keller an, der mit verschränkten Armen vor ihnen stand.

"Guten Abend die Herrschaften", begrüsste dieser die Neuankömmlinge, "am Stammtisch hat es noch Platz, sonst ist voll."

"Das passt", sagte Hediger und trat zur Seite. "Nach dir, meine Liebe."

Helga betrat den dunklen, einer altdeutschen Weinstube nachempfundenen Raum. Die Oepfelchammer – liebevoll Oeli genannt, weil die Studenten hier ihre Stimmbänder mit Wein ölen – rühmte sich als ein Lokal der Gesellichkeit, des frohen Zechens und des Gesangs. Alle Tische waren aus massivem Holz, ebenso der Boden, die Wände und die Decke mit den beiden freiliegenden Fachwerks-Balken.

"Meine Liebe", flüsterte Hediger, "du trägst noch den Mantel?"

"Was interessiert das die Welt?"

"Die vielleicht nicht, aber den Wirt. Es ist ein ungeschriebenes Gesetz. Wer die Weinstube betritt, nimmt den Hut ab und zieht den Mantel aus..."

"Als ob wir in Zürich zu wenig Gesetze hätten."

Hediger wandte sich den Gästen zu, nickte mit dem Kopf und öffnete seine Lippen. Die Anwesenden erwiderten seinen Gruss.

"Scheint ja 'ne ganz abgekartete Sache zu sein", flüsterte Helga, während sie sich neben Hediger setzte. "Wenigstens sitzen wir uns schön nahe."

"Etwas Nähe passt schon, einzig schmusen ist verpönt."

"Schon wieder so ein ungeschriebenes Gesetz?"

"Tradition, die über Jahrhunderte hinweg von Generation zu Generation weitergegeben worden ist."

"Eine Tradition ist da, um gebrochen zu werden, damit eine neue begründet werden kann. Wie nur konnten sich unsere Vorfahren vermehren, wenn man nicht einmal küssen darf?", kicherte Helga und kniff Hediger in die Rippen. "Was bestellen wir?"

"Ich nehme einen Viertel Weissen und dazu ein Stück Böllen-Wähe. Dann habe ich auch morgen noch was davon."

"Du und dein Zwiebelkuchen", lachte Helga, "da halte ich mich morgen lieber fern von dir."

"Ist das eine Drohung?"

"Selbstschutz."

"Ausgezeichnet, dann höre ich das Endspiel in aller Ruhe und muss dir nicht wieder die Abseitsregel und den Eckball erklären..."

"Nun aber mal halblang, Herr Hediger, den Eckball habe selbst ich inzwischen begriffen." Sie schaute sich um. "Ich komme fast um vor Durst. Ein gekühlter Pfefferminztee, das wär's."

"Es gibt keinen Tee", flüsterte Hediger und senkte seinen Blick, weil ihn der Gast gegenüber unbeirrt anstarrte. Hinter vorgehaltener Hand ergänzte er: "Nur Wasser, Traubensaft, Wein oder Port."

"Tradition?"
"Reduktion auf das wirklich Lebensnotwendige." Hediger schaute wieder auf und schmunzelte. "Sieh nur, meine Liebe, da ist ja bereits so ein Möchtegern-Held."
"Das nächste Mal suche ich das Lokal aus...", lachte Helga und blickte in Richtung Nachbarstisch, an dem sich ein paar Halbwüchsige dem veredelten Traubensaft widmeten. Der Held reckte sich zu seiner stattlichen Grösse von vielleicht 185 und lallte los.
"Verehrte Mitglieder des Stammtisches, darf meiner einer höflich um Platz bitten? Meine Wenigkeit will über den Balken."
Mehrere Gäste klopften mit den geballten Fäusten auf die Holztischplatten. Helga kicherte und wollte losklatschen, doch Hediger griff nach ihrer linken Hand.
"Warum nicht?", fragte sie und hielt inne. "Schon wieder diese blöde Tradition?" Hediger nickte nur, während die Pranken des Möchtegern-Heldes bereits den Balken krallten. "Was macht er?"
"Er will über den Balken", entgegnete Hediger und erhob sich. "Komm, wir machen ihm Platz."
Hediger zog Helga an der Hand bis vor den grün gekachelten Ofen, schon schwang der Held seine langen Latschen hin und her.
"Was nun?"
"Er muss sich hinauf zum Balken ziehen oder, wie er versucht, hinaufschwingen, immer mit dem Fenster im Rücken. Schafft er diesen schwierigsten Teil der Übung, dann zieht er sich vorwärts über den zweiten Balken." Hediger streckte seinen Zeigefinger in die Höhe. "Da hängt er sich dann kopfüber nach unten, die Beine noch immer zwischen Decke und Balken."
"Wozu das?"
"In dieser Position muss er ein Glas Weisswein trinken."
"Kopfüber?"
"Genau – ohne etwas zu verschütten."
"Und was bringt ihm das?"
"Ruhm und Ehre – er darf seinen Namen im Holzgebälk oder an der Wand einritzen."
"Wo steht dein Name?"
"Ich habe es versucht – erfolglos! Für Normalsterbliche wie dich und mich ist das nicht machbar." Hediger hob den Blick. "Auch ihm geht langsam der Saft aus. Ist gar nicht so einfach. Danach zittern dir beide Oberarme."
"Selbst mit gespitzten Zehen komme ich nie zum Balken hoch."

37

"Frauen dürfen die Balkenprobe von der Holzbank aus versuchen. Das ist, weil... ach, sieh einer an, jetzt hat unser Held bereits aufgegeben."
Der Anti-Held wischte sich mit dem Handrücken die Schweisstropfen von der Stirne und stapfte gesenkten Blickes an seinen Tisch zurück. Die anderen Halbstarken empfingen ihn mit höhnischen Sprüchen.
"Von der Holzbank aus, sagst du?", fragte Helga und schaute zu Hediger hoch. Sie sah seine hochgezogenen Augenbrauen und registrierte seinen fragenden Blick. "Was ist? Wenn er sich schon blamiert, dann brauche ich mich auch nicht zu verstecken."
"Du willst über den Balken?", fragte Hediger und kniff sein rechtes Auge zusammen. "Nicht dein Ernst?"
"Na ja, findest du die Balkenprobe zu einfach?"
"Frauen packen den Balken nie."
"Tradition oder Vorurteil?"
"Kein Vorurteil..."
"Wie gesagt, man kann Tradition akzeptieren oder neu begründen."
"Der Spruch gefällt mir..."
"Wie viele Frauen haben es versucht?" Helga starrte in Hedigers Gesicht, sah, wie er die Mundwinkel senkte und die Achseln hob, und schmunzelte. "Dann wird es langsam Zeit."
"Ich weiss nicht..."
"Hediger, erkläre keiner Frau, etwas funktioniere nicht, wenn sie bereits dabei ist, es zu tun." Sie kniff nun ebenfalls das rechte Auge zusammen, klopfte auf den Tisch und öffnete wieder ihre Lippen. "Meine Herrschaften, darf ich höflich bitten, doch rasch zur Seite zu treten. Wenn es denn die Welt interessiert, so möchte auch ich mein Glück versuchen und über den Balken gehen. Keine Angst, das Experiment wird nicht zu lange dauern."
Ein Raunen ging durch den Raum. Hediger schüttelte den Kopf, erhob sich und stellte sich erneut neben den Kachelofen. Helga stand bereits auf dem Stammtisch.
"Junges Fräulein, bei allem Respekt", intervenierte Wirt Baur-Keller sofort, "es stört mich nicht, dass Sie auf dem Tisch stehen. Aber nicht für die Balkenprobe. Bitte zurück auf die Holzbank."
"Auf die Holzbank? Das ist zu einfach", kicherte Helga vorlaut und sprang auf den Boden, "ich versuch's wie ein echter Mann."

"Bei allem Respekt, meine Dame", lachte ein älterer Herr, "aber da fehlen wohl doch ein paar Zentimeter."

"Mein Herr, mir gegenüber wurde bisher immer behauptet, es käme nicht auf die Länge an. Was soll ich nun glauben?", entgegnete Helga keck und streckte ihre Arme in die Höhe. Die Anwesenden lachten und klopften mit ihren Fäusten auf die Tische. "Ausserdem kann ich den Balken beinahe berühren..."

Während Helga das letzte Wort noch aussprach, ging sie in die Knie, und schon schnellte ihr Körper weit in die Höhe. Sie streckte ihre Arme, bis ihre Fingerspitzen die Balkenoberfläche zu greifen bekamen. Die junge Frau stöhnte, holte tief Luft und klimmte sich in die Höhe. Ihr Kopf war zwischen ihren Händen. Ein letzter Ruck mit dem Becken, und ihre Brüste pressten gegen den harten Balken.

"Wau", murmelte Hediger und schloss seinen Mund nicht mehr, "das interessiert nun aber die Welt." Und lauter rief er: "Los, Helga, nicht aufgeben, du schaffst es."

"Du bist mir einer", hörte er sie keuchen, "hättest mich vorher schon unterstützen können." Sie zog sich vorwärts bis zum zweiten Balken. "Was nun, Herr Wirt?"

"Das ging fast etwas zu schnell. Bitte warten, ich bin gleich zurück", rief Baur-Keller schon im Davonlaufen. "Vreni, ein Glas Weissen – jetzt, sofort!"

"Du darfst keinen Tropfen verschütten, meine Liebe", flüsterte Hediger und zeigte mit seinem rechten Daumen nach oben. "Du bist unglaublich."

"Wird auch Zeit, dass du mich endlich kennen lernst. Du willst ja einfach nicht..."

"Schon zurück", unterbrach sie da der Wirt. "Unglaublich, das hätte ich nie erwartet – Respekt!" Er holte tief Luft. "Hier, das Glas – und ja nichts verschütten."

"Mein Kopf pocht und dröhnt wie wild..."

"Man sieht es, geehrtes Fräulein", lachte der Wirt, "rot wie eine überreife Tomate."

"Kann ich so hängend...", Helga schnappte nach Luft, "...ganz normal schlucken?"

"Selbst im Handstand, kein Problem. Einfach langsam Schluck um Schluck... und nicht aufgeben."

"Ist wohl keine Spätlese?" Helga kniff ein Auge zusammen, führte den Glasrand an ihre Oberlippe und bewegte ihre Nasenflügel. "Riecht sauer... Na dann, für... Ruhm und Ehre..."
Helga holte tief Luft, netzte ihre Zunge im Wein, stülpte ihre Oberlippe über den Glasrand und leerte das Glas in wenigen Zügen. Dutzende Fingerknöchel trommelten gleichzeitig auf die massiven Holztische. Kopfüber glitt Helga vom Balken herunter und lachte.

"Meine Herren, langsam ist es an der Zeit, dass in diesem schönen Land Gleichberechtigung und Frauenstimmrecht eingeführt werden. Was ihr Männer nicht könnt, tun wir Frauen schon lange!"
"Bravo!", lachte der Wirt und schwang ein Messer. "Aufgepasst, frisch geschliffen. Ihr habt es verdient, euren Namen ins Holz zu ritzen."
Helga lachte noch immer. Sie zog die scharfe Klinge durch das Hartholz und hinterliess ein Jahrhunderte überdauerndes Lebenszeichen an der Wand.
"So viel Wille und Kraft hätte ich dir echt nicht zugetraut", flüsterte Hediger wenig später, stocherte mit der Gabel auf dem Teller herum und führte ein Stück Böllen-Wähe zwischen seine Lippen.
"Deinen Namen wird man hier noch vorfinden, wenn du dich längst von dieser Erde verabschiedet hast."
"Marcel, warum diese Gedanken über Zeit und Tod?"
"Nur so 'ne Redewendung, nichts weiter. Ich bin stolz auf dich, mein Liebling."
"Selbst du hättest mein Fliegengewicht über den Balken gebracht."
"Also bin ich zu fett?"
"Körperkomplexe sind Frauensache. Die geziemen sich nicht für euch Männer."
"Hast nicht du neulich gesagt, Männer dürften ruhig mehr Emotionen und Gefühle zeigen."
"Ein bisschen Selbstbewusstsein darfst du dir trotzdem noch bewahren." Helga lachte, wie so oft an diesem Abend, und rückte auf der Holzbank näher zu Hediger. Ihr Griff um seinen Oberarm war fest. "Du bist kein Gramm zu fett, mein Lieber. Und das da" – sie drückte fest zu – "ist noch ein echter Bizeps. Ich würde keine Sekunde zögern, müsste ich zwischen dir und Johnny Weissmüller wählen."

"So schlimm wäre es nun wirklich nicht, im muskulösen Körper des fünffachen Schwimmolympiasiegers von 1924 und 1928 zu stecken. Und wenn ich erst an die vielen Starletts denke, die Tarzan am Filmset zu den zwölf Hollywood-Filmen aufgesucht haben, dann bekomme ich glatt Halluzinationen."
"Ich habe ja auch nicht behauptet dich zu wählen", lachte Helga und beugte sich zu ihm vor. "Schade gibt es noch immer diese unnötige Tradition. Ich würde dich jetzt gerne küssen." Sie formte ihre Lippen zu einem grossen O. "Du gefällst mir besser als dieser Urwaldmensch, in welcher Rolle auch immer."
"Sagtest nicht du, Traditionen seien da, um neu begründet zu werden?"
"Das würde dir so passen." Helga strich sich ihre Strähne aus dem Gesicht. "Aber... andere Frage: Warum gewinnen morgen die Ungaren?"
"Wie bitte?"
"Dann anders rum – warum verlieren die Deutschen?"
"So was kannst auch nur du fragen", schmunzelte Hediger – und hatte sofort Hochwasser wie Herbert Zimmermann einen Tag später. "Die Magischen Magyaren mit den Stars Puskás, Kocsis und Hidegkuti haben seit 32 Spielen nicht mehr verloren. Sie sind der amtierende Olympia- und Europapokalsieger und schlichtweg unbezwingbar. Ihre Finalgegner, die lieben Deutschen, haben ihr Glück längst aufgebraucht. Vor allem im Viertelfinale gegen die Jugoslawen, als die schlechtere Mannschaft 2:0 gewann. In der Vorrunde tauchten die Deutschen gegen Ungarn bereits mit 3:8. Im Finale kassieren sie garantiert zweistellig."
"Ich verstehe nicht viel von Fussball, mein Liebling. Aber weshalb bekommen die Ungaren in der Vorrunde gegen die Deutschen 3 Tore, wenn sie so überlegen sind?"
"Bei dieser geballten Offensivkraft ist die ungarische Verteidigung eine Nebensächlichkeit."
"Was, wenn die Deutschen im Final erneut 3 Tore schiessen, aber weniger kassieren?"
"Das wäre ein Wunder..."
"...das es bekanntlich immer mal wieder gibt."
"Nach dem Spiel ist vor dem Spiel, und die Karten werden an einem Turnier immer wieder von Neuem gemischt. Doch all die Fussballweisheiten von Sepp Herberger – wie 'der Ball ist rund'

oder 'das Spiel dauert 90 Minuten' – reichen noch für keinen Titel. Die Ungaren lassen kein Wunder zu. Sie sind zu brillant."
"Wo findet das Spiel statt?"
"Vor 60,000 Zuschauern im ausverkauften Berner Wankdorf-Stadion", lachte Hediger. "Ich denke, das interessiert die Welt."
"Nicht mich – ich habe einfach nur Hunger."
Sagte es und biss in ein Stück Böllen-Wähe.
Das Wunder von Bern', stand am nächsten Tag in fetten Lettern auf der Titelseite jeder Abendzeitung. Hediger schmunzelte nur, als er an seine voreilig artikulierten Worte dachte. Dabei interessierte ihn das Wunder von Bern nur bedingt.
"Helga, meine Helga, was brauchen wir Bern?", sagte er und schloss seine Freundin in die Arme. "Wir haben Zürich."
Wie richtig Hediger mit seinen Worten doch lag. Sie hatten Zürich und brauchten sich kein Bern herbeizuwünschen. Obwohl – ein Wunder von Zürich war das mit Helga schon lange nicht mehr. Es war Realität: Helga und Hediger hatten sich gefunden, eine intensive, auf gegenseitigem Vertrauen fussende Nähe zueinander aufgebaut und ihre Beziehung ohne Zwänge und Einschränkungen wachsen lassen.
"Weisst du, Marcel, manchmal habe ich das Gefühl, ich träumte. Damals im Kino habe ich dich kaum wahrgenommen, doch heute..."
"Ich habe dir einen Zweier gegeben, den du mir neulich zurückgezahlt hast."
"Ach, du alter Spiesser. Ich habe dir viel mehr als einen Zweier gegeben."
"Ich weiss..."
"Ich habe dir mich gegeben, mit Herz und Seele, und das für immer und ewig."
"Bis wann dauert 'für immer und ewig'?"
"Über unseren Tod hinaus in alle Ewigkeit. Marcel, du hast den fünf Buchstaben L, I, E, B und E erst Leben eingehaucht, sie in meinem ganzen Körper infiltriert und von mir und all meinen Gedanken Tag für Tag mehr Besitz ergriffen. Weisst du, meine grosse Liebe, an jedem Heute liebe ich dich ein klein wenig mehr als gestern, aber garantiert noch nicht so sehr wie morgen. Du bist der Mann meines Lebens und meines Sterbens."
"Jetzt und heute will ich aber noch nicht sterben", murmelte Hediger, drückte Helgas Kopf gegen seine Brust, hob den Blick und

strich sich mit dem Handrücken über seine Augen. "Ach, meine Helga, du bist mein Morgenrot, meine Sonne am Tag, meine Abendstimmung und mein Vollmond in der Nacht, ganz zu schweigen von den vielen funkelnden Sternen."
"Weinst du, Marcel?"
"Ich weine nie!"
"Du weinst – und das ist schön so. Ich bin stolz auf dich."
"Aber ich weine doch nicht", murmelte er nur und drückte sie ganz fest an seinen Oberkörper. "Ich habe ein Gesicht, das nur meine Mutter lieben könne, hast du mir mal gesagt. Du kannst dir nicht vorstellen, wie gut deine Worte jetzt tun."
"Das mit deinem Gesicht, das war ein Witz."
"Deswegen weine ich noch heute."
"Ich dachte, du weinst nicht?"
"Deine Worte trafen mich mitten ins Herz."
"Wie nur kann ich das wieder gut machen?"
"Eigentlich unmöglich, mein erlittenes Leid ist zu gross. Ich sehe einzig die Möglichkeit einer Entschädigung in Raten, eine Art Wiedergutmachung, verteilt über hundert Jahre oder gar mehr. Am besten begleichst du deine erste Rate gleich jetzt."
Helga lachte. Sie wollte sich losreissen, doch Hedigers Griff war eisern. Wie eine Bahnschranke neigte sich sein Oberkörper nach hinten und dann gab es kein Zurück mehr. Hediger fiel rücklings auf die Matratze und Helga über ihn her. Ihre Küsse waren leidenschaftlich vulgär, ihre Fingernägel schmerzten auf der Haut, ihre Haare kitzelten im Gesicht, ihre Haut war warm und straff, ihr Busen wippte auf und ab, ihr Blick verlangte nach mehr und ihr ganzes Wesen war einfach nur noch ein einziges feuchtes Feuerwerk, das ihn überrollte und hin und weg in eine ferne Dimension katapultierte.

Helga hatte Stunden später ein sinnliches Lächeln auf ihren Lippen, als sie sich an Hedigers Brust kuschelte und der Schlaf beide gleichzeitig überkam.

28. April 2015 – Hediger seufzte, faltete die vergilbte Tageszeitung zusammen und legte sie in die Bananenkiste. "Tja, Benno, am Ende kommt alles anders als man denkt. Am frühen Nachmittag des 4. Juli 1954 öffnete der Himmel die Schleusen und es regnete in Strömen. Es war Fritz Walter-Wetter. Die Menschen in Deutschland sassen dicht gedrängt vor den Radios und den wenigen Fernsehgeräten, als die Mannschaften den tiefen Rasen des Berner Wankdorfstadions betraten. Sepp Herberger, der Trainerfuchs, wusste, dass die technische und spielerische Überlegenheit der Ungarn bei Regen weniger zum Tragen kam. Kampf und Einsatz waren gefragt, beides Tugenden der Deutschen. Und was sich dann abspielte, war ein wahrer Fussball-Krimi – mit überraschendem Ausgang." Hediger wandte sich wieder dem Sofa zu und stöhnte kurz, als sein Körper mit Hilfe der Schwerkraft auf die weichen Kissen absackte. "Benno, Benno, am Schluss haben mir die überheblichen Ungaren fast etwas leidgetan. Nach 8 Minuten führten sie 2:0 – durch Puskás und Czibor, ihre beiden gnadenlosen Vollstrecker. Was habe ich mich da in meiner Vorhersage bestätigt gefühlt." Hediger seufzte schon wieder. "Nie vergesse ich Herbert Zimmermanns 'Gott sei Dank, nur noch 2:1, das sollte uns Mut geben'. Doch die Ungaren rannten weiter an. Als dann aber Helmut Rahn plötzlich den Ball Volley in die Maschen knallte, stand es 2:2. Zwei Chancen, zwei Tore – das Stadion stand Kopf. Weiter rannten die Ungaren an. Aber hinten hielt der Toni nun alles, was aus dem Ostblock auf ihn zugerollt kam, und vorne, das ist Geschichte. Zweite Halbzeit, noch sechs Minuten zu spielen." Hediger machte mit dem Fuss eine Täuschung zur Seite, eine leichte Bewegung mit dem Oberkörper und schob dann zum 3:2 in die untere linke Ecke ein. "'Aus dem Hintergrund müsste Rahn schiessen, Rahn schiesst – Tooooor! Tooooor! Tooor! Tooooor! Tooor für Deutschland!'", schrie der alte Mann, um dann sachlicher zu ergänzen, "und neun Jahre nach Kriegsende verlässt Deutschland zum ersten Mal wieder erhobenen Hauptes den Platz als Sieger. Ein Aufschrei geht durch ein ganzes Volk, und mit einem Mal werden die Deppen aus der Vorrunde zu den Helden des Finales. So schnell kann es gehen – in beide Richtungen, wenn du an die hochgelobten Ungaren denkst, die zu Hause ein Empfang mit Spot und Schande erwartete. Weisst du, Benno, der Sepp Herberger,

dieser listige Kerl, hatte seinen Spielern, den elf Freunden, die sie zu sein hatten, rechtzeitig die Augen geöffnet. Keiner fürchtete mehr die ungarischen Offensivstars. Jeder sah nur noch die defensiven Lücken in der gegnerischen Hintermannschaft, durch die er das Runde in das Eckige zaubern konnte – allen voran Helmut Rahn. Die Spieler rannten bis zum Umfallen. Bestimmt auch etwas beflügelt durch die vor dem Anpfiff verabreichten stimulierenden Substanzen."

Hediger starrte Benno an und öffnete bereits wieder seine Lippen.

"Nun sag nur, mein Freund, du hast noch nie von diesen Unterstellungen gehört? Nein?... Tja, es war so: Schon wenige Tage nach dem Spiel bezichtigte der Ungarische Spielführer Puskás den neuen Weltmeister des Dopings. Der Berner Platzwart hatte leere Glasampullen im Abflussgitter gefunden. Ein weiteres Indiz: Praktisch alle deutschen Spieler bekamen Leberschäden. Weisst du, Benno, damals gab es noch keine Einwegspritzen. Die Spieler infizierten sich alle mit derselben Spritze. Zwei verstarben wenige Jahre später, der eine an einer Leberzirrhose, der andere an den Folgen einer nicht behandelten Gelbsucht. Nun gut, oder auch nicht gut... der Hans Steiner, ein guter Freund von mir, der damals beim Nachrichtendienst gearbeitet hat, war sich seiner Sache sicher: Die Spieler hatten Pervitin gespritzt. Pervitin ist, musst du wissen, Benno, ein im zweiten Weltkrieg an den Soldaten erprobtes Aufputschmittel, eine sogenannte Stimulanz, wie er sagte – also Doping. Damals gab es aber noch keine Anti-Doping-Bestimmungen. Und ob die Ungaren nur Traubenzucker zu sich genommen haben, sei mal dahingestellt."

Hediger breitete seine Arme weit aus und öffnete seine Lippen.

"Legendär sind sie gewesen, deine Worte als NWDR-Radioreporter, oh Herbert Zimmermann. 'Drei zu zwei führt Deutschland fünf Minuten vor Spielende. Halten Sie mich für verrückt, halten Sie mich für übergeschnappt', hast du uns gefesselt. 'Und die Ungaren, wie von der Tarantel gestochen, lauern die Puszta-Söhne, drehen jetzt den siebten oder zwölften Gang auf. Und Kocsis flankt, Puskás – Schuss – aber nein, kein Tor! Kein Tor! Puskás abseits!'"

Hediger nickte seinen imaginären Zuhörern zu, holte bereits wieder tief Luft und fuchtelte mit den Armen wie ein Scheibenwischer vor seinem Gesicht herum.

"Und dann ist es so weit: 'Aus! Aus! Aus! Aus! – Das Spiel ist aus! Deutschland ist Weltmeister!'" Die Luft reichte nicht mehr, Hediger keuchte, schwitzte, atmete nochmals ganz tief ein und sprach endlich ganz sachlich zu seiner imaginären Zuhörerschaft: "Mit den drei letzten Pfiffen des englischen Schiedsrichters Bill Ling ist es vollbracht: Meine Damen und Herren, geehrte Fussballsachverständige, das war sie, die Geburtsstunde des Wunders von Bern! Ich habe noch jetzt eine Gänsehautentzündung!"

Hediger fuhr sich mit den Fingern durch sein Haar, schaute ein letztes Mal in die Runde und streckte seine Hand aus. Kaum war der letzte imaginäre Applaus verklungen, zog er das zweite Portrait auf seine Oberschenkel, jenes mit der vielleicht dreissigjährigen Frau.

"Benno, der Stilbruch könnte nicht extremer sein, aber... sieh dir das Foto an, schau her: Das war der Höhepunkt meines Wunders von Zürich."

Ganz in Weiss gekleidet stand die Braut vor einem stillen, von Fichten umschlossenen Wasser. Die schneebedeckten Bergspitzen leuchteten in der Abendsonne. Das Lächeln der Frau widerspiegelte sich sofort auf Hedigers Lippen.

"Wie attraktiv du doch gewesen bist, meine liebe Helga", sagte er und senkte seinen Blick. "Weisst du, Benno, sie war die Liebe meines Lebens, die Liebe auf den ersten Blick – mindestens meinerseits." Benno rührte sich nicht. Also fuhr sich Hediger mit den Fingern durch sein graumeliertes Haar, noch immer mit einem Lächeln auf seinen Lippen. "Damals in den Bergen, der perfekte Tag: Nicht die kleinste Wolke am Himmel, ein erfrischender Luftzug im Gesicht, keine summenden Insekten am Ohrläppchen. Die Sonne schien den ganzen Tag nur für uns."

Er legte seine Hände auf die Knie und schaute zum Fenster hinaus. Draussen herrschte graue Tristesse. Nach der blitzreichen Gewitternacht regnete es an diesem 28. April noch immer in Strömen.

"Jener Tag in den Bergen war einfach nur die logische Konsequenz unserer in den Jahren zuvor gelebten vertrauten Zweisamkeit – auch wenn wir sehr unterschiedlich gewesen sind. Helga ging oft aus und verbrachte viel Zeit mit anderen Jungs und bestand jede Prüfung mit links, während ich jede Sekunde für mein Studium büffelte, um am Ende die Minimalnote knapp zu erreichen. Nach dem Studium zogen wir in eine kleine Wohnung an der Dorfstrasse in Kloten. Ich wurde Funker und Navigator bei der Swissair und

liess mich endlich zum Piloten umschulen. Sie unterrichtete Gymnasiasten in Deutsch und Geschichte. Ach Benno, für eine letzte Sekunde mit Helga würde ich mein ganzes restliches Leben hergeben."
Hediger wandte sich von Benno ab und starrte erneut nach draussen in den Regen. "Vor lauter Wolken sieht man die Sonne nicht mehr. Einzig mit etwas Vorstellungsvermögen erkennst du sie noch... Nun öffne schon deine Augen, Benno, und schau sie dir an. Sie mag dich ja blenden, aber gleichzeitig verkörpert sie das Leben und wärmt deine Haut... dein Fell... Genau so hat sie geschienen, damals vor... ach, weisst du, es ist schon so lange her." Wieder einmal seufzte Hediger. "Habe ich dir schon von jenem Tag erzählt, von unserer Hochzeit? Es war der perfekte Tag... Eigenartig, diese Worte kommen mir so bekannt vor. Habe ich dir wirklich noch nie von unserer Hochzeit erzählt? Oder hast du mich unterbrochen, als ich dir davon erzählen wollte?" Hediger wandte sich erneut ab und starrte zum Fenster hinaus. "Nun gut, Benno, wie auch immer, es ist höchste Zeit, dass ich dir von jenem Tag erzähle."

Benno antwortete erneut nicht. Wie sollte er auch? Er war ein in die Jahre gekommener Hund – ein Belgischer Schäfer. Hediger schmunzelte und öffnete seine Lippen.

- 12 -

Wasserauen war ein winziges Kaff am Fusse des Alpsteinmassives. Abgesehen von ein paar Häusern gab es hier nichts als die Seilbahn hoch auf die Ebenalp, das sich im landwirtschaftlichen Nichts verlierende Ende des Geleises der Appenzellerbahn und ein paar Parkplätze für die wenigen motorisierten Touristen, die sich an den warmen Sonnentagen über das Bergmassiv hermachten – allerdings nicht ohne Grund.

"Der Seealpsee, eingebettet zwischen den Felswänden, ist der wohl idyllischste Ort der Welt", hatte Hediger einst gesagt, seine Helga vor der Bergkapelle fest in die Arme geschlossen und über die sich im leichten Wind kräuselnde Wasseroberfläche zu Säntis und Mesmer hochgeschaut. "Eines Tages möchte ich hier heiraten – dich!"

"Oh Marcel", hatte sie gehaucht, "du bist mein Ein und Alles. Ich liebe dich!"

Worauf er ihr die entscheidende Frage gestellt hatte. Ihre Antwort war in einem Anfall von Lachen, einem Schwall von Tränen und einem Erguss von Küssen untergegangen. Hediger hatte ihre emotionale Reaktion für ein 'JA' genommen.

Das war vor zwei Jahren gewesen. Jetzt, frisch geduscht und im schwarzen Anzug, stand Hediger erneut an eben diesem Bergseeufer, umgeben von einigen Verwandten und Bekannten, aber ohne Helga. Wie so oft liess sie auf sich warten – ebenso ihre beiden Brautjungfern. Hediger störte sich nicht daran. Viel zu gross war seine Vorfreude auf die kommenden Stunden, Tage, Monate und Jahre, auf das Leben mit Helga an seiner Seite.

"Sie ist meine grosse Liebe", lächelte Hediger, worauf sein Trauzeuge Urs nickte und ihm wortlos auf die Schulter klopfte. Hediger nestelte am Windsorknoten herum, richtete zum hundertsten Mal seine Krawatte und fuhr sich mit der flachen Hand über sein immer wieder vom Wind zerzaustes Haar. "Die Terrasse hier vor dem Gasthof Forelle ist der schönste Ort der Welt – der perfekte Ort für unsere Hochzeit."

"Marcel, nun sei mal nicht so nervös", sagte Urs und lachte. "Brauchst ja nichts weiter als 'ja' zu sagen. Nichts im Vergleich zu den Herausforderungen, die euch das Leben noch stellen wird."

Keiner der beiden konnte zu diesem Zeitpunkt ahnen, wie recht Urs mit seinen Worten behalten sollte.

"Danke, Urs, für deine Freundschaft", sagte Hediger. "Du bist ein dufter Kerl – all die Jahre, die wir uns nun schon kennen." Der Trauzeuge antwortete nicht mehr. Mit seinen letzten Worten wandte sich Hediger ab – und sah nur noch sie. Ganz in Weiss trat sie auf die Terrasse hinaus, dicht gefolgt von Carole und Manuela, ihren beiden Brautjungfern in Blau. Hediger holte tief Luft. Da stand sie nun vor ihm, seine Helga. Sie lachten zusammen, sie atmeten zusammen, sie radelten zusammen, sie wanderten zusammen, sie schmusten zusammen, sie stritten sich zusammen, sie trösteten sich zusammen, sie liebten sich mindestens jeden zweiten Tag – und nun sollten sie zusammen durch das restliche Leben gehen, den Bund bekräftigt vor Gott und all den anwesenden irdischen Zeugen.

Helga strahlte über das ganze Gesicht. Sie war eine hübsche Braut. Hediger konnte das Schmunzeln nicht aus seinen Mundwinkeln verbannen, seit Stunden nicht mehr. Er schaute in die Luft und sah den Himmel voller Geigen – und keine war verstimmt. Tief atmete er die frische Bergluft ein, seufzte, sein Blick wurde trüb und eine Freudenträne kitzelte auf seiner Wange.

Hedigers Stimme überschlug sich an diesem Tag nicht zum letzten Mal, als er die Worte 'ja, ich will' über seine Lippen brachte. Dabei schaute er seiner Helga tief in die Augen und glaubte, in ihnen einzutauchen. Ihre Lippen lächelten und bewegten sich kaum, als die gleichen drei Worte über ihre Lippen glitten. Hediger strahlte vor Glück, umklammerte seine Braut und genoss ihre Lippen auf den seinen. Helga mundete wie ein Rosenbeet.

Es dauerte eine Ewigkeit, bis Hediger endlich den ersten Happen vom Apero-Buffet, das auf der Terrasse vor dem Gasthof aufgebaut worden war, mit Zeigefinger und Daumen in seinem Mund entsorgte. Er lächelte still vor sich hin und nippte am Weissweinglas. So fühlte sich das Glück an, von dem er ein Leben lang geträumt hatte. Nie wieder wollte er auf Morgen hoffen und das Heute verpassen. Ein zufriedenes Lächeln zeichnete sich auf seinen Mundwinkeln ab.

Hediger schüttelte gefühlte tausend Hände. Eine mittelalterlich gekleidete Grossmutter von der Seealp wünschte ihm alles Gute für die Zukunft, ein Bergwanderer mit modischen, rot und grau gestreiften Stulpen nur das Beste, und eine kleinkarierte Zicke aus Zürich, keine 20 Jahre alt, erklärte ihm nochmals den Sinn des Lebens und die mit der Zweierkiste verbundenen Verpflichtungen.

Von Helga sah Hediger eine gefühlte Stunde lang nichts. Sie war mit dem Fotografen zwischen den Felsblöcken verschwunden, und Hediger hatte bei dieser Fotosession nun wirklich nichts zu suchen, war ihm klar gemacht worden.

Dafür kümmerte sich ein waschechter Bayer um ihn, seines Zeichens Ordinarius für BWL an der Universität St. Gallen HSG und schon vier Mal glücklich geschieden. Der wandernde Herr Professor hielt Hediger ein viertelstündiges Referat über die Institution Ehe. Hediger liess all die Belehrungen mit stoischer Ruhe über sich ergehen. Doch als sich der Dozent auch noch über seinen 'niedlichen' Schweizer Dialekt lustig machte, wurde es dem Bräutigam zu bunt.

"Ihr seid Euch schon bewusst, Herr Professor, dass die Deutsche Sprache, das Niederländische und das Schweizerdeutsche auf eine gemeinsame Urgermanische Sprache zurückgehen?"
"Wie bitte?"
"Unsere Sprachen sind nur wenige Jahrhunderte alt."
"So ein Blödsinn", erwiderte der Ordinarius und wollte sich abdrehen, doch seine Neugierde war grösser. "Mia san nur mia!"
"Bên zi bêna, bluot zi bluoda."
"Hä?"
"Bein zu Bein, Blut zu Blut – im Leben gibt es nicht nur Hopfensaft und Weisswürste", lachte Hediger, "sondern auch die Merseburger Zaubersprüche."
"Die was?"
"Diese beiden Zaubersprüche wurden 1841 in einer theologischen Handschrift des 9. Jahrhunderts in der Bibliothek des Domkapitels zu Merseburg entdeckt, in einem Sakramentar, einer sechslagigen Sammelhandschrift mit doppelter Foliierung. Die Verse sind in althochdeutscher Sprache und illustrieren, wie sich die einzelnen germanischen Sprachen im letzten Jahrtausend weiterentwickelt haben." Hediger fühlte sich wie hinter dem Rednerpult im Hörsaal einer Universität. "Phôl ende wuodan fuorun zi holza. Dû wart demo balderes folon sîn fuoz birenkit."
"Ihr seid wirklich reif für die Ehe. So was Verrücktes habe ich seit dem letzten Oktoberfest nicht mehr gehört. Was soll dieses Wortgefasel?"
"Ganz einfach: Phol und Wodan – das sind die Namen der beiden Protagonisten – begaben sich ins Holz, in den Wald. Da wurde

dem Balder sein Fohlen – Balder steht im Altdeutschen für den Herrn – sein Fuss verrenkt. Noch Fragen?"

"Was seid Ihr doch für ein drolliger Geschichtenerzähler. Ihr habt sie echt nicht mehr alle."

"Das Gedicht ist über die vorchristliche germanische Mythologie", schmunzelte Hediger, "und handelt von einem Heilungszauber für verrenkte und gebrochene Pferdefüsse. Ich sehe, Euch steht die Begeisterung ins Gesicht geschrieben. Da Ihr Euch denn dermassen für die germanische Mythologie interessiert, gebe ich Euch gerne den ganzen Spruch zum Besten."

Wie ein Pfarrer, der den Segen erteilte, breitete Hediger seine Hände aus und lächelte kurz:

"Phôl ende Wuodan fuorun zi holza.
dû wart demo balderes folon sîn fuoz birenkit.
thû biguol en Sinthgunt, Sunna era swister;
thû biguol en Frîja, Folla era swister;
thû biguol en Wuodan, sô hê wola conda:
sôse bênrenki, sôse bluotrenki, sôse lidirenki:
bên zi bêna, bluot zi bluoda, lid zi geliden, sôse gelîmida sîn."

Phol und Wodan begaben sich in den Wald.
Da wurde dem Fohlen des Herrn/Balders sein Fuss verrenkt. Da besprach ihn Sinthgunt, die Schwester der Sunna;
da besprach ihn Frija, die Schwester der Volla;
da besprach ihn Wodan, wie er es wohl konnte:
So Beinrenkung, so Blutrenkung, so Gliedrenkung:
Bein zu Bein, Blut zu Blut, Glied zu Glied, wie wenn sie geleimt wären.[1]

Der Bayer brauchte eine Ewigkeit, um seine grosse Kinnlade zu schliessen. Er schüttelte den Kopf und schaute sich um, als suchte er in dieser endlosen Bergwelt nach einem sicheren Hort – und starrte immer wieder in das versteinerte Gesicht des Bräutigams. Wie ein an Land gestrandeter Fisch öffnete er endlich seine Klappe und bewegte die Kiefermuskeln.

"Die Schweiz ist ein eigenartiges Land mit einer eigenartigen Ansammlung von Individuen", murmelte er und kratzte sich im Nacken. "Angenommen, Ihr seid des Altdeutschen wirklich mächtig: Was bezweckt Ihr mit dem Rezitieren dieses Zauberspruches?"

---

[1] Übersetzung siehe Goto/Wikipedia – Merseburger Zaubersprüche

"Wie ich schon sagte, alle unsere germanischen Sprachen gehen auf die gleiche Ursprache zurück – das Schweizerdeutsche gleichermassen wie das Bayerische."

Der Bayer lachte, das sei doch unlogisch, Bayern habe mit der Schweiz garantiert nichts am Hut, worauf Hediger unbeirrt fortfuhr.

"Man kann die Sprachentwicklung mit der Evolution des Menschen vergleichen. Wir alle gehen auf den gleichen Urmenschen zurück. Obwohl aus wissenschaftlicher Sicht nicht ganz korrekt, nenne ich diesen mal den Neandertaler. Unser Neandertaler hat sich über Jahrhunderte weiterentwickelt, genau wie die germanische Sprache. In einer Region haben sich die Holländer entwickelt, sogenannte Oranjes, also die Orang-Utans. In einer anderen Region hat sich der Urmensch zum Gorilla weiterentwickelt, sagen wir mal in Deutschland."

"Bayern ist nicht Deutschland."

"Absolut richtig. Deshalb hat sich der Urmensch in Bayern ja auch zum Schimpansen weiterentwickelt. Der ist immerhin etwas attraktiver als der Orang-Utan, nicht wahr?" Hediger schmunzelte. "Tja, und in der Schweiz hat sich der Urmensch zum Menschen weiterentwickelt. Also, der Herr, noch Fragen zum Schweizer Dialekt?"

Der Bayer starrte Hediger aus tellergrossen Augen an. Doch dieser nickte nur, murmelte etwas von 'Ich muss mich jetzt mal wieder um meine Braut kümmern' und wandte sich ab.

An diesem Tag lag die Welt noch nicht in einem hedigerschen Trümmerfeld und der Hochzeitsring seiner Braut war noch nicht verschollen. Oder wie Helga an jenem Abend beim Lichter löschen zu guter Letzt sagte: "Unsere Hochzeit, das interessierte die Welt."

28. April 2015 – Hediger seufzte, stellte das zweite Bild in der Chiquita-Kiste neben das erste und griff nach dem dritten gerahmten Portrait. Die Dame im Profil war, wie schon erwähnt, um die Fünfzig, vielleicht auch erst Fünfundvierzig. Sie hatte graumeliertes Haar, war dezent geschminkt und ihre Augen leuchteten. Ganz in weiss erstrahlte im Hintergrund eine typische griechische Kapelle in der Abendsonne.

"Thira auf Santorini ", murmelte Hediger und holte tief Luft, "ach Helga, du warst eine launische, kleine Hexe."

Er erhob sich und schlenderte am Fernseher vorbei zur Balkontüre. Dick prasselten die Regentropfen auf das Vordach. Hediger zog die Türe hinter sich zu und sog die frische Luft in sich hinein. Es roch nach Regen auf warmem Asphalt, nach frischer Wäsche und Leben. Doch seine Hand zitterte, als er das Streichholz an der Schachtel rieb. Es knisterte, die im Mundwinkel hängende Zigarette glühte auf und Hediger atmete tief ein.

"Ich weiss, Helga, rauchen ist ungesund, gibt Lungenkrebs. Doch jetzt kommt es auch nicht mehr darauf an. In der Zeit, die mir bleibt, schafft mich selbst der aggressivste Krebs nicht mehr." Er pustete eine Wolke in Richtung Himmel. "Und seien wir mal ehrlich, meine Liebe, du hast das Nichtrauchen auch nicht überlebt."

Erneut zog er am Glimmstängel, keuchte, beugte sich vornüber und hustete in seine geballte Faust.

"Es macht keinen Spass mehr...", murmelte er, liess die glühende Kippe auf den Boden fallen und trat sie aus. "Irgendwann ist es die Letzte – irgendwann muss es die Letzte sein. Wer weiss, vielleicht war das schon meine Letzte."

Er schloss die Balkontüre wieder hinter sich. Dann plumpste er kraftlos ins Sofa und griff erneut nach dem dritten Portrait.

"Ach Helga, meine geliebte Helga, fünf Mal verbrachten wir unsere Ferien auf der Insel mit der unvergleichlichen Caldera. Erinnerst du dich noch an jenen Abend, als ich dir...?" Hediger hielt inne. "Wo waren da eigentlich unsere Kinder? Ich erinnere mich nicht mehr... Waren sie mit uns auf Santorini, in Griechenland? Oder weilten sie bereits nicht mehr unter uns?" Er seufzte. "Wenn du auf der Bergspitze stehst, dann geht es einfach nur noch abwärts, welche Richtung auch immer du einschlägst. Nicht anders ist es Griechenland ergangen, der Wiege der Antike."

53

Hediger schloss seine Augen und rührte sich nicht mehr. Einzig seine Pupillen zuckten unter den geschlossenen Lidern hin und her und wölbten immer mal wieder die nicht mehr ganz straffe Haut. Dann und wann, wenn er nach Luft schnappte, zuckten seine riesigen Nasenflügel auf und ab, während sich der Brustkorb aufblähte –ansonsten zeigte er keine Regung. Selbst dann nicht, als er seine Lippen leicht öffnete und spitzte. Er sprach nicht, sondern flüsterte in den toten Raum hinaus.
"Nichts, was heute geschieht, kann mich noch überraschen. Das Leben hat mich gefunden, aufgebraucht, ausgelaugt, und heute habe ich mehr zu erzählen als jeder Pfarrer auf der Kanzel. Aber ihr da draussen, ihr wollt nicht auf mich hören, sondern steht einfach nur hinter dem Mikrofon und parliert von Rettungsplänen. Wen genau wollt ihr eigentlich retten? Die Versicherungskonzerne? Die Banken? Oder eure eigene Haut? Dabei... was ist mit uns, mit dem Volk? Haben wir keine Stimme? Und erst unsere Kinder, die ihr mit eurem an Narzissmus grenzenden egoistischen Verhalten schändlich ausbeutet und denen ihr eine Schuldenlast aufbürdet, die unsere Nachkommen über Generationen hinweg mit sich herumschleppen werden?" Kurz nur verstummten die geflüsterten Worte. "Da war doch einmal dieses eine Land – und diese eine Weltwirtschaftskrise, deren Ursache weit weg lag und für die das Land kaum etwas konnte, einzig vielleicht für die über Jahre angehäuften Schulden. Wobei, so viel anders als die Nachbarstaaten hatte sich das Land nun auch wieder nicht verhalten... Nun gut, so sei es – so war es. Dieses Land also, mit einer Schuldenlast, die mehr als 100% der jährlichen Wirtschaftsleistung betrug, wurde von seinen ausländischen Gläubigern erbarmungslos zur Rückzahlung der Schulden gedrängt. Aber es war in einem starren Wechselkursregime gefangen und konnte seine Währung nicht wie früher abwerten, um den Wirtschaftsproblemen zu entfliehen. Also senkte es die Staatsausgaben, kürzte die Löhne der Beamten und erhöhte die Steuern, um die Schuldenlast zu tilgen oder wenigstens die ausstehenden Zinsen zu begleichen. Und schon war das Land in einer beispiellosen Deflationsspirale gefangen." Hediger streckte seine Hand aus und zeichnete Kreise in die Luft, die nach unten immer enger wurden. "Die Arbeitslosenrate explodierte, das Bruttoinlandsprodukt schrumpfte, als Konsequenz sanken die Staatseinnahmen und die Schulden wurden immer gigantischer – die Depression war brutal. Als dann die Banken kollabierten, viele

Unternehmen zahlungsunfähig wurden und die Leute reihenweise auf die Strasse stellten und das Geld an allen Ecken und Enden fehlte, war das soziale Elend perfekt und die politische Krise unausweichlich. Es gab Demonstrationen, Massenproteste, Unruhen – und immer mehr Tote auf den Strassen. Nichts gab den Menschen das Vertrauen zurück. Doch da meldete sich ein Mann zu Wort, ein charismatischer Führer, ein Visionär. Er versprach der Bevölkerung das Ende von Elend und Leid, die Butter auf dem Brot, ja sogar den Honig dazu. Seine wohldosierten Worte schenkten den Menschen Zuversicht, gaben ihnen das Selbstwertgefühl zurück, den Glauben an eine bessere Zukunft. Er versprach soziale Gerechtigkeit – und die Menschen wussten, was sie zu tun hatten. Es war an einem frostigen Januartag, da kam es zur Volksabstimmung, und die Partei des charismatischen Führers übernahm das Land." Hediger riss seine Augen auf, schaute sich um und sprach mit kräftiger Stimme zu seinem imaginären Publikum: "Nein, meine Damen und Herren, ich spreche nicht von Griechenland, und auch nicht von der linkspolitischen Partei Syriza mit Premier Tsipras, die im Januar 2015, nur wenige Monate ist es her, auf dem Peloponnes das Ruder in die Hand genommen hat. Nein, meine Damen und Herren, ich spreche von der Zeit zwischen dem 24. Oktober 1929, dem Schwarzen Donnerstag, an dem die New Yorker Börse einbrach, die Spekulationsblase endgültig platzte und die Weltwirtschaftskrise begann, und dem ebenso schwarzen 30. Januar 1933, dem Tag der Ernennung Adolf Hitlers zum Reichskanzler. Das Land, von dem ich spreche, ist Deutschland. Meine Damen und Herren, die Parallelen zwischen den historischen Ereignissen sind erschreckend. Was immer uns die Zeit lehrt, wir Menschen lernen nichts und steuern immer wieder voller Zuversicht und mit Höchstgeschwindigkeit in die gleichen Sackgassen. Während Jahrzehnten politisierten wir zunehmend in Richtung Mitte. Doch in letzter Zeit verschaffen sich Extremisten von rechts bis links Gehör: Neben PEGIDA auch UKIP in England, der Front National in Frankreich oder Sultan Erdogan in der Türkei – aber auch Vertreter aus China, Russland und den USA lassen grüssen. Austerität, Einwanderung, Überfremdung und Ungleichheit sind idealer Nährboden für populistisch wenig differenzierte Politik auf beiden Seiten des politischen Spektrums. Alle versprechen sie Lösungen, liefern aber nie... Ach, mein Griechenland, was ist nur aus dir geworden? Und du, mein Santorini, was wird noch aus dir werden?"

- 14 -

Santorini – wie wohl klang in Hedigers Ohren doch der Name dieser romantischsten aller romantischen Kykladen-Inseln. Jetzt, nach den traurigen Ereignissen vom vergangen Herbst, sollten die Tage am Kraterrand zu den wichtigsten von Helgas und Hedigers Leben werden, hoffte er. Alles stand auf dem Spiel. Es ging um nicht mehr und nicht weniger als um ihre Beziehung, um seine Beziehung zu Helga.

Hediger verstand Helga nur zu gut. Ein solches Schicksal traf jede Mutter in ihrem Innersten, wühlte sie auf und brachte sie über den Rand des Abgrundes hinaus. Morgen für Morgen kämpfte Helga von Neuem gegen die aufkommende Tristesse, die einem Dämon gleich unsichtbare, langgliedrige dürre Finger um ihren zarten Hals legte und ihre Gurgel zuschnürte, kämpfte gegen die Selbstzweifel, die keimende Vereinsamung und die nicht abschliessend gelebten und immer wieder frisch aufkommenden Gefühle von Trauer. Mit jedem Tag wurde Helgas Frustration grösser, die Wut gegenüber den anderen, den Nachbarn, den Freunden, den Verwandten – und immer mehr auch die Wut gegenüber dem eigenen Partner, gegenüber ihm, Hediger. Für alles war er verantwortlich, für die Unordnung zu Hause, für die von Freunden und Bekannten erteilten Ratschläge, für die von ihm geäusserte, notorisch besserwisserische Kritik, für die fünf Tage Regenwetter und für den Schneesturm genauso wie für die blendende Sonne.

Hediger wollte den Tatsachen nicht ins Auge sehen, wollte sich gar nicht erst auf Gefühle von Trauer und Schmerz einlassen – und blendete diese aus. Doch so sehr er auch ausblendete, es wurde nie ganz finstere Nacht. Immer wieder sorgte Helga mit ihren Blitzen für Licht. Die Resonanz, die im Raum zwischen ihnen herrschte, wurde zu schwach für eine Paarbeziehung.

Hediger, der doch ebenso litt wie seine Frau, wünschte nichts sehnlicher herbei als die zwei Abwechslung verheissenden Wochen auf Santorini in Griechenland. Der trockene Küstenwind strich ihm über das Gesicht, als er seinen Fuss zum ersten Mal auf die Vulkaninsel setzte. Bei Westwind wehte der Geruch von frischen Innereien vom Fischerhafen herüber. Doch an diesem Tag herrschte Ostwind, und es duftete nach der frischen See und nach heissem Fels. Auf dem Eselsrücken ging es vom Fährenhafen den Zickzack-Weg die Caldera hoch nach Thira, und eine Stunde später sassen Hediger und seine Frau auf ihrem Balkon. Ein Glas Vinsanto in der Hand sahen sie der roten Sonnenkugel zu, wie diese ihre runde Fülle am Horizont im Meer spiegelte.

"Danke, Marcel", murmelte Helga, streckte ihre Hand aus und griff nach einer Olive. "Ich wusste gar nicht mehr, wie sich das Leben anfühlt."

"Ich weiss, du magst meine schlauen Sprüche nicht", seufzte Hediger, "aber ist es nicht manchmal besser, wenn wir nicht nach hinten schauen. Wir leben heute und jetzt, dürfen selbstverständlich die Vergangenheit nicht vergessen. Andererseits können wir sie nicht ungeschehen machen, sondern müssen mit ihr leben."

"Weisst du, Marcel, ich denke und sehe das genau gleich. Aber ich kann es nicht fühlen – nicht mehr." Sie schaute auf. "Ich fühle es nicht, einfach nicht. Warum kannst du mir nicht Verständnis und Nähe schenken statt rationaler Ratschläge?"

"Aber ich verstehe dich doch..."

"Vermutlich haben wir nicht das gleiche Verständnis von 'verstehen'."

"Zeige ich dir nicht jeden Tag von neuem meine Nähe, wenn ich dich in die Arme nehme, dir über deinen Kopf und deine Wangen streichle und deinen Körper an meinen drücke? Kannst oder willst du nicht wahrnehmen, was ich alles tagtäglich für dich tue?"

"Willst du damit sagen, ich tue nichts?"

"Aber nein, meine Liebe", seufzte Hediger, "das habe ich mit keinem Wort gesagt."

"Aber du hast es gedacht."

"Wie willst du meine Gedanken kennen?"

"Ich weiss, wie du funktionierst."

"Das ist nicht fair, meine Liebe. Ich leide doch genauso wie du. Wir leiden beide und dürfen uns nicht gegenseitig schwächen. Nur zusammen sind wir stark."

"Dann zeig es mir und streite dich nicht mit mir."

"Aber ich streite mich nicht, ich versuche zu verstehen."

"Zeig es mir!"

"Ist ja gut, mein Liebling." Hediger schloss seine Augen, atmete tief ein und entliess die Luft langsam über seine Lippen in die Freiheit, wie über einen zehnstufigen Wasserfall. "Dann schliesse bitte deine Augen, mein Liebling. Lehne dich zurück. Spürst du die Wärme der Sonnenstrahlen im Gesicht? Spürst du, wie die Abendbrise über deine Haut streichelt? Atme ein – riechst du das Meer?

Hörst du die Brandung? Du brauchst kein Augenlicht, um das Leben zu sehen und um im Heute zu sein." Hediger streckte den Arm aus. "Öffne nun wieder deine Augen." Siehst du, wie sich der Pfad von Thira aus dem Grat entlang nach Norden schlängelt, zwischen all den weissen Häusern hindurch, die sich fast über die Klippen stürzen, an all den Kirchen mit ihren Glockentürmchen vorbei, auf und ab immer weiter bis zum Ort Oia. Ich freue mich auf die Wanderung morgen früh."

"Das wird uns gut tun", murmelte Helga nur und nippte am Glas, "wir können unsere Trauer nicht ewig im Wein ertränken."

"Nein, das dürfen wir nicht", seufzte Hediger, "auch wenn dieser Vinsanto mit seiner Honig- und Rosinennote schon ganz süffig und verführerisch lockt."

Als wollte er seine Aussage untermauern, nahm er einen Schluck des intensiv orangeroten Weins, der seit der Antike aus überreif gelesenen und an der Sonne getrockneten Assyrtiko- und Aidani Aspro-Trauben gekeltert wurde. Nach jahrelangem Reifen in Eichenfässern und auf 12 Grad Celsius temperiert, verzückte der süsse Tropfen den Gaumen.

"Ach, meine geliebte Helga", seufzte Hediger, "was machen wir nur mit uns?

"Es wird nie mehr so sein, wie es einst gewesen ist. Die Welt interessiert sich nicht mehr für uns."

Hediger schaute seine Helga an und entgegnete nichts – wie auch am nächsten Tag während der halben Wanderung nicht. Sie wanderten vorwärts und schauten dabei gedanklich nur zurück. Am Abend sass Hediger alleine auf dem Balkon und öffnete eine zweite Flasche Vinsanto, sah die im Meer eintauchende, glühende Feuerkugel aber kaum noch. Die still fliessenden Tränen trübten seinen Blick.

Das im zurückliegenden Jahr erlittene Leid war viel zu präsent. Doch was noch schlimmer wog, waren die Auswirkungen auf Helga. Sie, die einstige Frohnatur, veränderte sich mit jedem Tag mehr – für Hediger nicht zum Positiven. Es war, als hätte er durch das tragische Ereignis nicht nur ein, sondern zwei Familienmitglieder verloren. Nicht innerhalb von Sekundenbruchteilen, sondern gleitend über Tage, Monate und Jahre. War das bereits der Anfang seines Endes?

28. April 2015 – Hediger seufzte, beugte sich vor und stellte auch das dritte Portrait in die Bananenkiste. Da standen sie nun nebeneinander, die drei Bilder seiner Helga, abgehängt und schon halb entsorgt. Hediger überkam das Gefühl, er habe seine Erinnerungen an die gute Zeit mit seiner Gattin endgültig zu Grabe getragen. Sein Blick verlor sich in der schwarzen Unendlichkeit des Fernsehers.

"Was bist du nur für eine Romantikerin gewesen", murmelte er, schüttelte den Kopf und starrte auf die Orchideen, die auf dem Fenstersims dahinvegetierten. "Zu jeder Kindergeburt hast du dir eine Orchidee gekauft, zur Silbernen Hochzeit und zu deinen runden Geburtstagen. Warum nicht zu meinen?" Hediger erhob sich. "Du hast deine Todesblumen gehegt und gepflegt. Doch haben sie uns je Glück gebracht?" Er griff nach dem ersten Pflanzenstock, der sich neben der Balkontüre dem Licht entgegenstreckte. "Als Nachtfalter-Orchidee aus dem tropischen Regenwald Thailands hast du mir diese hier vorgestellt. Ihre weissen Blüten sind wachsartig strukturiert mit überdimensional grosser Lippe. All die Jahre hat sie geblüht, doch seit drei Jahren nicht mehr. Na ja, was sind schon drei Jahre? Petra bekam nicht einmal den Bruchteil dieser Zeit geschenkt." Er nickte. "Die Ärmste ist noch als Knospe verwelkt."

Hediger machte mehrere Schritte und liess sich ins Sofa fallen. Der Hund schaute auf, gähnte und starrte sein Herrchen an, das den Pflanzentopf zwischen seinen Händen hin und her wiegte.

"Na, Benno, was meinst du, wird sie nochmals blühen? Bekommt sie eine zweite Chance?" Er drehte den Topf, pustete den Staub von den Blättern und seufzte. "Petra, wie sehr habe ich dich herbeigesehnt. Du bist mein Wunschkind gewesen und durftest doch nicht bei mir bleiben. Du hast keine zweite Chance bekommen. Noch heute vergiesse ich Tränen, wenn ich an dich denke. Nie werde ich vergessen – nie!"

- 16 -

Hediger drückte auf das Gaspedal. Noch nie hatten ihn die Verkehrsregeln weniger interessiert als in dieser Herbstnacht, in der er im 5. Gang durch den Nebel kurvte. Beim Rotlicht an der Kronenkreuzung blitzte es zwei Mal, doch es kümmerte ihn nicht. Es war Sonntagnacht kurz vor drei, keine Menschenseele auf der Strasse und Helga neben ihm hielt sich den Bauch. Das vorbeiflitzende Licht der Laternen beleuchtete immer wieder die am Samstagmorgen erstandene Orchidee auf dem Rücksitz. Nicht zufällig hatte Helga diese ausgewählt. Ein Mädchen würde es geben, hatte der Arzt gemeint. Hediger drückte weiter auf das Gaspedal.
"Ich kann nicht mehr!", schrie Helga. "Es tut so weh!"
"Halte durch, mein Liebling."
"Ich freu mich ja so, aber... ahhh, die nächste Wehe."
"Nur noch zwei Kurven..."
Die Reifen quietschten. Es stank nach Gummi und Kupplung. Hediger starrte kurz auf das beleuchtete Schild 'Notfallaufnahme' und riss die Beifahrertüre des VW Käfers auf.
"Zwei Wochen zu früh", murmelte der diensthabende Arzt und gähnte, während Helga in den bereitstehenden Rollstuhl sank.
"Stossen Sie ihre Frau und folgen Sie mir."
Hediger glaubte sich verhört zu haben. Dieser arrogante Kittelschnösel in Weiss sollte sich gefälligst um seine Helga kümmern und sie, wie es sich gehörte, in den Kreissaal stossen – und nicht er, der werdende Vater. Doch Hediger war nicht nach Revolution zu Mute. Er holte kurz tief Luft. Sein Herz trommelte, seine Füsse flitzten und die Räder des Rollstuhls touchierten die Mauer.
"Auf das Bett mit ihr!", befahl der Arzt. "Sind Sie der Vater?"
"Es geht nicht um mich", entgegnete Hediger, "kümmern Sie sich um die Mutter!"
"Nun schieben Sie nicht gleich die Krise. Ist ja nur eine Geburt."
Minuten später tauchte die Hebamme auf. Zwei Sätze später war der arrogante Schnösel verschwunden.
"Wo ist der Arzt", keuchte Helga. "Warum kümmert sich niemand um mich?"
"Ich bin bei Euch", beruhigte die Geburtshelferin, "kein Grund zur Panik, alles wird gut."
"Auch ich bin bei dir, mein Schatz, vertraue mir."

Helga vertraute Hediger – noch. Mit einem entspannten Lächeln auf den Lippen senkte sie ihren Hinterkopf ins Kissen.
"Wie viel Zeit?", seufzte sie.
"Einen Augenblick...", murmelte die Hebamme, um sogleich zu ergänzen, "10 Zentimeter, das dauert nicht mehr ewig."
"Ich... ich kann nicht mehr..."
"Ihr macht das sehr gut... Habt Ihr das gespürt? Das war der Fuss."
"Sie tritt mich pausenlos, immer und immer wieder. Ich kann nicht mehr."
"Nehmt den Ball in die Hand... Ja, genau so. Knetet ihn ganz fest, wenn die Wehen wieder kommen."
Hediger verstand nicht, was Helga erwiderte. Er wischte sich mit dem Handrücken über die Stirn, holte tief Luft, atmete noch heftiger aus und spitzte dabei seine Lippen. Ihm war ganz schwindlig und er klammerte sich mit der Hand am Bett fest.
"Ist Euch nicht gut, mein Herr?", fragte die Hebamme besorgt.
"Geht gleich", keuchte Hediger, "tiefer Blutdruck."
"Ihr braucht Euch nicht zu schämen. Eine Geburt hat schon ganz andere Kerle umgehauen. Ich erinnere mich, da..." Die Krankenschwester brach mitten im Satz ab und wandte sich wieder Helga zu. "Ja, jetzt, Luft holen und pressen, fest, ganz fest – pressen!"
"Pressen, Liebling!", motivierte auch Hediger, "fest, ganz fest!"
"Ich spüre das Köpfchen...", ergänzte die Hebamme, "gleich ist es so weit."
Helga keuchte und schrie ganz laut. Sie holte tief Luft, presste erneut und sorgte für eine Geräuschkulisse, die an ein Formel 1 Rennen erinnerte. Dann riss sie ihre Lippen weit auf und japste so lange nach Luft, bis ihre Schreie endlich leiser wurden und in ein Wimmern übergingen.
"Es geht nicht", heulte sie, "ich mag nicht mehr."
"Wir haben's gleich", besänftigte die Hebamme. "Das nächste Mal klappt's bestimmt." Sie drückte einen Knopf, hörte ein Räuspern und öffnete erneut ihre Lippen: "Herr Doktor, es ist so weit."
"Hast du gehört", flüsterte Hediger, "es ist so weit."
"Was interessiert das die Welt?", keuchte die werdende Mutter. "Ich geh langsam drauf."
Eine Minute später wurde die Türe aufgerissen und der Arzt zeigte alle seine Zähne.
"Na, Frau Hediger, ist es ein Mädchen oder ein Junge?"

"Ich kann nicht mehr", wimmerte Helga, "ich kann einfach nicht mehr."

"Na, na, Frau Hediger, ich bin ja jetzt bei Ihnen, jetzt wird schon nichts mehr schief gehen", beschwichtigte der Arzt, während die Hebamme kurz zur Decke starrte und den Kopf schüttelte. "Noch ein paar Minuten, und Ihre Tochter erblickt das Licht der Welt."

"Sie heisst Petra", flüsterte Helga, "Petra, mein Liebling, lass uns bitte nicht mehr lange warten."

Schon rollten die nächsten Wehen an. Helga presste, Hediger drückte ihre Hand, die Hebamme umklammerte das kleine Köpfchen und der Arzt frohlockte.

"Petras Kopf ist da. Jetzt nur noch die beiden Schultern, dann..." Er brach mitten im Satz ab und starrte auf den Kardiotokographen.

"Frau Metzler, was ist mit der fetalen Herzfrequenz?"

"Alles bestens."

"Nein da, schauen Sie selbst."

Die Hebamme schaute auf, schüttelte den Kopf und starrte dem Arzt direkt in sein Käsegesicht.

"Herr Doktor, die war eben noch ganz regelmässig. Ich habe..."

"Die Nabelschnur", murmelte der Arzt, "Frau Metzler, wir haben eine Dezeleration. Sofort den Operationssaal vorbereiten. Wir müssen eine kindliche Hypoxie machen und eine Sectio durchführen."

"Dafür ist es zu spät", flüsterte die Hebamme, während sich Hediger fragte, was Hypo-Was-Auch-Immer eigentlich bedeutete.

"Der Kopf ist schon fast durch."

"Aber die Herzkurve!"

"Wir müssen die Geburt beschleunigen."

"So machen Sie schon", keuchte der Arzt, "Frau Metzler, nun machen Sie!"

"Einen Augenblick..." Die Hebamme wandte sich ab, flüsterte kurz ein paar Worte in die Gegensprechanlage und presste ihre Ober- auf die Unterlippe. Hediger glaubte die ihm nichts sagenden Worte 'Bradykardie', 'Fenoterol' und 'Tokolytika' zu vernehmen. Frau Metzler nickte mehrmals, murmelte ein "Danke" in die Gesprächsmuschel und starrte dann die Schwangere an. "Die nächste Wehe rollt an, Frau Hediger, jetzt holen wir die Kleine raus, so oder so!"

"So oder so?"

"Genau!"

Helga holte tief Luft, keuchte und schrie. Die Wehe überrollte sie förmlich.
"Frau Hediger, ja genau so, nochmals. Ich spüre die Schultern der Kleinen. Noch einen Ruck, dann habe wir's – da, die Kleine ist da..." Der Arzt fuhr sich mit dem Handrücken über die Stirn, griff nach dem Neugeborenen und wandte sich sofort ab. Helga vernahm kein Geschrei – auch Hediger nicht. "Frau Metzler, jetzt sofort die intrauterine Reanimation, so machen Sie schon!"
"Was ist?", keuchte Hediger. "Herr Doktor?"
"Gleich... nur einen Augenblick", schon rannte der Arzt los.
"Ist was... nicht in Ordnung...? Herr Doktor?" Hedigers Stimme zitterte. Als seine Frau zu wimmern begann, griff er nach ihrer Hand. "Ist schon gut, meine Liebe. Einen Augenblick nur, hat der Herr Doktor gesagt – einen Augenblick."
Der Augenblick der Freude dauerte üblicherweise ein paar Sekundenbruchteile. Der Augenblick der Ungewissheit dauerte üblicherweise eine Ewigkeit. Hediger lernte an diesem Tag, dass der medizinische Augenblick genau 27 Minuten und 13 Sekunden dauerte. Dann stand der Arzt wieder vor ihm. Sein Gesicht war weiss. Er hatte in diesem einen medizinischen Augenblick um das Tausendfache gealtert.
"Das Herz", stammelte er, "es tut mir leid."
"Was tut Ihnen leid?", keuchte Hediger. "Was ist?"
"Das Kind... das Mädchen, es hatte die Nabelschnur um den Hals... Das Herz hat bei der Geburt bereits nicht mehr geschlagen – Intrauteriner Fruchttod. Wir haben alles versucht."
"Intrauteriner was?", stammelte Hediger, während Helga hinter ihm einen Heulkrampf bekam. "Das kann nicht sein, das ist nicht möglich."
"Tut mir so leid..."
"Aber wir haben die Herzschläge gesehen...", Hediger streckte seine Hand aus, "da, auf dem Monitor, ganz deutlich – Petra lebte! Sie muss leben!"
"Es tut mir so leid", murmelte der Arzt, "die Nabelschnur hat die Durchblutung des Köpfchens unterdrückt. Wir hatten von Anfang an keine Möglichkeit... mir fehlen die Worte..."
"Keine Möglichkeit, sagt er..." Hedigers Blick war leer – irgendwie gemütsmässig eingeschränkt. In seinem Gesicht war keine Trauer, keine Wut, kein Frust auszumachen. Einzig seine Lippen

öffneten sich mehrmals und schlossen sich dann gleich wieder.
"Keine Möglichkeit?" Hediger wandte sich ab und starrte die weisse Wand an, genauso wie er 41 Tage später zu Hause im Wohnzimmer auf die schwarze Mattscheibe starrte, wie schon an so manchem Tag zuvor, auf diese fette dunkle Kiste, die mehr tief als lang oder breit war. Die Bilder bewegten sich, doch Hediger sah nichts, hörte nichts, fühlte nichts, und zappte von der ARD auf den ORF und weiter auf den Schweizer Sender. Die analogen Bilder waren unscharf, Wellen brachen an schwarzen Felsen im Meer, einige weisse Häuser hoch oben auf der Klippe. Hediger krauste seine Stirne.

"Lass uns nächstes Jahr nach Griechenland verreisen, nach Santorini", murmelte er und holte tief Luft, "wir müssen auf andere Gedanken kommen."

Er rechnete mit keiner Antwort – wie auch schon an den meisten der 41 Tage zuvor. Helga überraschte ihn nicht und tat das, was sie in diesen Tagen am besten konnte – sie schwieg.

28. April 2015 – Hediger seufzte und starrte auf die Nachtfalter-Orchidee. "Petra hat nicht überlebt, aber du Unkraut vegetierst noch immer vor dich hin. Das Leben ist ungerecht." Er seufzte erneut, schwankte in die Küche hinaus und krallte im Kühlschrank nach zwei grünen Bierdosen. "Schützengarten Klosterbräu", murmelte er, knallte die Türe wieder zu und tauchte ins Sofa ein. Zuerst zischte es, dann gluckerte es und schliesslich wiederhallte ein Rülpser von den Wänden. Hediger lachte und starrte zur Seite. "Ach, Benno, was bist du doch für ein trauriger Kerl. Du hängst den ganzen Tag auf dem Sofa rum und sabberst vor dich hin. Da genehmige ich mir doch lieber ein Bier und finde mich mit einem Kater ab, als dass ich mit dir noch auf den Hund komme." Er rülpste erneut, zwinkerte Benno zu und rührte sich dann nicht mehr, als lauschte er einer Stimme. "Was sagst du, mein Freund?", sagte er endlich mehr als dass er fragte und nickte. "Wie wahr, mein Freund, wie wahr: Wer nicht trinkt, wird nicht für voll genommen, und wer voll ist, erst recht nicht."

Hediger stellte die Bierdose auf den Salontisch und griff nach der Nachtfalter-Orchidee. Unsanft stellte er sie in die Bananenkiste, wandte sich wieder dem Fenstersims zu und griff nach der nächsten Orchidee, einem Frauenschuh von der Insel Java mit knalliger Blüte in Gelb und Pink.

"Peter, das war deine Blume. Für eine gewisse Zeit hast du das Glück zurück in unsere vier Wände gebracht." Hediger nahm einen letzten Schluck und warf die leere Bierdose in die Bananenkiste.

"Erinnerst du dich noch, Helga? Der Himmel hing mal wieder voller Geigen, seit seiner Geburt, nur verstanden wir nichts von Musik und konnten schon gar keine Noten lesen – weder du noch ich. Glaube mir, meine Liebe, du warst mir keine Stütze, ganz im Gegenteil. Deine einzige Konstante war deine Inkonstanz, immer hin und her gerissen zwischen Liebe und Hass..."

"Marcel, ich liebe dich", flüsterte sie, worauf er antwortete: "Ach, meine Helga, und ich dich erst. Manchmal fällt es mir richtig schwer nachzuvollziehen, welches Glück wir zusammen gefunden haben."
"Peter hat uns das Glück zurückgebracht."
"Weise gesprochen, meine Liebe." Hediger nickte. "Es sind diese verschiedenen Lebensphasen, die unseren Alltag reich machen. Peter ist im richtigen Augenblick in unser Leben getreten, damals, als wir beide ganz unten waren."
"Monotonie und Routine wären mir schon lieber als diese von Emotionen gesteuerten Achterbahnfahrten", seufzte Helga. "Ich brauche keine Tiefentauchgänge mehr."
"Monotonie und Routine gehören gleichermassen zum Leben wie Glück und Trauer." Hediger schmunzelte, kniff seine Augen zu engen Schlitzen zusammen, wie er es so oft zu tun pflegte, hielt seinen Atem an, rollte seine Augen und entliess einen knatternden Stinkfurz in die Freiheit. "Ha, meine Liebe, das stinkt mir jetzt aber gewaltig – wortwörtlich... hmm, gute Qualität." Er lachte. "Wahrhaftig, das Leben ist wie eine Wundertüte – man weiss nie, was man bekommt."
"Mir stinkt diese Art von Wundertüte, dieses nie endende auf und ab. Ebenfalls wortwörtlich, wenn ich an deine Ausdünstung denke", seufzte Helga. "So weit sind wir schon, dass du dich vor nichts und niemandem mehr genierst – selbst vor mir nicht."
"Das ist es genau, was ich meine... Hast du noch nie von den Furzstadien gehört?"
"Furzstadien?" Helga krauste ihre Stirn. "Was interessiert das die Welt?"
"Kommen sich zwei Menschen näher, so unterdrücken beide ihre Fürze, bis diese beinahe aus den Ohren entweichen. Gibt es kein Zurück mehr, verzieht sich der Zwiebelfurzer nach draussen vor die Haustüre und schickt seine Duftfahne um die Hausecke davon dem Horizont entgegen und nicht zwischen die Nasenflügel seines geliebten Partners."
"Mich verschonst du schon lange nicht mehr vor deinen Fürzen."
"Wie du andeutest, meine Liebe", fuhr Hediger unbeirrt fort, "ist die zweite Furzstufe erreicht, wenn man sich für seine Fürze nicht mehr schämt und nicht mehr extra vor die Türe abraucht. Man

lacht mit dem Partner, klatscht in die Hände oder beschreibt gar den Duft. Oder noch besser, man lobt die kräftige Note und gratuliert sich gegenseitig zur ausgesprochen guten Qualität..."
"Du bist widerlich." Helga rümpfte die Nase, schmunzelte aber.
"Wenigstens spricht das für eine offene Beziehung..."
"Man kennt sich, die gegenseitigen Neigungen, Wünsche und Bedürfnisse, Routine kommt auf und wird zum steten Begleiter. Die Reaktion auf einen Furz ist in diesem Stadium, meiner Stufe 3, der wegweisende Beziehungsstatusindikator."
"Hört, hört, und staunt, Beziehungsstatusindikator?"
"Stört sich der Partner an Geräusch oder Geruch, so waren seine oder ihre Gefühle schon lange vor dem letzten Furz verduftet. Stört sich der Partner nicht, dann sind die beiden wie geschaffen für den gemeinsamen Alterungsprozess – Unterstützung bei der Körperpflege, der Ankleide, beim Wechseln der Windeln, beim Po reinigen oder etwa auch beim Auslöffeln der Suppe."
"Du bist widerlich..." Helga lachte. "Doch seien wir ehrlich, deine Duftnote lässt noch stark zu wünschen übrig. Du solltest weniger Zwiebeln und dafür mehr Pflaumen essen."
"Seit wann hast du Humor, meine Liebe?"
"Marcel, du weisst, ich bin nicht so", flüsterte Helga und schaute auf, "aber ich habe Angst, dass wir uns gleichgültig werden."
"Deine Angst ist fehl am Platz, mein Liebling. Gleichgültigkeit wird bei uns nie aufkommen – unmöglich."
"Ach Marcel, du schaust der Realität zu wenig in die Augen. Wir kannten uns viel zu lange und heirateten unsere Vergangenheit. Doch gelang es uns, daraus unsere gemeinsame Zukunft zu schmieden? Ich bin mir da nicht so sicher."
"Helga, was sollen deine Zweifel, einfach so aus heiterhellem Himmel?"
"Ich bin nicht gut genug – nicht für dich und nicht für unsere gemeinsame Zukunft."
"Was sagst du da? Du weisst nicht, wovon du sprichst."
"Bist du zufrieden mit deinem Leben?" Helga schaute auf. "Fragst du dich nicht gelegentlich, ob dies wirklich alles ist?"
"Ich verstehe dich nicht..."
"Peter ist für uns gleichermassen Fluch und Segen. Mit seiner Geburt ist das Glück in unsere vier Wände zurückgekehrt. Wir können wieder lachen. Gleichermassen hat uns der Kleine aber auch entfremdet, sich zwischen uns gestellt. Von einem Tag auf

den anderen waren wir beide nicht mehr im Mittelpunkt, sondern dieser seine Windeln vollkackende kleine Despot." Helga seufzte. "Putzen, Windeln wechseln, Schoppen wärmen, in den Schlaf singen, die ersten Gehversuche, der erste Gang in die Notfallaufnahme, der erste Tag im Kindergarten, und dann endlich in der ersten Schulklasse. Weisst du, Marcel, das ganze Leben wächst mir über den Kopf. Ich spüre mich nicht mehr. Wir haben es verpasst zusammen weiterzuleben. Wir leben nur noch für Peter."

"Aber meine Liebe, wir sind doch eine glückliche Familie. Warum siehst du nicht, dass...?"

"Warum ich nicht sehe, fragst du mich?"

"Verstehe doch, noch immer haben wir uns, du mich und ich dich, so wie früher. Nur ist unser Team heute angewachsen. Sind wir nicht glücklich, dass Peter ein Teil von uns geworden ist? Siehst du das anders?"

"Hörst du mir überhaupt zu?" Helga schlug die Hände vor dem Gesicht zusammen. "Ach, was bist du doch für ein Ignorant geworden, faselst hier etwas von Team und Glück und siehst dabei gar nicht, wie ich untergehe. Aber ich verstehe es, warum du nicht siehst... Wie kannst du auch? Du kommst eh nur kurz auf Besuch und fliegst dann wieder in der Weltgeschichte herum. Du hast ja keine Ahnung, was zu Hause abgeht."

"Ach Helga, deine Worte sind nicht dein Ernst. Ich bin regelmässig und immer wieder tageweise zu Hause..."

"...und dann wieder doppelt so lange weg. Du merkst ja gar nicht, wie sehr mich das ganze Leben überfordert. Die Erziehung von Peter bringt mich an meine Grenzen. Ich habe keine Zeit für den Haushalt, die Küche, seine Schulaufgaben – mir fehlt sogar die Zeit, um ihm einfach mal zuzuhören und eine gute Freundin und Mutter zu sein. Seit er in der Pubertät ist und mich immer mehr abweist, da..." Helga versagte die Stimme. Sie hielt sich die Hände vor das Gesicht und begann herzerbärmlich zu schluchzen. Träne um Träne spurte sich ihren Weg zwischen ihren Fingern hindurch. "Ich bin eine schlechte Mutter. Ich spüre mich nicht mehr."

"Ach Helga", seufzte Hediger, rührte sich aber nicht. "Du solltest dich besser organisieren. Ich helfe dir... Aber...? Was starrst du mich mit einem Mal so an?"

"Ich habe deine Belehrungen und Ratschläge sowas von satt und kann dein rationales Geschwätz einfach nicht mehr hören. Ich klage dir mein Leid und sehne mich danach, dass du mich in deine

Arme nimmst. Doch du bist blind auf deinen Ohren und verstehst mich nicht. Weisst du, ich habe das Gefühl, wir haben uns auseinandergelebt. Wir passen nicht mehr zusammen."
"Aber..."
"Ich gebe dir ein Beispiel. Erinnerst du dich an den letzten Besuch in der Metzgerei Haubensack? Ich entschied mich nicht sofort. Dann hast du eigenmächtig die Rindshuft ausgewählt."
"Ich wollte dir helfen, dir die Entscheidung abnehmen."
"Ich brauche deine Hilfe nicht! Ich will selbst meine Fehler machen."
"Aber warum willst du Fehler machen?" Hediger starrte Helga an und schüttelte den Kopf. "Das macht doch keinen Sinn."
"Willst du nicht verstehen oder kannst du's nicht? Ich brauche manchmal einfach etwas länger, um mich zu entscheiden."
"Warum hast du mich dann nach meiner Meinung gefragt?"
"Du bist echt ein Mann!", brauste Helga auf. "Ich wollte einzig und alleine deine Zustimmung."
"Aber ich hatte doch keine Ahnung, wozu du meine Zustimmung wolltest. Was nur wolltest du genau?" Hediger seufzte. "Ach Helga, das macht doch einfach keinen Sinn."
"Nein, macht es wirklich nicht. Du Mann verstehst uns Frauen sowieso nicht."
"Wie sollte ich auch", murmelte Hediger still vor sich hin, "ihr Frauen versteht euch ja selbst nicht."
"Was hast du da gesagt?"
"Nichts, Helga, nichts."
"Doch, du hast etwas gesagt."
"Aber nein, vergiss es."
"Wie kann ich es vergessen, wenn ich nicht weiss, was ich vergessen soll."
"Es spielt keine Rolle. Ich..."
"Ich kann selbst entscheiden, ob etwas eine Rolle spielt. Was genau hast du verdammt nochmal gesagt?"
Es war einer dieser Momente, in denen Hediger wusste, dass er mit seiner Antwort einfach nur verlieren konnte. Er öffnete trotzdem seine Lippen – und verlor.
"'Wie sollte ich euch Frauen auch nur verstehen?', habe ich mich gefragt. Frauen denken nicht logisch, ihr seid getrieben von Widersprüchen. Die Emanzipationswelle hat den Frauenversteher her-

vorgebracht, bei euch Frauen kommt der Waschbrettbauch-Macho aber nach wie vor an. Ich verstehe euch einfach nicht."

"Du willst uns Frauen ja gar nicht verstehen, sondern meinen Kopf nur mit deinen Ratschlägen vollmüllen. Ich habe das so was von satt, ich könnte mich pausenlos übergeben", schnaubte Helga. Hediger seufzte und wandte sich ab. "Siehst du, und wenn ich ernsthaft auf meine Bedürfnisse zu sprechen komme, wendest du dich von mir ab und starrst aus dem Fenster."

"Aber Helga, ich höre dir doch zu..."

"Genau das ist es doch, was ich will, wenn ich dir mein Herz ausschütte. Ich bin traurig und sehne mich nach einem Ohr, das mir zuhört, nach Händen, die mir über den Kopf streicheln, nach einer Schulter, an der ich mich ausheulen kann. Doch du kommst immer gleich mit deinen Ratschlägen. Irgendwann erschlage ich dich mit deinen eigenen Ratschlägen."

"Ach Helga, mir tut es weh, wenn ich dich so traurig sehe. Ich will dir doch nur helfen – und dir mit Rat und Tat zur Seite stehen. Ist es nicht das, was wir uns an unserem schönsten Tag gelobt haben?" Hediger schüttelte den Kopf. "Warum nur immer all dieser Stress zwischen dir und mir für nichts und wieder nichts?"

"Ich stresse nicht."

"Du verbreitest Stress, ich natürlich auch – immer und immer wieder. Vielleicht würden wir gut daran tun, es doch lieber so zu halten wie mit dem 'Blumentopf und dem Bier'. Habe ich dir noch nie von dieser Metapher erzählt?"

"Kommt jetzt wieder so ein hedigerscher Ratschlag?"

"Kein Ratschlag, vielmehr eine Anekdote."

"Wie meinst du?"

"Nur zu gut erinnere ich mich an jenen Morgen während meines Studiums. Der Professor nahm einen Blumentopf und füllte ihn mit Golfbällen. Auf seine Frage, ob der Topf voll sei, antworteten wir alle mit 'ja'."

"Was hat das mit unserem Stress zu tun?"

"Das Leben ist eine Frage der Wahrnehmung. Du glaubst nur das, was du siehst. So auch wir in der Klasse. Doch der Professor nahm ein Glas mit Kieselsteinen und schüttete diese in den Topf. Seine erneute Frage beantworteten wir dieses Mal mit Schweigen. Wir waren jung und lernfähig."

"Und dann?"

"Er nahm eine Tasse mit Sand und schüttete diesen in den Topf. Der Sand füllte den kleinsten verbliebenen Freiraum aus. Was wohl fragte nun der Professor?"

"Ob der Topf voll sei?"

"Er wartete nicht einmal unsere Antworten ab, sondern zückte zwei Bier und leerte den Gerstensaft in den Topf, bis er voll war."

Hediger legte eine Pause ein und starrte Helga an. Diese wich seinem Blick aus, worauf er seine Lippen erneut öffnete: "Der Topf repräsentiert das Leben, wobei die Golfbälle die wichtigsten Dinge sind wie die Familie, die Kinder, die Gesundheit, die Freunde, also jene Aspekte des Lebens, welche unser Leben erfüllen und ohne die unser Leben nicht mehr lebenswert ist." Er holte tief Luft. "Die Kieselsteine verkörpern weitere Elemente des Lebens wie etwa die tägliche Arbeit, das Haus oder das funktionsfähige Auto. Der Sand schlussendlich steht stellvertretend für alles andere, für die schnell übersehenen Kleinigkeiten, die wir nicht zwingend für unser Leben benötigen. Viel zu oft misst man aber genau diesem Sand einen zu hohen Stellenwert bei und vernachlässigt dabei die wirklich wichtigen Dinge im Leben."

"Ich kann dir noch nicht ganz folgen."

"Gibst du zuerst den Sand in den Topf, bleibt kein Platz mehr für die Kieselsteine und die Golfbälle. Nicht anders ist es mit dem Leben: Investierst du all deine Zeit und Energie in Kleinigkeiten, bleibt dir kein Platz mehr für die wirklich wichtigen Dinge. Nimm dir deshalb genug Zeit für deine Mitmenschen und Freunde, achte auf deine Gesundheit und zeige dem Partner jeden Tag von neuem, wie viel er dir bedeutet. Dein Haus kannst du noch immer sauber machen, dein Haar noch immer kämmen oder deine Beine noch immer wachsen. Das sind alles nur Nebensächlichkeiten, die dein wirkliches Glück gefährden. Achte zuerst auf deine Golfbälle. Sie bedeuten das wahre Leben. Alles andere ist nur Sand.'"

Helga hatte aufmerksam zugehört und schwieg eine Weile, bevor sie antwortete: "Deine Worte tönen rechthaberisch und belehrend."

"Das bringen solche Vergleiche mit sich."

"Ich bin leider so weit, dass ich aus all deinen Worten immer nur deine Ratschläge heraushöre."

"Niemand will dich belehren, niemand dich ändern."

"Ich weiss nicht..."

"Je mehr man weiss, umso weniger weiss man nicht", schmunzelte Hediger. "Nicht jedes Wort ist per se gegen dich gerichtet."

"Was repräsentiert das Bier?"
"Eine gute Frage." Hediger nickte. "Der Gerstensaft soll dir aufzeigen, dass es, egal wie belastend dein Leben auch sein mag, immer noch Platz hat für ein oder zwei Bierchen."
"Und weiter?"
"Was weiter? Ich wollte dir einfach mal wieder ein Lächeln zurück auf deine Lippen zaubern."
"So?", murmelte Helga und wandte sich ab. "Ich kann über deine Worte nicht lachen – nicht mehr."
"Nicht dein Ernst?", seufzte Hediger. "Weisst du, mein Liebling, du brauchst nicht zwingend zu lachen. Aber verstehe doch, es zerreisst mich innerlich, wenn du weinst. Verstehst du nicht, dass ich dir helfen will, wieder glücklicher zu sein, so wie früher?"
"Dann sei öfters zu Hause, unterstütze mich im Haushalt und mache die Hausaufgaben mit Peter. Sein pubertierendes Verhalten überfordert mich und ich fühle mich alleine gelassen. Weisst du, was er mir neulich gesagt hat?" Hediger schüttelte den Kopf, also fuhr Helga fort: "Ich überraschte ihn mit einer Kippe im Mundwinkel und er meinte nur: 'Lieber Gras rauchen als Heuschnupfen'. Dabei ist Peter doch noch ein Kind."
"Ein Teenager."
"Was nur habe ich falsch gemacht? Ich weiss mit ihm weder ein noch aus."
"Vielleicht sollten wir einen Familienrat machen..."
"Wozu? Damit du mir aufzeigst, dass der Fehler bei mir liege?"
"Ich verstehe nicht..."
"Ich brauche keinen Rat, ich brauche Unterstützung. Wenn ich will, dass unser Sohn sein Zimmer aufräumt, dann brauchst du nicht zu sagen, mein Pult sei ebenfalls nicht aufgeräumt. Du fällst mir in den Rücken und kritisierst mich vor Peter."
"Das habe ich nur einmal gemacht..."
"Aber du denkst es permanent! Peter habe meine Gene, hast du neulich behauptet, und ich müsse nur an meine Bedürfnisse denken, um die seinen zu verstehen."
"Ist das so falsch?"
"Schon wieder fällst du mir in den Rücken", brauste Helga auf.
"Wie immer!"
"Ist doch einfach nicht wahr!"
"Und ob! Du unterstützest mich nie!"
"Ich? Nie?"

"Genau, du..."

"Jetzt aber mal halblang mit deinen Zicken!", schrie Hediger. "Lerne endlich dazu und sei zufrieden mit deinem Leben!"

"Siehst du, schon nervst du dich, statt mich zu unterstützen. Glaubst du allen Ernstes, wir kommen weiter, wenn du mich immer wieder kritisierst?"

"Ach, jetzt reicht es. Dein launisches Getue geht mir einfach nur noch auf den Sack", stöhnte Hediger, gab ein paar Kraftausdrücke von sich, die es sich nicht lohnte wiederzugeben, und knallte die Türe hinter sich ins Schloss. Helga hielt sich die Hände vor das Gesicht und begann zu weinen.

Als Hediger Minuten später zurückkam, setzte er sich wortlos an den Tisch.

"Tut mir leid, mein Schatz", murmelte er nur, "ich weiss nicht, was mich geritten hat."

"Ich tauge nichts", heulte Helga, "was ich auch mache ist falsch."

"Das stimmt doch nicht, du bist grossartig."

"Blödsinn – du weisst es nur zu gut."

"Ach, meine Helga, verkriech dich nicht in deinem Schneckenhaus, das bringt uns beide nicht weiter.", murmelte Hediger und legte seinen Arm vorsichtig um die Schulter seiner Frau. "Komm, lass uns ganz vernünftig miteinander reden."

"Du tönst immer so rational. Sieh doch der Realität ins Auge, ich bin die falsche Frau für dich."

"Aber nicht doch, mein Schatz, ganz sicher nicht."

Helga kuschelte ihren Kopf an Hedigers Brust. Die Sonne schien die kommenden Tage, wärmte mit ihren Strahlen, Helga fing sich mit jedem Tag mehr, das Lächeln kehrte auf ihre Lippen zurück und sie strich sich die Fingernägel pink an. Doch nach einer Woche begann alles wieder nach dem gleichen Muster. Hediger kam von einem Abendessen mit dem Syndikat nach Hause.

"Wie war's?", erkundigte sich seine Frau und nahm ihn noch auf der Türschwelle in die Arme. "Habt ihr euch gut gezankt?"

"Ach, es war wie immer – viel Palaver und kein Ergebnis", murrte er, warf seine Weste auf den Sessel und öffnete den Kühlschrank. "Verdammt leer, auch das wie immer."

Hediger kickte mit dem Absatz gegen die Kühlschranktüre und starrte seine Helga an. Diese stemmte ihre Hände in die Hüften und stellte mal wieder ihre verhängnisvolle Frage – und wieder hatte

Hediger verloren, noch bevor die Frage in seinen Ohren angekommen war.
"Was ist?", wollte sie wissen. "Wo ist das Problem?"
"Nichts."
"Warum sprichst du's nicht aus?"
"Können wir das nicht lassen. Ich will jetzt keinen Streit."
"Ach, aber sonst willst du jeweils Streit?"
"Nicht doch, das habe ich nie behauptet."
"Der Kühlschrank ist leer, also hat die Hausfrau ihre Arbeit nicht getan."
"Das habe ich nie behauptet."
"Aber gedacht?" Helga wandte sich ab. "Dich interessiert es wohl gar nicht, wie mein Tag gewesen ist? Du störst dich einzig am leeren Kühlschrank, den deine olle Gattin mal wieder nicht rechtzeitig nachgefüllt hat."
"Aber ich interessiere mich doch für deinen Tag."
"Warum erkundigst du dich dann nicht danach?"
"Auch das ist ein Trugschluss." Hediger griff nach Helgas Ellbogen. "Komm her, mein Liebling, wie war dein Tag?"
"Nicht der Rede wert."
"So?"
"Was interessiert das schon die Welt?" Helga fuhr sich mit den gespreizten Fingern durch das Haar. "Hast du schon den Babysitter für dein Kollegenwochenende organisiert?"
"Wie bitte?"
"Du hast mich schon verstanden."
"Warum ich?"
"Du gehst mit deinen Kollegen weg, nicht ich. Ich bleibe an jenem Abend alleine zu Hause und helfe beim Jahresanlass des Fussballvereins mit. Martin hat noch Helfer gesucht und ich habe zugesagt."
"Peter ist alt genug, um einen Abend alleine zu Hause zu bleiben."
"Du machst dir ein schönes Wochenende mit deinen Freunden, also bist du verantwortlich für den Babysitter."
"Frag doch bei deiner Kollegin Daniela nach. Peter darf bestimmt bei ihr übernachten."
"Warum ich?"
"Ich kümmere mich um viele andere Angelegenheiten."
"So, um was denn?"

"Ich verdiene das Geld."
"Willst du damit behaupten, ich tue nichts?"
"Aber das sage ich doch gar nicht."
"Aber du denkst es..."
Hediger seufzte, wandte sich ab und liess sich – rückblickend wenig konstruktiv – in den Sessel fallen, in jenen mit den Flecken. Helga schwieg eine Weile und starrte Hediger nur an. Dieser spürte ihren Blick im Rücken, kannte er sie doch gut genug und wusste, wie sie sich fühlte. Endlich räusperte sie sich wieder.
"Ich bin genervt."
"Und?"
"Ich bin enttäuscht, dass du nichts für mich machst."
"Ich mache nichts? Glaubst du, es bereitet mir Freude, permanent auf Achse zu sein und um den Globus zu jetten? Und erst die unregelmässigen Arbeitszeiten?"
"Darunter leidest nicht nur du, sondern die ganze Familie."
"Schon vergessen – wer hat das Hausdach repariert? Ist das nichts?"
"Das ist etwas anderes."
"So, ist es das?" Hediger wurde laut. "Du bist so was von undankbar, zickst rum und suchst Streit. Ist schon wieder ein Monat rum?"
"Marcel!"
"Nun gut, dann mal los, lass mich dein Blitzableiter sein. Immer noch besser, du lässt bei mir Dampf ab als bei Peter. Halte das Gewitter aber noch kurz zurück. Ich geh noch rasch raus eine rauchen und bin dann wieder bei dir."
Minuten später kroch Hediger zu Helga unter die Bettlaken. Sie lag ihm abgewandt auf der Matratze und starrte die Wand an.
"Du stinkst", hörte er sie murmeln, worauf er mit ruhiger Stimme fragte: "Warum nur streiten wir uns immer über Banalitäten?"
"Sind meine Bemerkungen Banalitäten?"
"So habe ich das nicht gemeint", seufzte Hediger. "Öffne deine Augen. Wir baden im Glück, haben einen lieben, gesunden Sohn, leben in einem zivilisierten Rechtsstaat, können uns mit Themen wie Umweltschutz oder Emanzipation beschäftigen und müssen nicht täglich ums nackte Überleben kämpfen. Helga, ist es nicht so, dass du dich an vielen Nebensächlichkeiten störst, und dabei dein wirkliches Glück nicht mehr wahrnimmst?"

"Du nimmst meine Probleme auch nicht wahr und schon gar nicht ernst. Früher warst du anders und hast mir zugehört."
"Da glaubte ich auch noch, du wolltest deine Probleme lösen. Doch du akkumulierst sie nur."
"Das ist nicht fair."
"Was ist schon fair? Dass ich immer die Initiative ergreifen muss, wenn wir Streit haben? Dass ich immer nachgeben und diesen ersten Schritt zurück zur Vernunft machen muss?"
"Wie soll ich den ersten Schritt machen? Du hast ja immer recht."
"Ich will dir doch nur helfen."
"Ich brauche deine Hilfe nicht. Ich will selbst meine Fehler machen. Das habe ich schon tausend Mal gesagt!"
"Um dann wieder unzufrieden zu sein?"
"Das ist einzig und allein mein Problem."
"Nicht ganz, wenn du mit deinen Launen deine Familie belastest."
"Bin ich nun also schon eine Belastung? Ist dir lieber, wenn ich aus eurem Leben verschwinde?"
"Ach hör doch auf mit diesem schwachsinnigen, depressiven Geschwafel."
"Aha, nun bin ich auch noch depressiv. Wobei – vermutlich liegst du ja richtig, wie immer."
"Wenn du meinst."
"Deine Worte sind verletzend."
"Willst du mich mitschuldig machen?"
"Nein, der Fehler liegt ja ganz alleine bei mir."
"Helga, nun reicht es aber mit diesem Geschwätz."

Helga nahm seine Worte wörtlich und antwortete nicht mehr, sondern zog sich, wie schon so oft in der Vergangenheit, vor Hediger und der Welt zurück. Trotz ihrer seit Menschengedenken genau gleich wiederkehrenden Verhaltensmuster lernte auch Hediger einfach nicht dazu – er konnte nicht dazulernen, dass Helga nicht dazulernen konnte.

Und so verschwendeten sie wieder einmal einen Abend mit gegenseitig imaginär kommunizierten Vorwürfen. Hediger wälzte seinen Kopf im Kissen des Gästebettes, während Helga im Elternschlafzimmer keinen Schlaf fand.

28. April 2015 – Hediger seufzte und stellte Peters Orchidee zurück auf das Fenstersims.

"Es war nicht nur deine Schuld, meine Helga", murmelte Hediger, "aber ganz unschuldig warst du auch nicht. Ein Leben lang hast du nach Ausreden gesucht. Weshalb dies nicht geht, weshalb das nicht. Und ich habe immer mehr meine Geduld und Kraft mit dir verloren. Trotzdem hätte es nicht so enden dürfen. Vor allem nicht nach allem, was wir zusammen erlebt haben. Für meinen Teil tut es mir noch heute leid."

Hediger griff nach einer weiteren Orchidee, hielt sie gegen das Fenster und kniff seine Augen zu dünnen Schlitzen zusammen.

"Zur Hochzeit wurdest du gekauft. Ich erinnere mich nur zu gut. Zu jener Zeit sprachen eigentlich schon alle Zeichen dafür, dass die Zeichen der Zeit gegen uns sprachen. Doch ich war blind. Du, Helga, vermutlich auch..." Er riss seine Augen weit auf als wollte er sich selbst beweisen, dass die damalige Blindheit inzwischen gewichen war. "Glaube mir, du hattest einfach keinen Platz mehr in meinem Leben. Doch auch ohne dich ist es nicht besser geworden. Seit ich den Glauben an die Zukunft verloren habe, finde ich auch im Heute keinen Halt mehr." Hediger liess die Orchidee los und schaute zu, wie diese in die Chiquita-Kiste knallte. "Scherben bringen Glück – das ist erst der Anfang."

Orchidee um Orchidee endete in der Kiste. Endlich stand Hediger wieder neben dem Fenstersims und starrte auf die letzte Orchidee, auf jenen Frauenschuh von der Insel Java mit der knalligen Blüte in Gelb und Pink.

"Ich habe dich zuvor zur Seite gestellt. Dabei hast auch du deine Geschichte zu erzählen", seufzte Hediger und griff nach der Orchidee. "Ach, du mein geliebter Peter..."

"Helga, die Türe!", rief Hediger, umklammerte die Fernbedienung und senkte die Lautstärke. "Es klingelt!"
"Na, und?"
"Da ist jemand an der Türe."
"Geh du doch."
"Sportschau!"
"Dein Sofasport nervt... und du noch mehr", fauchte Helga die Flimmerkiste an, als sie durch das Wohnzimmer zur Haustüre stampfte und dann die Klinke drückte. "Ja, was ist?!?!"
Stille.
"Ja, Sie sind bei Hedigers. Steht so an der Klingel", hörte ihr Mann sie antworten. "Worum geht es?"
Stille.
"Ja, ich bin seine Mutter...", seufzte sie. "Hat er wieder was ausgefressen?"
Hediger schaute kurz auf und starrte dann erneut auf den Fernseher.
Stille.
"Warum wollen Sie hereinkommen?"
Stille.
Hediger hob erneut sein Kinn.
"Warum können wir es nicht draussen besprechen?"
Stille.
Hediger senkte das Kinn nicht, sondern krauste nur seine Stirn.
"Privat", hörte er Helga murmeln, als sie das Wohnzimmer betrat. "Die Herren sind von der Polizei."
Hediger starrte die beiden Polizisten an, dann nochmals kurz auf den Fernseher, drückte die 'Lautlos'-Taste und erhob sich.
"Meine Herren, kommen Sie nur rein. Wir haben nichts zu verbergen... Was verschafft uns die Ehre?", erkundigte er sich, schmunzelte und deutete mit dem Zeigefinger auf das langgezogene Bierglas, auf dem unter einem stilistisch gezeichneten Schützen in roten Lettern 'St. Galler Schützengarten' stand. "Darf ich Ihnen was anbieten?"
"Danke, wir sind im Dienst", antwortete der grössere Polizist. "Sind Sie Herr Hediger – Herr Marcel Hediger."
"So ist es..." Hediger zögerte. "Ist etwas passiert? Ist etwas... mit Peter?"

"Bitte setzen Sie sich, Frau Hediger", sagte der Polizist mit bestimmtem Ton und deutete auf das Sofa. Helga setzte sich neben ihren Mann. "Glauben Sie mir, es gibt Momente im Leben, da möchte man sich am liebsten aus der Verantwortung stehlen."
"Meine Herren", murmelte Hediger, "so kommen Sie doch bitte zur Sache."
"Es tut mir schrecklich leid, aber Peter – Peter Hediger – hatte einen Unfall."
"Einen Unfall?", schrien Helga und Hediger wie aus einem Mund. "Wo ist Peter jetzt?"
"Einen Autounfall – Ihr Sohn Peter war am Steuer."
"Aber das kann nicht sein. Er ist erst 15."
"Manfred Mayer – ich gehe davon aus, Sie kennen ihn – sass auf dem Beifahrersitz. Die beiden haben den Mercedes seines Vaters entwendet und eine Spritzfahrt gemacht."
"Was ist mit unserem Sohn?", fragte Hediger. "Ist er im Gefängnis?"
Der Polizist machte eine lange Pause. Hediger war klar, was sich ereignet hatte, noch bevor es der Polizist aussprach.
"Die beiden sind in einen Baum geknallt – oben auf dem Tannenberg, auf der langen Geraden beim Andwiler Moos. Es tut mir ja so leid, aber die beiden Jungs haben es nicht überlebt."
"Tot?!", kreischte Helga, schlug sich die Hände vor das Gesicht und heulte hysterisch. "Peter, tot?! Tot?! Nein...!"
Hediger schwieg, starrte den wortführenden Polizisten an, dann die weisse Wand gegenüber und streckte langsam seine Hand aus. Seine Finger umklammerten das Bierglas. Es war nicht der letzte Schluck an diesem Abend.
Von einer Minute zur anderen stand die Welt Kopf. Zuerst Petra erdrosselt von der eigenen Nabelschnur und nun Peter bei einem Verkehrsunfall verloren, das war zu viel für Helga und Hediger. Jeder trauerte auf seine Art. Stille füllte den Raum – eine unerträgliche Stille. An Schlafen war nicht mehr zu denken.
Sekunden vergingen, dann Minuten, Stunden, Tage, Wochen, Monate und Jahre. Helga und Marcel lebten sich miteinander aneinander vorbei, auseinander. Peters Tod war das endgültige Ende, nur wussten es die beiden zu diesem Zeitpunkt noch nicht.

28. April 2015 – Hediger seufzte, wischte sich mit der flachen Hand über seine Augen, zückte das Taschentuch und schnäuzte hinein. Dann griff er erneut nach der blühenden Orchidee, dem Frauenschuh von der Insel Java, und stellte sie neben die anderen Orchideen in die Bananenkiste.

"Ihr Orchideen habt weiss Gott ausreichend Unheil angerichtet", sprach der alte Mann vorwurfsvoll wie zu einem Kleinkind, "ich will euch nicht mehr sehen – nie mehr!" Er stemmte die Hände in die Hüften und trat mit dem Fuss gegen die Kiste. Dann beugte er sich vornüber und griff nach der zweiten Bierdose. Viel Zeit war seit Peters Unfall verstrichen. Tag für Tag hatte sich die Erde um die eigene Achse gedreht, der erste Computer war erfunden worden und das erste mobile Telefon. Selbst bei den banalen Aludosen war die Entwicklung nicht stehen geblieben. Hediger erinnerte sich nur zu gut an das Ring-Pull-System, bei dem ein ovaler Bereich des Deckels, markiert durch eine Ritzlinie, mit einer angenieteten metallenen Lasche in Form eines Rings herausgerissen werden konnte. Heute, im Jahr 2015, wurde der Deckel ins Innere der Dose gedrückt. Stay-On-Tab nannte sich dieses System in gut Neudeutsch. Hediger beobachtete durch den noch immer gleich engen Schlitz, wie die Bläschen vom Boden der Bierbüchse an die Oberfläche perlten.

"Wie damals hilfst du mir zu vergessen oder mindestens zu verdrängen", murmelte er und nahm einen Schluck. "Dabei... einzig das, was ich schnell vergessen möchte, bleibt ewig in Erinnerung. Die rosa Wölkchen dagegen verflüchtigen sich immer viel zu schnell." Er nippte erneut am Dosenrand und stellte das Bier zurück auf das Salontischchen, ja knallte es regelrecht auf die massive Platte. "Du dagegen, du was auch immer – mir fehlen die Worte – du willst einfach nicht aus meinem Kopf. Das treibt mich langsam in den Wahnsinn." Er schüttelte seine grauen Haare hin und her. "Zu den eigenen Fehlern stehen ist eine Stärke und keine Schwäche, hast du einmal gesagt. Dabei fiel es gerade dir immer wieder schwer, zu deinen Fehlern zu stehen oder dich auch mal zu entschuldigen. Ja, Benno, sie war eine schwierige Person. Aber ich habe sie geliebt, wenigstens solange ich für sie noch die Welt gewesen bin."

80

- 22 -

"Ein Sonnenstrahl in meinem Gesicht und ich bin glücklich", schmunzelte Helga, "und mit einem Mal sind alle Sorgen wie weggeblasen."
"Lass uns einen Aston Martin kaufen, so einen wie James Bond. Dann fahren wir immer gegen Westen, immer mit der Sonne, ohne Verdeck, du mit offenem Haar und die Sonnenstrahlen im Gesicht, und wir halten nie mehr an."
"Und mit handbetriebenem Aussenbordmotor über den Atlantik?"
"Warum nicht?" Hediger nickte. "Sauge die Erinnerungen an die heutigen Sonnenstrahlen tief in dich hinein, meine Liebe, und lass sie nicht mehr los. Wetten, dann gibst du deinen Sorgen keine Chance mehr, wenn das nächste Mal wieder Wolken aufziehen."
"Ich wette nicht."
"Schon mal überlegt, was die Sonne für dein Glück kann? Warum macht uns ein warmer Sonnenstrahl glücklicher als ein nasser Regentropfen?"
"Was interessiert das die Welt?"
"Ich fände es spannend, könnten wir unsere Glücksgefühle tief in uns drinnen speichern und in die Zukunft mitnehmen."
"Willst du mich schon wieder ändern?"
"Ich will was...?" Hediger zögerte und fuhr sich mit der Hand durch sein fettig glänzendes, zerzaustes Haar. "Aber davon spricht doch niemand. Ich habe von uns und nicht von dir gesprochen."
"Ja, genau, von uns... von dir und vor allem von mir. Aber gedacht hast du einzig an mich."
"Ich mag dich so, wie du bist. Niemand will dich ändern."
"Ich soll lernen, die Glücksgefühle zu speichern, hast du gemeint. Also willst du mich ändern."
"Aber nein, mein Liebling, ich will dich nicht ändern. Ich will dich einzig glücklich sehen."
"Also bist du nicht zufrieden mit mir."
"Bist du zufrieden mit dir?"
"Willst du mir einreden, ich solle mit meinem Leben unzufrieden sein?"
"Ach Liebling, wir drehen uns im Kreis. Ist es nicht so, dass du immer mal wieder unzufrieden bist?"

"Habe nicht ich genau jetzt gesagt, mit dem Sonnenstrahl im Gesicht glücklich zu sein? Was willst du eigentlich?"
"Ich kenne diesen Ausdruck in deinem Gesicht."
"Vermutlich bin ich für dich eine durchsichtige Scheibe und du für mich ein Spiegel. Ich frage mich immer öfters, wer sich hinter deinem schlauen Lächeln verbirgt."
"Dein Mann, der zufrieden ist mit seinem Leben und dich über alles liebt."
"Du hast gut reden, Marcel. Du hast es schön", murmelte Helga nach einer Pause – wiederkehrend wie alle paar Wochen. "Du kommst raus, während ich gefangen zu Hause in meinem Käfig ausharren muss."
"Von einem Käfig kann doch keine Rede sein."
"Meine Arbeit befriedigt mich schon lange nicht mehr."
"Ist es nicht so, dass DU arbeiten wolltest? Ich verdiene genug Geld, aber DU wolltest doch unbedingt unabhängig sein?"
"Du und deine Aversion gegen die Emanzipation. Wir haben beide das gleiche Recht auf Unabhängigkeit."
"Da bin ich absolut deiner Meinung. Nur kann ich meinen Job nun wirklich nicht auf der Basis eines Teilzeitpensums ausüben. Oder soll ich in der Mitte des Atlantiks den Fallschirm mit den Worten packen: 'Tut mir leid, Jungs, aber ich arbeite nur noch halbtags und muss jetzt runter, damit meine Frau arbeiten gehen kann.' Es bleiben uns also nur zwei Möglichkeiten: Ich bleibe zu Hause oder du. Dein Lohn bei einem Vollpensum reicht für unsere Familie, wir müssten einfach etwas sparsamer leben."
"Alles dreht sich immer nur ums Geld..."
"...oder um Hunger oder um Wärme und Geborgenheit oder um Wirtschafts- und Politkrisen oder um modische Kleidung." Hediger hob den Zeigefinger und deutete auf Helga. "Glaubst du allen Ernstes, dass du neben all dem Luxus, in dem wir schwelgen, auch noch in solchen Klamotten rumlaufen könntest, wenn ich nicht wäre?"
"Gerade deshalb will ich unabhängig sein."
"Was ich unterstütze, solange es in unserem Sinne ist. Ist es nicht so, dass du immer mal wieder Tag und Nacht Überzeit schuften musst und danach mit einem meteorologischen Stimmungstief über mich hereinbrichst? Ist es nicht so, dass du mich dann insgeheim für mein bisschen Freizeit, das ich mir noch bewahrt habe, beneidest?"

"Ich erwarte von dir Unterstützung. Ich habe es satt, im Haushalt alles alleine zu machen."

"Das hatten wir doch alles neulich schon." Er schüttelte den Kopf. "Mache nicht ich jedes Mal das Abendbrot, wenn ich zu Hause bin? Oder koche an den Wochenenden? Was ist mit der Hecke, die ich immer wieder schneide? Was ist mit dem Rasen? Was war während Jahren mit dem Babysittern, damit du in deinen Sportclub gehen konntest?"

"Babysittern ist schon eine Weile her", seufzte Helga nur.

"Wie wahr", murmelte Hediger, dachte kurz an Peter und seufzte ebenfalls. "Trotzdem kannst du nicht behaupten, ich mache nichts."

"Du bist unregelmässig zu Hause, manchmal unter der Woche, manchmal am Wochenende. Das ist nicht das Gleiche."

"Zählt nur regelmässige Arbeit? Komme ich gemäss deiner Logik übernächtigt von einem Auslandsflug nach Hause, dann brauche ich mir meinen saloppen Arsch gar nicht mehr aufzureissen, es bringt sowieso nichts?"

"Ich kann mich nicht auf dich verlassen. Ich muss immer wieder improvisieren, wenn du mal wieder weg bist."

"Nun übertreibe mal nicht. Ich wäre froh, ich könnte wenigstens halb so viel Freizeit wie du zu Hause verbringen."

"Dein Job war dein Entscheid..."

"Genau, es war mein Entscheid, und ich bin zufrieden mit meinem Entscheid und mit meinem Leben – wenigstens mit dem Teil, den ich selbst beeinflussen kann. Ich habe auch kein Problem damit, wie du dein Leben führst. Du machst das, was du für richtig hältst. Aber ich habe ein Problem damit, dass alle anderen für deine Probleme verantwortlich sind. Unser Kind konnte nie etwas dafür, dass du gestresst von der Arbeit nach Hause gekomken bist, und ich auch nicht..."

"Nun mach einen Punkt, unser Kind ist schon lange nicht mehr."

"Aber ich habe es genau so wenig verdient, dass du deinen Frust an mir auslässt. Ich bin ein kleiner, zerbrechlicher Mann und unterstütze dich nach meinen Kräften, damit du zufrieden und glücklich bist, deinem Hobby nachgehen und viel Sport treiben kannst. Doch auch ich habe meine Bedürfnisse..."

"Wenn es für dich ein Problem ist, dann höre ich mit meinem Sport auf."

"Aber darum geht es doch gar nicht. Das will ich nicht und das habe ich weder gesagt noch verlangt. Höre bitte auf, immer solche

Sachen hineinzuinterpretieren. Du sollst rausgehen und Sport treiben, das tut dir gut – genau wie mir auch."
"Ich verstehe dich nicht."
"Erinnerst du dich nicht mehr: 'Die Welt wartet nicht auf dich, du musst raus zu ihr gehen', hast du einst gesagt. Doch das war einmal vor langer Zeit."
"Wie meinst du das?"
"Alles darf, aber nichts muss, haben wir uns seinerzeit versprochen. Doch seit geraumer Zeit motzest du nur noch rum und wartest auf das nächste Ereignis, über das du dich beklagen kannst. Hast du dir so deine Zukunft vorgestellt?"
"Deine Worte sind so erniedrigend. Wie kannst du nur?"
"Liege ich so falsch?"
"Du hast dich verändert. Du bist nicht mehr der feinfühlige Freund, der du einst gewesen bist. Du bist ein notorischer Besserwisser geworden."
"Das ist doch alles nicht wahr", stöhnte Hediger und schüttelte den Kopf. "Irgendwie dreht sich diese unsere Welt falsch um die eigene Achse – und du hast dabei keine Ahnung, was du willst. Ihr Frauen nehmt euch einen Mann im vollsten Bewusstsein, dass er nicht absolut euren Erwartungen entspricht. Dann nörgelt ihr ein Leben lang rum und versucht ihn zu ändern. Wir Männer dagegen nehmen uns eine Frau, die zu uns passt und die wir so lieben, wie sie ist. Doch dann ist genau diese Frau nie mit sich zufrieden und ändert sich..."
"Wir Frauen bleiben nicht stehen. Wir entwickeln uns weiter."
"Du gehst raus und treibst mit deinen Girls Sport, jeden Dienstagabend, wohlgemerkt in unserer gemeinsamen Freizeit. Will umgekehrt ich dann aber mal was ohne dich unternehmen, dann tickst du aus. Ist das nun Stillstand oder Entwicklung?"
"Du hast deine Arbeit und kommst raus – um die ganze Welt. Bin ich dagegen mal im Nachbardorf, dann ist das für mich schon eine Weltreise."
"Wir drehen uns wirklich im Kreis..." Hediger schlug die Hände über dem Kopf zusammen. "Weisst du, die Bischoffs von nebenan, die leben von der Hand in den Mund. An denen sollten wir uns ein Vorbild nehmen. Die wirken immer so fröhlich und zufrieden – irgendwie sorgenfrei. Vielleicht sollten wir uns von deren Glück und Zufriedenheit eine Scheibe abschneiden."
"Mit 'wir' meinst du wohl mal wieder mich?"

"Habe ich 'du' gesagt oder 'wir'?"
"Du sagst 'wir' und meinst dabei einzig und alleine mich, denn..."
"Warum projizierst du permanent alles nur auf dich?"
"Schon fällst du mir wieder ins Wort und lässt mich nicht ausreden – typisch Mann."
"Versuchst du mich zu provozieren?"
"Warum sagst du nicht von allem Anfang an, dass du über mich sprichst und mir mal wieder schlaue Ratschläge erteilst?"
"Es dreht sich nicht immer nur alles um dich. Auf dieser unserer Erde leben auch noch ein paar andere Menschen, die nach Aufmerksamkeit lechzen – sowie ein paar Insekten und Fische und Vögel... und vergessen wir mal nicht die Pantoffeltierchen..."
"Aber es ist doch so. Du willst mich ändern und mich lieber so haben wie die olle Bischoff."
"Nie und nimmer..."
"Du lobst sie und kritisierst mich."
"Lobe ich eine andere Person, dann ist es Kritik an dir und deiner Person? Ach hör doch auf und komm wieder von deiner Wolke runter, das kann es doch nicht sein... Zeige ich Initiative und schneide etwa die Hecke, dann bist du nicht glücklich darüber, dass ich uns Arbeit abgenommen habe. Dann bist du unzufrieden, weil du das Gefühl hast, selbst unnütz zu sein und nichts zum Gemeinwohl beizutragen – und vor allem nicht die Erwartungen zu erfüllen. Wessen Erwartungen? Meine oder deine? Gebe ich dir dann einen Rat, dann bin ich ein notorischer Besserwisser und kritisiere dich damit indirekt erneut, weil ich dir aufzeige, was du anders machen könntest. Sage ich aber nichts, dann bin ich desinteressiert und kümmere mich zu wenig um dich, was dir auch missfällt. Weisst du eigentlich, was du willst?"
"Vermutlich nicht... Du erdrückst mich mit deinem rationalen Geschwafel..."
"Ich erinnere dich nur mal an unsere Ferien in Südfrankreich. Peter war damals vielleicht fünf und deine Schulklasse brachte dich in den Wochen davor immer wieder an deine Grenzen. Du sehntest die Ferien herbei und wolltest dich einfach nur noch erholen, deinen Geist an den Strand legen und keinen Finger mehr krümmen. Ich, Marcel Hediger, habe dir jede erdenkliche Arbeit abgenommen, morgens Frühstück gemacht, dann mittags und abends gekocht, Peter in den Schlaf gesungen und mich dann noch um dich gekümmert. Am Ende der Ferien hast du dich dann beklagt, du

würdest dich überflüssig und unnütz fühlen. Weisst du, Helga, manchmal frage ich mich echt, ob es je einen Augenblick in deinem Leben geben wird, in dem du rundum zufrieden sein wirst."
"Hör doch nur mal, wie du sprichst... 'Ich, Marcel Hediger, habe dafür gesorgt, dass du dich erholen kannst...'" Helga holte tief Luft und breitete ihre Hände aus – als erteilte sie den päpstlichen Segen. Ihre Hände zitterten. "'...ich, Marcel Hediger, dein Held, dein Retter, dein Napoleon, dein... dein Gott!' Wenn ich dich so reden höre, dann wird mir einfach nur noch schlecht."
"Helga, das ist nicht fair. Wie kannst du nur...?"
"Marcel, mag sein, dass ich unfair bin... Doch alles, was ich suche, ist einfach nur ein Ohr, um mich mitzuteilen, und eine Schulter, um mich anzulehnen und vielleicht auch mal auszuheulen, wenn mir danach ist. Aber ich will keine Ratschläge mehr, und schon gar nicht diese immer wiederkehrenden Erniedrigungen von dir." Sie hielt sich die Hände vor das Gesicht und schluchzte. "Ich kann nicht mehr. Ich will jetzt einfach nur noch meine Ruhe... und sterben..."
Mit diesen Worten stand sie auf und stampfte davon. Hediger schaute ihr nach, bis sie aus seinem Blickfeld verschwunden war. Er schüttelte den Kopf, zuckte mit den Schultern und brummte: "Ich verstehe einfach nicht, was sie hat. Sie hat doch alles – und ich meine es ja nur gut mit ihr... Weshalb können Frauen einfach nicht vernünftig diskutieren?"

28. April 2015 – Hediger seufzte, atmete langsam ein und aus und schüttelte den Kopf.
"Benno, Frauen sind so was von kompliziert. Die wollen uns immer ändern und werfen uns dann vor, wir würden gleiches mit ihnen machen wollen. Dabei wollen wir doch einfach nur ein Glas Bier in der Hand und in die Glotze starren. Dann sind wir glücklich. Doch Frauen lassen uns unser Glück nie geniessen. Bestimmt sind sie auf uns und unser Verständnis von Zufriedenheit eifersüchtig."
Er schaute sich um, griff zu und blätterte im Sachbuch mit dem grünen Umschlag, das noch vor Sekunden auf der Kommode den Staub magisch angezogen hatte.
"*Der Umgang mit Depressionen – unerwünschte Nebenerscheinungen*", las Hediger laut vor. "Als ob man mit Depressionen umgehen kann – Depressionen zerstören nur." Er seufzte. "Ach Helga, die Zukunft war offen und erwartete uns mit einem Lächeln auf den Lippen. Doch die Vergangenheit hat uns wie mit unsichtbaren Fesseln zurückgehalten, mit ihren knochigen Fingern in ihren tiefen Rachen gestopft und verschlungen. Und ich konnte dir nicht beistehen."

Wie schon früher wollte Hediger, konnte aber nicht. Und Helga wollte nicht mehr, hätte jedoch gekonnt – nämlich sie beide aus der Krise herauszuführen. Er, Hediger, tat alles, was in seiner Macht stand und motivierte Helga jeden Tag von neuem mit den falschen Worten. Sie, Helga, wusste eigentlich, was sie machen sollte, hatte aber keine Kraft, um es zu tun. Begünstigt durch diese gegenseitige Machtlosigkeit säten sie Tag für Tag neue Vorwürfe, Beschuldigungen und Verwünschungen und liessen Selbstzweifel, Unzufriedenheit und sonstige pessimistische Gedanken keimen. Die Saat gedieh prächtig.

"Helga, du sagst, der Tag werde schlecht", warf ihr Hediger etwa immer mal wieder vor, "und dann sorgst du dafür, dass deine Prophezeiung eintrifft – und der Tag wird schlecht."
"Na, und?"
"Nimm dein Leben in die Hand. Ich..."
"Warum immer ich? Reicht es dir nicht, dass ich mir täglich Vorwürfe mache? Willst du mich noch schlechter machen, als ich mich eh schon fühle?", schluchzte sie. "Dabei hast du wie immer recht: Ich habe bei Peters Erziehung versagt, sonst hätte er sein Leben nicht so tragisch weggeworfen. Ich habe in unserer Ehe versagt, sonst hätten wir nicht andauernd Streit. Ich habe im Job versagt, sonst bekäme ich mehr Anerkennung. Und bei Petra war ich unfähig, ihr auch nur schon ein Leben auf unserer Welt zu ermöglichen. Ich habe mein ganzes Leben lang immer wieder und wieder versagt."
"Ach Helga, deine Gedanken kreisen unentwegt in negativster Art und Weise um dich und deine Person. Du lebst in der Vergangenheit und siehst keine Zukunft mehr – unsere gemeinsame Zukunft."
"Mein Leben macht keinen Sinn mehr. Ich kann mich nicht konzentrieren. Ich kann mich nicht entscheiden. Ich habe Angst davor, den kleinsten Fehler zu machen, und die kleinsten Dinge kann ich mir nicht mehr merken." Sie schlug die Hände vor das Gesicht. "Was ich auch mache, das Unglück ist schon da und erwartet mich mit offenen Armen. Ich werde nie mehr glücklich sein und habe mein Leben so was von satt..."
"Du weisst nicht, was du da sagst. Wir haben uns, sind gesund und mitten im Leben. Zusammen sind wir stark."

"Es gibt kein Zusammen mehr – nicht mehr." Helga heulte los. "Mir ist, als würgte mich jemand mit aller Kraft um den Hals. Alles ist so aussichtslos."

Hediger schluckte leer. Ein weiteres Mal ging die Sonne unter, ein weiteres Mal nach den vielen Schicksalsschlägen. Ein weiteres Mal drehten sich die beiden einst verliebten im Kreis. Ein weiteres Mal grübelte Helga über sich und ihr Verhalten. Ihre Gedanken drehten sich nur um sie, um ihr eigenes Unvermögen und die Ausweglosigkeit der Sackgasse, aus der sie nicht mehr herausfand. Ihre Umgebung spürte sie schon lange nicht mehr.

"Wann gehst du das nächste Mal zu Doktor Steingruber?", fragte Hediger in die Stille. "Vielleicht..."
"Willst du mich loswerden?"
"Nicht doch, meine Liebe. Aber... er tut dir gut."
"Er versteht mich – ja. Er ist der einzige Mensch auf der Welt, der mich versteht. Er weiss, wie schlapp, wie erschöpft, wie schwach und wie energiclos ich mich fühle. Mir ist, als sei meine innere Batterie auf Notstromversorgung umgeschaltet. Selbst das Nichtstun ist anstrengend."

Hediger entgegnete nichts, sass nur auf dem Sofa und starrte in die Ferne. Helgas Niedergeschlagenheit, Resignation und Traurigkeit hatten sich seit Peters Tod zunehmend verstärkt. Immer öfters hatte sie über Appetitlosigkeit oder Kopf-, Magen- und Rückenschmerzen geklagt, konnte seit Wochen abends nicht mehr einschlafen und lag die halbe Nacht lang wach. Wie man das Wort Sex buchstabierte, wusste Hediger schon lange nicht mehr.

"Warum weinst du?", fragte er einmal.
"Ich weiss nicht, weshalb ich so traurig und deprimiert bin. Ich bin lustlos und empfinde keine Lebensfreude mehr. Alles, was mir früher Spass und Vergnügen bereitet hat, hält sich heute von mir fern. Welchen Sinn hat das Leben noch?"
"Unser Leben war eine einzige Achterbahnfahrt, mit Höhen und Tiefen. Ich verstehe, dass..."
"Ich verspüre keine Gefühle mehr, habe nur noch eine grosse Leere in mir und bin innerlich schon lange gestorben. Meine Erinnerungen an früher sind wie weggeblasen."
"Aber ich bin da für dich und werde immer da sein."
"Was interessiert das die Welt? Marcel, so verstehe doch: Ich empfinde nichts mehr, für nichts und niemanden, auch nicht für dich – basta."

Mit allem hatte Hediger gerechnet, nur nicht mit dieser kalten Kampfansage. So jedenfalls empfand er Helgas Aussage.
"Aber wir lieben uns doch?", fragte er mehr als dass er sagte.
"Ich bin unfähig zu lieben. Ich bin nutz- und wertlos, tauge nichts und bin deiner Liebe nicht würdig. Am besten vergisst du mich."
"Dich vergessen?"
"Ich falle dir nur zur Last, bin zu nichts zu gebrauchen, die Arbeit überfordert mich und auch für dich habe ich keine Kraft mehr."
"Lass mich einfach nur für dich da sein. Ich will es für uns."
"Siehst du denn nicht ein – damit komme ich nie klar. Wie soll ich Luft bekommen, wenn du sie mir abschnürst und alle Entscheidungen eigenmächtig triffst."
"Aber...", Hediger schüttelte den Kopf, "was..."
"Ich vereinsame und kann mich intellektuell nicht ausleben. Und abends fehlt mir der Gesprächspartner, wenn du wieder in Übersee bist und mit den Stewardessen einen schönen Abend hast."
"Das ist doch gar nicht wahr..."
"Versetze dich nur eine einzige Sekunde in meine Situation. Ich sitze da, heule mir die Augen leer und versuche dir klar zu machen, was in mir abgeht. Darf ich das überhaupt?"
"Aber sicher, ganz bestimmt darfst du das."
"Natürlich fehle ich dir, das weiss ich. Aber... zu Hause, in unserem Haus, da wartet eine Frau auf dich, die ringt mit den Fluten und geht immer mehr unter. Ich fühle mich von dir betrogen, wenn nicht körperlich, dann geistig. Ich vereinsame zu Hause. Verstehst du das? Willst du das überhaupt verstehen?"
"Wie nur kann ich dir helfen... uns helfen?"
"Du kannst mir nicht helfen. Niemand kann mir helfen."
Einzig die Zeit konnte. Stunden später hatte sich Helga wieder gefangen – wenigstens so lange, bis die nächsten Selbstzweifel ihr frisch gewonnenes Selbstbewusstsein im Keime erstickten.
"Ich will kämpfen", stöhnte sie unter Tränen, "aber ich sehe keinen Sinn und bin machtlos. Die Hoffnung, die Perspektive, das Gefühl, dass es besser werden kann – alles ist weg." Und etwas später heulte sie: "Ich habe Angst, dass du meiner überdrüssig wirst, mich verlässt und eine andere suchst."
Helga verstand ihre Worte als Hilferuf. Hediger verstand ihre Worte als Aufforderung – und noch mehr und mehr schwiegen sich die beiden aneinander vorbei auseinander.

28. April 2015 – Hediger seufzte und stellte das Buch mit dem grünen Umschlag in die Bananenkiste.
"Ihre Unzufriedenheit war so ansteckend, ihr Leid so zerstörerisch, selbst ich habe am Schluss mein Leben verflucht. Wenigstens bis zu jenem Tag, an dem ich mein Leben wieder in die eigenen Hände genommen habe – im wahrsten Sinne des Wortes."
Er wandte sich der Kommode zu und griff nach der spiralförmig wie ein Schneckenhaus aufgerollten, rotbraun und weiss gestreiften Muschel eines Perlboots – besser bekannt als Nautilus.
"Was bist du doch für ein eigenartiges Ding. Du hast nicht 8 oder 10 Tentakeln, wie all die anderen Kopffüsser, sondern bis zu 47 Fangarmpaare, die in zwei Ringen um deine Mundöffnung angeordnet sind. Als nächtlicher Räuber überraschst du deine Beute heimtückisch in der Dunkelheit, leimst sie mit deinem klebrigen Sekret fest an dich und verschlingst sie mit Haut und Haar... oder eher mit Schuppen. Kaum vorstellbar bei deiner poliert glänzenden Muschelschönheit." Hediger schüttelte den Kopf. "Weisst du, es war ein Fehler, dass ich dich gekauft habe. Souvenirjäger wie ich bringen euch Nautilusse an den Rand der Ausrottung – vielleicht ist es für euch ja auch schon zu spät. Nein, ich hätte dich nie kaufen dürfen. Glück hast du mir weiss Gott auch nicht gebracht."
Er schüttelte die Muschel und riss seine Augen weit auf. Ein Brillantring fiel zu Boden. Der Diamant schickte einen Regenbogen durch das ganze Wohnzimmer. Hediger stiess einen Schrei aus.
"Helga, da ist er ja wieder, dein Hochzeitsring. Was haben wir nach ihm gesucht. Wie nur ist er in der Muschel gelandet?"
Er drehte sich zum Hund um, der auf dem Sofa lag.
"Na, Benno, wie gefällt dir der Edelstein? Weisst du, der Diamant ist ein ganz besonderer Stein. Er hat eine extrem hohe Lichtbrechung und einen Glanz, der durch den sorgfältigen Schliff der einzelnen Facetten hervorgerufen wird. Sieh nur, in welchem Winkel die Kanten zueinander stehen, damit das einfallende Licht durch Reflexionen im Inneren des Steins wieder in deine Richtung austritt."
Er drückte den Lichtschalter, bewegte den Brillanten hin und her und beobachtete die Muster, die der Stein an die Decke zeichnete. Ein Lächeln glitt über seine Lippen.

"Benno, ich muss dir von einem geschenkten Diamantring erzählen, ganz in Anlehnung an eine Kurzgeschichte von Roald Dahl. Glaube mir, meine Geschichte ist gar nicht mal so unrealistisch." Hediger hielt den Ring zwischen Zeigefinger und Daumen und schaute ihn immer wieder von einer anderen Seite an. "Benno, kennst du eigentlich Roald Dahl, den Schriftsteller? Nicht? Weisst du, der Roald schrieb so richtig herrliche Geschichten, mit unverkennbar britischem Humor und dann und wann einer Prise Grusel. Am Ende nahmen seine Erzählungen immer die skurrilsten Wendungen. Er ist mein Vorbild. Auch ich mache gerne Witze, erzähle meine erfundenen Geschichten und lasse meine Zuhörer dann und wann im Ungewissen oder verblüffe sie mit einer nicht erwarteten Entwicklung des Geschehens. Nicht anders wird auch diese meine Lebensgeschichte bald zu Ende gehen... meine letzte Geschichte..." Hediger starrte seinen Freund an. "Haben dich meine Worte verwirrt? Tut mir leid... aber das Ganze ist ja auch ziemlich verwirrend. Wo nur soll ich beginnen? Ich will ja nicht gleich mit der Türe ins Haus fallen, sondern etwas Spannung aufbauen... Also, sagen wir mal, meine Helga kannte einen der beiden Beteiligten ziemlich gut, war sie doch damals... Nein, lass es gut sein, Benno, das wäre schon zu viel verraten. Du sollst keine zusätzlichen Informationen bekommen... Lausche einfach meiner Geschichte. Jeglicher Vergleich mit 'Mrs Bixby' von Roald Dahl ist übrigens rein zufällig und ungewollt." Hediger zwinkerte mit dem rechten Auge. "Nennen wir die beiden Protagonisten mal Marc und Corinne, und verändern wir etwas die Rahmenbedingungen... Weisst du, Benno, aus Diskretionsgründen, das versteht sich doch in der heutigen Zeit..." Hediger schaute von Benno hoch und starrte in die Ferne. Mit ruhiger, bedachter Stimme, eines guten Geschichtenerzählers durchaus würdig, fing er an: "Also, Folgendes hat sich vor einigen Jahren zugetragen..."

- 26 -

Nichts deutete auf den sich anbahnenden, katastrophalen Tag hin. Der frühsommerliche Morgen begann mit viel Licht. Gähnend streckte die Sonne ihre Strahlen über den Horizont, tastete mit ihnen die Baumwipfel ab, einen nach dem anderen, und hüllte die Landschaft in ein mattes Orange – an einem Freitagmorgen wie aus dem Bilderbuch.

Corinne schien zu schlafen, als Marc den Schlips knöpfte und die Weste überstreifte. Wenigstens hatte sie die Augen geschlossen. Gestern war es erneut spät geworden. Wie jeden Donnerstagabend hatte sie sich mit ihren Freundinnen zum Volleyballspiel getroffen. Diese wenigen, geselligen Stunden mochte Corinne um nichts in der Welt missen. Nicht grundlos, denn schliesslich traf sie sich nach dem Training mit Angelo, ihrem Liebhaber.

Angelo war ein Vollblutitaliener. Als einziger Sohn einer sechsköpfigen Gastarbeiterfamilie hatte er sich im fremden, deutschsprachigen Land hochgearbeitet und im internationalen Finanzdienstleistungskonzern mit den drei Buchstaben zielstrebig Direktionssprosse um Direktionssprosse erklommen. Rücksichtslos und nur auf den eigenen Vorteil bedacht präsidierte er seit zwei Jahren die Vorstandssitzungen im Private Banking.

Für Marc war es nicht nachvollziehbar, dass Corinne Freitagmorgens jeweils so müde war. Oft meldete er seine Bedenken an, erntete aber nur ein Schulterzucken. Der Sport musste sie, Corinne, zu sehr schaffen, meinte er dann jeweils. Sie sollte sich doch bitte schön mehr schonen. Schliesslich sei sie keine zwanzig mehr, und die zurückliegenden Jahre als Mutter waren auch nicht spurlos an ihr vorbeigegangen.

Marcs Blick glitt über Corinnes Wange. Wie hübsch sie doch war, seine Corinne, mit ihren blonden, in ihr Engelsgesicht fallenden Haarsträhnen, dem Stupsnäschen und den sich unter dem T-Shirt abzeichnenden handvollen Brüsten. Er schmunzelte und wandte sich ab.

Mit Erleichterung vernahm Corinne, wie die massive Eichentüre ins Schloss fiel. Jeden Freitagmorgen war sie glücklich, wenn sie die Designerwohnung für sich alleine hatte. Marc, ihr Ehemann, war ein erfolgreicher... sagen wir mal... genau, sagen wir mal, er war ein erfolgreicher Anwalt, der in seiner eigenen Kanzlei arbeite-

93

te. Lenny, der gemeinsame Sohn, schlief die Nacht auf Freitag bei der Schwiegermutter und ging von dort direkt zur Schule.

Endlich Ruhe, endlich alleine! Corinne öffnete die Nachttischschublade. Der grosse Brillantring steckte noch immer im mit Filz überzogenen Etui. Gestern Abend, nachdem sie sich bis zur Erschöpfung geliebt hatten, hatte Angelo Corinne den Ring an den Finger gesteckt.

"Nimm ihn als Zeichen meiner Zuneigung!"

Kein Wort von Liebe – aber das suchte oder erwartete Corinne auch nicht. Von Marc hatte sie seit Jahren kein auch nur annähernd so kostbares Geschenk mehr erhalten. Bis zur Hochzeit war das anders gewesen. Nicht nur mit Zärtlichkeiten und Blumen, sondern auch mit edelsteinbesetzten Schmuckstücken, modischen Handtaschen und Schuhen, raffiniert geschnittenen Kleidern aus Edelboutiquen oder Ferien in exotischen Ländern hatte Marc seine Corinne für sich gewonnen.

Er war schon immer besitzergreifend gewesen. Doch hatte er sich damals intensiver um sie gekümmert und ihr jede nur erdenkliche Aufmerksamkeit und Zuneigung geschenkt. Routine und Selbstverständlichkeit hatten seither in ihrem monotonen Ehealltag Einzug gehalten, vom Störenfried 'Kind' ganz zu schweigen – und besitzergreifend war Marc geblieben.

Corinne konnte den Blick nicht vom Diamantring lassen. Ihr wurde warm ums Herz. Angelo war kein aufrichtiger Mann, das wusste sie. Und er hegte auch keine tieferen Gefühle für sie. Sie, Corinne, war eine von vielleicht drei oder vier Frauen, die Angelo regelmässig körperlich beglückte. Zu einer echten Beziehung mangelte es ihm an Zeit und Energie. Er fand in seiner Arbeit die gesuchte Erfüllung und war mit seinem Job verheiratet.

Angelo war ein einfühlsamer Liebhaber. Er wusste genau, was eine verheiratete Frau brauchte, wonach sie sich sehnte und wie ihr Körper stimuliert und zum Beben gebracht werden wollte. Angelo gab Corinne den Eindruck – wenn auch nur für diese paar Stunden – die begehrenswerteste und attraktivste Frau weit und breit zu sein. Seine Fingerspitzen versetzten ihren Körper in Ekstase, seine Lippen betörten ihre Sinne und seine unkontrolliert anmutenden Körperbewegungen gaben ihr den Rest. Angelo verstand das ganze ABC von körperlicher und geistiger Befriedigung.

Corinne war weder besitzergreifend noch störte sie sich daran, dass sie Angelo teilen musste. Sie wusste nur zu gut, dass ihre Liaison mit ihm nicht ausser Kontrolle geraten durfte. Sie war mit Marc verheiratet und sie führten eine für Aussenstehende harmonische Ehe. Einzig ihre beste Volleyballkollegin Sandra nahm gelegentlich das Wort 'Zweckgemeinschaft' in den Mund. Aber eine Scheidung kam nicht in Frage, alleine schon wegen des gemeinsamen Sohnes nicht.

Corinne zögerte. Ihr Blick glitt ein letztes Mal über den Diamantring – ein sorgsam ausgewähltes Stück, rein und zierlich, mit feinen Ecken und Kanten. Genau wie Corinne, hatte Angelo gesagt.

Die junge Frau wälzte sich im Bett und wischte sich die Haarsträhne aus dem Gesicht. Wie nur sollte sie ihrem Mann den Ring erklären? Einen so imposanten Klunker fand man nicht einfach auf der Strasse oder in der Umkleidekabine des Volleyball Clubs. Corinne zögerte kurz. Dann stand sie mit dem linken Bein auf. Sie hatte eine Idee – eine blendende Idee, wie sie meinte.

Kurz vor dem Mittag verliess Corinne die Wohnung und fuhr mit dem Bus in die Innenstadt. Das Glöckchen an der Türe bimmelte mehrmals, als sie beim Pfandleiher an der Bahnhofstrasse den Fuss auf die Schwelle setzte. Der Duft von alten Möbelstücken lag in der Luft. Corinne hatte das Gefühl, auf dem dichtgeknöpften Perserteppich wie auf einer dicken Moosschicht dahinzuschweben. Sie schaute sich im düsteren Raum um. Bücher mit Ledereinband stapelten sich auf einem Haufen, daneben tickte eine handbemalte Standuhr, und auf antik gemachte Statuen standen im Regal. In der Glasvitrine erstrahlten ehrwürdige Vasen mit Ornamenten aus purem Gold. Die wertvollen Pfandstücke waren in massiven Einbauschränken weggesperrt.

"Guten Tag", krächzte der Pfandleiher. Wie das ganze Inventar war auch er ein altehrwürdiger Kauz. Hinter dicken Brillengläsern verborgen starrte er die Kundin an – mit einem musternden, prüfenden Blick. Dabei strich er unaufhörlich über seinen Schnurrbart. "Wie kann ich Ihnen behilflich sein?"

Seine Worte tönten nach Standardbegrüssung. Corinne hob den Blick.

"Ich benötige dringend ein paar Franken. Es geht um ein Geschenk, das ich meinem Gatten zu kaufen gedenke."

Der altehrwürdige Kauz nickte und strich sich weiter über seinen Schnurrbart, sagte aber kein Wort.

"Ich war noch nie bei einem Pfandleiher und kenne mich nicht aus. Ich würde ihnen gerne meinen Verlobungsring als Pfand hinterlegen."

Der düstere Raum erstrahlte mit einem Mal in hellem Licht. Der Brillantring reflektierte jede nur erdenkliche Lichtquelle.

"Da sind Sie bei Pfandleiher Steinbeck an der richtigen Adresse", sagte der Mann, liess den Ring durch seine groben Finger gleiten und hielt ihn gegen eine hinter der Theke verborgene Glühbirne.

"Der Stein ist lupenrein, das erkenne ich von blossem Auge."

"So?" Corinne krauste ihre Stirne. "Lupenrein?"

"Richtig." Steinbeck engte die Augenlupe zwischen Brauen und Wange ein. "Kein Kratzer, keine Verunreinigung, keine Trübung, und auch sonst kein Fehler. Die Kristallstruktur ist von unglaublicher Perfektion. Euer Gatte muss Euch mächtig lieb haben."

"Wie wisst Ihr, dass es sich um einen Naturbrillanten und nicht um einen künstlichen Stein handelt?"

"Diamanten sind die einzigen Edelsteine, die aus nur einem Element bestehen, nämlich aus Kohlenstoff", grinste der Pfandleiher. "Vor dem Schleifen wirft der Experte den Diamanten in ein Wasserstoffgebläse. Verbrennt der Stein, dann war er echt!"

Die Standuhr tickte. Corinne verstand zuerst nicht und verzog ihr Gesicht zur Grimmasse.

"War nur ein kleiner Scherz so zwischendurch!", lachte Pfandleiher Steinbeck. "Wir Experten erkennen jeden künstlich hergestellten Stein – basta. Wollt Ihr Euer Schmuckstück bei mir versetzen?"

"Nicht versetzen, lediglich hinterlegen."

Steinbeck nickte, entgegnete aber nichts.

"Ich bin im Sekretariat tätig", fuhr sie fort. "Am 22. ist Zahltag, dann werde ich den Verlobungsring wieder auslösen. Mein Gatte hat bereits am 18. Geburtstag und ich habe ihm noch kein Geschenk gekauft. Er wird vierzig, müssen Sie wissen."

"Die Zinsen betragen zwei Prozent für jeden angefangenen Monat. Höre ich ein Jahr nichts von Ihnen, geht das Pfand an mich über."

"Damit kann ich leben", entgegnete Corinne sofort. "Wie wär's mit einem Betrag von dreihundert Franken?"

"300 Franken stehen in keinem Verhältnis zum effektiven Wert des Ringes."

"Ich brauche nicht viel Geld."

Der Pfandleiher schaukelte den Kopf wie geistesabwesend vor und zurück, drehte sich um die eigene Achse und zog einen braunen Papierstreifen aus dem Schrank.
"Name und Adresse?"
"Lassen sie dieses Feld bitte frei, ja?", bat Corinne mehr als dass sie fragte.
'So, die Kundin beabsichtigte nicht, ihren werten Namen auf dem Pfandschein einzutragen', sinnierte Steinbeck. Kundenwünsche waren zu respektieren, doch so eine Bitte hatte er noch nie erlebt. Er starrte die Frau an, die ihre Lippen erneut öffnete.
"Ich möchte nicht, dass diese Geschichte an die Öffentlichkeit gelangt."
"Sie sind sich schon bewusst", erklärte er, "dass jeder, der den Pfandschein findet, Ihren Verlobungsring auslösen kann?"
"Ich verliere den Schein bestimmt nicht."
"Wenn Sie da mal nur recht behalten." Steinbeck widmete sich erneut dem Zettel. Sollte er die Polizei involvieren, sinnierte er weiter, bevor er laut sagte: "Wie ist Ihre werte Telefonnummer? Taucht ein Problem auf, muss ich sie kontaktieren können."
"Ist das schon mal vorgekommen?"
Steinbeck biss sich auf die Unterlippe.
"Keine Telefonnummer?"
Corinne schüttelte den Kopf.
"Euer Wunsch sei mir Befehl. Wie darf ich den Gegenstand umschreiben? Verlobungsring?"
"Ist das notwendig?"
"Es ist angebracht, den Gegenstand mit ein paar Worten zu umschreiben. Ansonsten könnte ich Ihnen einen x-beliebigen Ring zurückgeben, sollte ich Euch zu hintergehen beabsichtigen."
"Dann notieren Sie bitte 'Schmuckstück'."
"Schmuckstück", murmelte der Pfandleiher, als er das entsprechende Feld ausfüllte. "Schmuckstück, wie ein Ring, ein Diadem, eine Ming-Vase, eine barocke Wanduhr oder ein gut erzogener Junge."
"Ihr werdet mich bestimmt nicht vergessen."
"Nein, das werde ich bestimmt nicht. Trotzdem..." Ein Sonnenstrahl huschte über Steinbecks Antlitz. "Ich habe Euch auf die Risiken namenloser Pfandscheine hingewiesen. Dreihundert Franken?"
"Dreihundert Franken."

"Der Brillant alleine kostet ein Vielfaches, vom Platinring ganz zu schweigen."
"Dreihundert Franken reichen, um die verbleibenden zwei Wochen über die Runde zu kommen sowie das Geschenk zu erstehen."
Steinbeck setzte den Betrag mit dem Kugelschreiber ein und trennte den Pfandschein in zwei Hälften.
"Bewahrt Euren Teil gut auf."
Corinne nickte und erhob sich. Minuten später betrat sie die Anwaltskanzlei ihres Gatten. Marc war in einer Besprechung, also musste Corinne mit der Assistentin Jacqueline vorlieb nehmen. Seit drei Jahren war diese nun in Marcs Kanzlei beschäftigt. Es war ihr erster Job nach dem Abschluss ihres Jura-Studiums.

Jacqueline war der Alptraum aller Frauen. Ihr Mini reichte knapp bis zum Bauchnabel, und der tiefe Ausschnitt offenbarte mehr Haut und Fülle als er verbarg. Sie war sich ihrer die Männer betörenden Optik bewusst und liebte es, diesen bemitleidenswerten Geschöpfen auch den Anblick auf ihre wohlgeformten, langen Beine nicht vorzuenthalten.

Corinne war erleichtert, als ihr Gatte endlich Zeit für sie hatte. Wie jeden Freitag führte Marc seine Frau zum Essen aus.
"Da ist noch was, Liebling!", sagte sie irgendwann und schaute Marc direkt in die Augen. Dieser nippte am Espresso und hielt ihrem Blick stand. Wann immer Corinne das Wort 'Liebling' benutzte, tastete er seine Weste instinktiv nach dem Geldbeutel ab. Was nur wollte sie dieses Mal?
"Ich bin ganz Ohr", sagte er und beobachtete seine Frau. Diese kramte in ihrer Handtasche und nickte endlich triumphierend. Sein Blick glitt über das Papier, schon stellte er fest: "Ein Pfandschein."
"Ich habe ihn auf dem Gehsteig gefunden", sagte Corinne und schaute zur Seite. Sie fühlte sich beobachtet. Marcs Blick durchlöcherte sie zum Schweizerkäse. "Heute Morgen."
"Kein Schmutz auf dem Papier", murmelte ihr Ehemann und wendete den Pfandschein. "Weder längs in der Mitte gefaltet noch geknickte Ecken."
"Der Pfandschein lag wohl nur kurze Zeit auf dem Gehsteig."
"Mag sein." Marcs Stimme wirkte trocken. "Weder Absender noch Kontaktadresse – eigenartig..." Er gab ein paar unverständliche Laute von sich, die ganz entfernt an ein wieherndes Pferd erinnerten. "Nun ja, 'Schmuckstück' ist ein weiter Begriff. Gibst du mich beim Pfandleiher ab, umschreibst du mich dann auch als

'Schmuckstück'?" Er lachte. "Oder eher als 'Ärgernis auf zwei Beinen'?"

"Vielleicht handelt es sich um ein Collier?"

"Bestimmt ein wertvolles Objekt, das der Besitzer nicht der Öffentlichkeit unter die Nase halten will." Corinne schwieg, also fuhr Marc fort: "Du solltest den Schein beim Pfandleiher einlösen. Hier steht seine Adresse: Steinbeck GmbH an der Bahnhofstrasse."

"Ist das nicht Diebstahl?"

"Nun ja, du kannst den Pfandschein auch im Fundbüro abgeben. Bis unsere Beamten aber einen Finger rühren, kostet es die Allgemeinheit garantiert mehr als das Schmuckstück wert hat."

"Ich weiss nicht..."

"Der Gegenstand ist sicher mehr wert als die dreihundert Franken. Ist wie bei einer Wundertüte oder einem Überraschungsei. Bist du nicht neugierig?"

"So habe ich mir das noch gar nicht überlegt."

"Nicht?", fragte Marc nur, schon zuckten Tausend Blitze durch Corinnes Körper. Ihr wurde ganz heiss. Nervös fuhr sie sich mit den Fingernägeln über den Handrücken.

"Soll ich am Nachmittag beim Pfandleiher vorbeischauen?", fragte sie endlich. Ihre Stimme klang hohl. "Was meinst du?"

"Mach dir keine Umstände", entgegnete Marc und schüttelte den Kopf. "Auf dem Rückweg zur Kanzlei gehe ich der Bahnhofstrasse entlang. Du wolltest heute noch deine Mutter besuchen. Für dich wäre es ein Umweg."

Corinne kam Marcs Vorschlag gelegen. So schöpfte ihr Ehemann weniger Verdacht. Nie akzeptierte er sonst den Brillantring ihres Liebhabers an ihrem Finger.

Der Nachmittag mochte kein Ende nehmen. Corinnes Mutter war trotz ihres noch jugendlichen Alters ziemlich senil und stellte andauernd die gleichen Fragen. Marc war froh, musste er nicht jedem dieser Treffen beiwohnen.

Endlich war Abend. Corinne übersprang jede zweite Treppenstufe, als sie zur Anwaltskanzlei in den zweiten Stock hochhechtete. Sie freute sich auf den prunkvollen Klunkern am Finger. Ihre Freundinnen sollten Augen machen und blass vor Neid werden.

Corinne riss die Türe auf. Sie würdigte die Assistentin keines Blickes. Jacqueline war es nicht wert. Ähnlich einer Ente wackelte diese mit dem Po, als sie sich wieder hinter ihr Pult verzog. Ob ein Erpel beim Anblick des Entenhinterteils ebenso irrational zu den-

ken begann wie sein notorisch vom dritten Bein herumkommandiertes Pendant der Spezies des Homo Sapiens.
Beide Füsse hochgelagert sass Marc hinter dem Nussbaumtisch und diskutierte wild gestikulierend am Telefon. Corinne ging im Zimmer auf und ab. Sie spürte den auf ihr lastenden Blick ihres Gatten.
"Und", fragte sie endlich, "hast du das Schmuckstück?"
"Nicht so hastig, mein Liebling. Wie wäre es mit einem freundlichen 'Hallo Liebling, ich habe dich vermisst'?"
"Wie war dein Arbeitstag, Liebling?", fragte sie sofort. "Alles gut gelaufen?"
"Danke der Nachfrage, bin zufrieden." Marc erhob sich. "Ich war beim Pfandleiher. Ein netter, älterer Herr. Es hat sich gelohnt." Marcs trockene Art behagte Corinne nicht. Ihre Hände zitterten. "Eine verheiratete Dame soll das Schmuckstück heute Morgen vorbeigebracht haben. Weitere Angaben wollte der Pfandleiher nicht machen." Corinne spürte das Blut unter der Haut pochen. "Eine attraktive Blondine, wie der Pfandleiher nebenbei noch erwähnte." Im Büro stiegen die Temperaturen unaufhörlich weiter an. Corinne spürte die Schweissperlen auf der Stirne. Marc deutete auf den Schrank hinter sich. "Hier drin ist das Collier. Es ist wunderschön. Aber ich frage mich, ob es rechtschaffen ist, wenn wir es behalten."
"Das Collier?", stammelte Corinne viel zu schnell. Ihre Pupillen zuckten hin und her. "Was für ein Collier?"
"Ich spreche vom Schmuckstück, das ich heute Nachmittag beim Pfandleiher Steinbeck gegen den Pfandschein ausgelöst habe."
"Ein Collier?"
"Überrascht?"
Corinne hielt das glitzernde Objekt zwischen den Fingern – zweifelsfrei massives Silber – und konnte ihren Mund einfach nicht mehr schliessen. Die funkelnden Steine waren klein und bestimmt nicht echt. Das erkannte selbst der Laie auf den ersten Blick.
"Wir haben ein gutes Geschäft gemacht", wiederholte Marc. "Das Collier kostet bestimmt das Doppelte. Möchtest du es dir um den Hals hängen?"
Corinne wendete sich von ihrem Ehemann ab. Ihre grauen Gehirnzellen arbeiteten auf Hochtouren. Marc durfte auf keinen Fall erfahren, von wem das Schmuckstück ursprünglich stammte. Sie, Corinne, konnte gar nicht wissen, dass es sich um einen Diamant-

ring handelte. Einzig der Pfandleiher kannte die Zusammenhänge. Er musste ihren Gatten um den Diamantring betrogen haben.

"Ist was, Liebling?"

Corinne schluckte leer, fuhr sich mit der flachen Hand durch ihr Haar und schüttelte den Kopf. In diesem Augenblick ging die Türe auf. Entenarsch kündigte einen wichtigen Klienten in der Leitung an. Marc ging ans Telefon. Er senkte seinen Blick keine Sekunde. Corinne entging Marcs Blick nicht. Nicht ihr, seiner Ehefrau, hatte seine Aufmerksamkeit gegolten, sondern Jacquelines Po. Hatte er ein Verhältnis mit seiner Assistentin?

"Wo sind wir stehen geblieben, Liebling?", erkundigte sich Marc, kaum hatte er den Telefonhörer wieder aufgelegt. "Da war doch noch was?"

"Ach, nichts."

"Hast du das Collier anprobiert?"

"Das mache ich zu Hause." Missmutig drehte sich Corinne um die eigene Achse. "Ich warte unten im Wagen auf dich."

Es war definitiv nicht ihr Tag. Sie fühlte sich miserabel und verfluchte innerlich den Pfandleiher. Was für ein falscher Kerl! Langsam zog sie die Türe hinter sich ins Schloss.

Jacqueline nahm soeben den Telefonhörer in die Hand. Corinne konnte den Anblick dieser Frau nicht mehr ertragen. Sie war eine falsche Schlange und zu allem fähig. Es war eine Ungerechtigkeit, dass die Assistentin mit einem so jugendlichen Knackarsch beglückt war.

Jacquelines Stimme klang gekünstelt. Sie schien eine Sopranistin verschluckt zu haben. Doch nicht ihr kitschig-naives Auftreten fesselte Corinnes Aufmerksamkeit. Nein – Corinne starrte unentwegt auf die linke Hand der Assistentin. Ein Diamant funkelte an ihrem Ringfinger und erhellte den ganzen Raum mit dem reflektierten Licht.

Hörner aufzusetzen war eine Sache, Hörner aufgesetzt bekommen eine andere. Für Corinne ging mit dem Anblick ihres Diamantrings die Sonne unter und es herrschte nur noch dunkle Finsternis. Ihre Blicke wollten töten, doch ihr ganzer Körper reagierte wie gelähmt und ihr Kopf konnte keinen klaren Gedanken mehr fassen. Stufe um Stufe ging es abwärts. Ihre Tritte widerhallten im kalten Treppenhaus.

28. April 2015 – Hediger seufzte, griff nach dem Diamantring, legte ihn zurück in die Muschel und stellte beides in die Bananenkiste – zu all dem Gerümpel, das sich bereits angesammelt hatte. Dann starrte er auf das Wandposter mit den Pferden und nickte. "Ich hasse Araber und Pferde, und Araberpferde sind die Schlimmsten", sagte er in die Stille. "Doch du, Helga, warst vernarrt in alle Hengste, die du bekommen konntest. Sie trösteten dich über deinen Schmerz hinweg, hast du später behauptet, gaben dir ein bisschen Sicherheit, Selbstwertgefühl und Bestätigung zurück. Alles nur Lug und Trug. Zählte alles mit mir zusammen Erlebte nichts mehr? Wie konntest du nur? Ach... ich will es gar nicht wissen. Du hast bekommen, was du verdient hast, und das ist gut so..."

Hediger fuhr sich mit den Händen über das Gesicht, schüttelte den Kopf und griff nach seinen Pantoffeln. Sein Blick fiel auf seine linke Socke, aus der ihn die grosse Zehe anäugte. "Du hast gut lachen. Du musstest dich nicht mit Hengsten und sonstigem Getier rumschlagen", sagte er und nickte. "Dabei... eigentlich war ja alles ganz anders. Dir, Helga, ist es nie um die Pferde gegangen. Weisst du, ich habe dir anfangs viel zu wenig zugehört und deinen Worten keinen Glauben geschenkt. Wie nur sollte ich mir auch vorstellen können, dass..." Er hielt inne, zückte sein Taschentuch, faltete es auf, schnäuzte hinein und faltete es wieder zusammen. Dann wischte er sich mit dem Handrücken über seine Augen. Seine Haut glänzte feucht. "Das Leben ist so was von ungerecht. Wir waren noch mitten im Leben und ich voller Hoffnung auf bessere Zeiten. Doch dann bist du mit dem Befund gekommen. Warum...?" Er wischte die glänzenden Spuren mit dem Taschentuch trocken. Seine Hand zitterte. "'Es ist nicht das Ende, und auch nicht der Anfang vom Ende', hast du mir damals gesagt, 'aber vielleicht das Ende vom Anfang'. Ich habe deine Worte lange nicht verstanden."

Hediger streckte seine Hand aus und umklammerte das nicht mehr ganz kühle Bier. Ein Tropfen Gerstensaft perlte sich der Aussenwand entlang zum Boden. Einen Schluck später rülpste er laut heraus und warf die Dose in die Bananenkiste.

"Helga, niemand garantiert dir, dass du eine gesunde Lebensweise überlebst." Hediger gähnte. "Ganz im Gegenteil ist es ein Fakt, dass du eine gesunde Lebensweise über kurz oder lang nicht überleben wirst. Du warst der lebende Beweis..." Er gähnte erneut. "Na ja, du bist eigentlich eher der tote Beweis. Ach, Benno, ach... warum nur musste es so weit kommen?"

Hedigers Kopf kippte vornüber, sein Brustkorb hob sich in regelmässigen Abständen auf und ab – und schon sah er sie wieder vor sich, mit seinem geistigen Auge. Wie schön sie doch war, seine Helga, wie sie so über die Felder rannte und ihr Haar in der Luft wehte. Hediger seufzte im Schlaf. Seine Handmuskeln zuckten. Ein Stein flog ins Wasser. Die Ringe breiteten sich aus, immer weiter, kreisrund, schwach und verletzlich, und wurden eins mit der Oberfläche. Ein weiterer Seufzer glitt über seine Lippen.

Gestern noch hatte die Sonne geschienen. Hell und strahlend warm war sie gewesen. Heute blendete sie nur noch, spiegelte sich in sein Gesicht, direkt und rücksichtslos. Hediger seufzte – wie schon so oft. Gestern war die Welt noch voller Farben gewesen. Sie, Helga, hatte ihn angelacht, mit den Fingerspitzen seine Wange gestreichelt und seinen Kopf gekrault. Gestern, damals, am Morgen. Heute blieb alles nebulös, farblos, grau, kalt und leblos. Hediger holte einmal mehr tief Luft und seufzte. Die Mücken summten im Ohr, die Fliegen kitzelten im Gesicht, die Ameisen in den Hosenstössen. Hediger schlug um sich. Er hasste sie – alle. Sie hatten ihm genommen, was er vor kurzem noch nicht zu schätzen gewusst hatte. Oder war er, Hediger, selbst die Ursache seines Elends?

Weit riss er seine Augen auf und schaute sich mit wirrem Blick im Wohnzimmer um. Konnte er jenen Sonnentag nie vergessen?

- 28 -

Die Luft duftete frisch nach Pferden und Morgentau. Helga genoss die Sonnenstrahlen im Gesicht. Den Hinterkopf im Nacken stand sie auf der weiten Wiese und sog die Luft in sich hinein. In der Umzäunung drehte der Araberhengst seine Kreise, während Helga mit geschlossenen Augen am Gatter lehnte. Ein einsames Lächeln spielte mit ihren Mundwinkeln – ein viel zu seltenes Ereignis seit dem Befund.

"Woran denkst du, mein Liebling?", fragte Hediger in die Stille.

"Erinnerst du dich noch an unseren gemeinsamen Ausritt auf Island... in Isafjördur? Wir preschten dem Fjord entlang über das Vulkangestein, eine Staubfahne hinter uns, das Wasser spritzte auf, weiter über endlose Wiesen, in einer Wolke aus Glück und Freiheit – unvergesslich."

"Schön, dass du dich erinnerst", murmelte Hediger und lächelte. "Wäre es nur immer so."

"Manchmal ist es besser zu vergessen." Helga schlug ihre Augen auf. Die Sonne blendete, also hielt sie sich die Hand vor das Gesicht. "Damals hast du nur an die Zukunft gedacht und dabei die Gegenwart vergessen. Dabei ist das Wichtigste an der Zukunft die ganze Zeit davor."

"Nicht einmal im kühnsten Alptraum konnte ich mir vorstellen, welche harten Proben uns noch auferlegt werden sollten. Ich habe seither viel dazugelernt. Wir haben viel dazugelernt."

"So mancher überlebt eine gesunde Lebensweise nicht, hast du mich damals oft aufgezogen, Marcel. Und dann deinen stinkigen Zigarettenqualm inhaliert – und ich habe an meinem stillen Wasser genippt. Das Leben ist manchmal sehr ungerecht."

'Nichts ist so sehr für die gute alte Zeit verantwortlich wie das schlechte Gedächtnis. Genau umgekehrt verhält es sich mit einem guten Gedächtnis', dachte Hediger, schwieg aber aufgrund der ausweglosen Situation.

"Magst du einen Kaffee?", fragte er endlich. "Ich geh mal kurz rein."

Helga nickte nur. Drei Wochen zuvor hatten ihn ihre Worte in ein weiteres Wellental katapultiert. Sie war es gewesen, die das Gespräch auf das Thema 'Alter' gelenkt hatte. Seine Antwort war wie so oft sarkastisch gewesen.

"Alt zu werden macht mir keine Angst", hatte er gesagt. "Angst macht mir einzig, mit einer alten Frau verheiratet zu sein."
"Diese Angst brauchst du nicht zu haben."
"Nur mal nicht zu voreilig, meine Liebe. Ich werde noch lange nicht von dir gehen."
"Du vielleicht nicht..."
Der Mensch schlug die Zeit solange tot, bis diese sich revanchierte. Hediger schaute vom Tagesanzeiger auf.
"Wie meinst du?"
"Ich war heute beim Arzt."
"Und?"
"Liebst du mich noch?"
"Was soll das?"
"Ich habe Krebs. Im besten Fall bleiben mir 12 Monate, vielleicht auch nur 6."
Das war vor drei Wochen gewesen. Hediger seufzte beim Gedanken daran, wählte eine ockerfarbene Kapsel aus und drückte auf den Knopf. Der Kaffee schäumte sich die Innentasse hoch.

Helga war morgens oft in ihrem Erbrochenen erwacht und hatte am Tag über Übelkeit und Schwindel geklagt. An gewissen Abenden war der Druck in ihrem Kopf so unausstehlich geworden, dass sie geglaubt hatte, er explodierte. Selbst Ponstan in dreifacher Dosis hatte nicht mehr geholfen.

"Du bist so zerstreut", hatte sich Hediger damals oft gewundert, "hörst du mir nicht zu?"

Worauf Helga nur immer wieder gegähnt hatte – eigentlich bis zu ihrem Besuch bei Doktor Steingruber, der ihr mit trauriger Miene das Wort 'Glioblastom' erklärt hatte. Denn der Krebsbefund war positiv gewesen – also für Helga negativ.

Auf Wikipedia hatte ihr Hediger am Abend die Aussagen des Herrn Doktors verifiziert gehabt. Das Glioblastom war demnach der häufigste bösartige hirneigene Tumor bei Erwachsenen, wies eine feingewebliche Ähnlichkeit mit den Gliazellen des Gehirns auf und wurde wegen der sehr schlechten Prognose nach der WHO-Klassifikation der Tumore des zentralen Nervensystems als Grad IV eingestuft. Gängige Behandlungsmethoden waren die Operation, die gezielte Bestrahlung sowie eine Chemotherapie, wobei beim Stand der Forschung eine endgültige Heilung nicht erreicht werden konnte. Die mittlere Überlebenszeit – die erste Frage, welche Helga an Doktor Steingruber gerichtet hatte – lag

bei wenigen Monaten ohne Behandlung bis zu etwas mehr als einem Jahr mit den gängigen Therapiemethoden, immer in Abhängigkeit des jeweiligen Entwicklungsstadiums des Tumors. Manche Erkrankte überlebten länger, nur wenige jedoch mehrere Jahre. Hediger griff nach der Kaffeetasse, machte einige Schritte und räusperte sich – worauf sich Helga zu ihm umdrehte.
"Mein Liebling, hast du dich inzwischen entschieden?", fragte er, wobei seine Stimme wie eine ungeölte Türangel tönte. "Doktor Steingruber erwartet unsere Antwort."
"Was interessiert das schon die Welt", murmelte Helga ohne aufzuschauen. "In einem Jahr bin ich Asche zu Asche und Staub zu Staub, ob ich nun einen Eingriff mache oder nicht."
Eine kurzfristige klinische Besserung konnte durch die Behandlung mit Corticosteroiden erreicht werden, hatte der Doktor noch erklärt. Mit operativem Eingriff sollte die Tumormasse reduziert und das Fortschreiten der Erkrankung verlangsamt werden. Dauerhaft liess sich der Tumor aber kaum heilen, da einzelne Zellen das gesunde Gehirngewebe schon infiltrativ durchwandert hatten.
"Asche zu Asche...", murmelte Hediger, "ich mag es nicht, wenn du so sprichst."
"Ach, Marcel, wen interessiert das schon?"
"Was ist mit deinem Ehemann?"
"Ach, wir haben uns doch schon seit einer Ewigkeit nichts mehr zu sagen."
"Ich verstehe nicht, mein Liebling."
"Schau doch der Realität ins Auge. Unsere einstige Liebe ist längst Vergangenheit. Ohne mich lebst du viel besser."
Seit dem ersten Blickkontakt damals im Kino hatte sich Hediger solidarisch-verliebt gefühlt. Während den beiden Schwangerschaften hatte sich Hediger solidarisch-schwanger gefühlt. Seit dem Krebsbefund fühlte sich Hediger solidarisch-krank. Doch diese eine Bemerkung von Helga brachte seine bereits in Trümmern liegende Welt endgültig zum Einstürzen.
Gesundheit war ein labiler Zustand, der nichts Gutes erwarten liess, hatte mal ein ganz Schlauer gesagt. Gesundheit war der Anfang der Krankheit, ein noch Schlauerer. Doch Hediger verstand. Ein Leben lang hatte ihn seine Gesundheit kaum interessiert. Doch jetzt, da er miterleben musste, wie sich dieses gierige Krebsgeschwür über seine Helga hermachte und nicht nur ihren Körper, sondern ihre ganze, einst goldige Persönlichkeit unbarmherzig

zerstörte, ging auch er, Hediger, mit jedem Atemzug mehr unter. Wahrlich, welche Ungerechtigkeit, gab es doch so viele Krankheiten – und dabei nur eine einzige Gesundheit. Warum nur hatten sie beide in den vergangenen Jahren diese eine gute Gesundheit nie zu schätzen gewusst? Wie auch ihre gegenseitige Liebe? Zufall, dass der Araberhengst in diesem Augenblick laut wieherte?
Hediger fuhr aus seinen Gedanken hoch. Helga lehnte noch immer mit dem Rücken am Gatter – und starrte ihn an.
"Was ist? Siehst du das anders?", fragte Helga. "Ach, was vergeudest du noch weiter deine Zeit mit mir? Ich bin doch schon so gut wie tot."
"Ich habe gestern mit einem Spezialisten für Neurochirurgie gesprochen, einem Arzt am Kantonsspital Zürich. Gemäss Doktor Steingruber soll er eine Koryphäe auf seinem Gebiet sein."
"Und?"
"Zusätzlich zur neurochirurgischen Behandlung von bösartigen Hirntumoren gibt es neuerdings ein ergänzendes innovatives Verfahren. Der Patient trinkt einige Stunden vor der Operation eine körpereigene Substanz aus 5-Aminolävulinsäure – genannt 5-ALA. Diese Lösung reichert sich im Hirntumor an und wandelt sich dort in einen fluoreszierenden Farbstoff um. Während der Operation wird dieser Farbstoff durch blau-violettes Licht zum Leuchten gebracht, so dass sich der Tumor – ganz in rosa – deutlich vom gesunden Hirngewebe – in dunkelblau – abgrenzen lässt. Der Spezialist hat mir versichert, der Tumor könne so viel effektiver entfernt werden."
"Gemäss Doktor Steingruber kann kein Chirurg den ganzen Tumor entfernen. Verstehe endlich, ich sterbe in Raten."
"Die neue Methode verlängert deine Lebenserwartung. Mit einer positiven Lebenseinstellung wirst du..."
"Positive Lebenseinstellung, du hast gut reden. Du bist nicht zum Tode verurteilt."
"Aber jeder geschenkte Monat..."
"Ich will keine Monate", heulte Helga auf und wischte sich mit dem Handrücken über ihr Gesicht. "Ich will mein Leben zurück!" Sie starrte Hediger an. Doch dieser biss sich nur auf die Unterlippe. "Was willst du mir antun? Zuerst eine Operation und dann eine Bestrahlung, gefolgt von einer Chemotherapie? Der Tumor zerstört mich schon genug. Sollen mich die Ärzte noch ganz zerstückeln?"

"Ich bin kein Spezialist, ich weiss es nicht", murmelte Hediger. "Was soll ich dir nur antworten?"
"Wie wahr, selbst du glaubst nicht an eine Chance..." Helga öffnete ihre Lippen und schnappte nach Luft. "Es kommt immer so, wie es kommen muss. Ich muss nun von dir gehen. Vielleicht habe ich es nicht anders verdient."
"Wie meinst du?"
"Vergiss es – das interessiert die Welt nicht mehr."
"Ich bin bei dir, möchte dich unterstützen. Das haben wir uns in der Kapelle beim Seealpsee gelobt."
"Da haben wir uns noch so manch anderes gelobt. Doch wie wenig haben wir gehalten?"
"Deine Worte verwirren mich..."
"Ist es nicht so?"
"Welche Versprechen haben wir gebrochen?"
"Ach Hediger, was willst du hören?"
"Helga, du warst und wirst immer meine grosse Liebe sein."
"Hediger, du lebst in einer anderen Welt. Ich war nie gut genug für dich."
"Wie kannst du das sagen? All die Jahre war ich glücklich an deiner Seite."
"Und unsere Meinungsdifferenzen und Streitereien, was war damit?"
"Das waren Momentaufnahmen, weiter nichts. Ich war glücklich mit dir, all die Jahre... und noch immer... Was ist?"
"Nichts."
"Doch... ich sehe es, da ist etwas... in deinen Augen... deinem Blick..."
"Genau das ist der Punkt. Ich konnte und kann es dir nicht sagen – nicht mehr." Helga schaute zur Seite. "Du hast meine andere Seite nie wirklich gekannt. Du hast mich nie wirklich gekannt."
"Ich verstehe nicht..."
"Dann lass es dabei bewenden", flüsterte Helga mehr als dass sie sprach. "Uns bleibt nicht mehr genug Zeit, um das alles zu klären. Uns bleibt keine Zeit mehr."
"Keine Zeit mehr?", murmelte Hediger. "Keine?"
Helga nickte nur. Hediger raufte sich die Haare, starrte noch einmal kurz in das Gesicht seiner Frau, kreuzte ihren starren Blick, wandte sich wortlos ab und liess Helga bei ihren geliebten Pferden zurück.

Was nur wollte sie ihm sagen? Was hatte sie ihm verheimlicht? Warum warf sie ihm nie jene Blicke zu, die sie ihren Vierbeinern zuwarf?

Missmutig trat Hediger gegen einen Stein. Diese doofen Viecher konnten ihm gestohlen bleiben. Helga sollte die kurze verbleibende gemeinsame Zeit gefälligst ihm widmen und nicht irgendwelchem Getier, das für nichts weiter taugte als für den Schlachthof. Sie war mit ihm verheiratet und nicht mit ihrem Gaul. Hediger riss die Türe zu den Boxen auf, drehte am Wasserhahn – wie so oft zuerst in die falsche Richtung – und krallte sich das Stück Seife.

Weiss schäumte es zwischen seinen Fingern. Er schaute in den Spiegel an der Wand, erkannte sein Gesicht mit der rauen Haut, den tiefen Furchen, den Altersflecken auf der Nase – und nickte. Die Zeit ging auch an ihm nicht spurlos vorbei. Doch er lebte noch. Seine geliebte Helga dagegen ging mit jedem Tag ein klein wenig mehr unter und war mit der Fussspitze bereits im Grab.

Hedigers Mundwinkel zuckten im Spiegelbild auf und ab. Seine Augenbrauen wölbten sich zu noch mehr Volumen. Er riss eine Grimasse, mit der er den Teufel aus jeder Geisterbahn verjagen konnte. Fragen über Fragen kreisten in seinem Kopf. Was hatte Helga gemeint? War ihre Krankheit Realität oder Fiktion? Machte sie ihm, Hediger, etwas vor – oder gar er sich?

Eine einzige Person kannte die Antworten auf diese Fragen. Hediger starrte seinem Spiegelbild gebannt in die Augen, starrte diese unheimliche Fratze an, nickte endlich ein letztes Mal – und schmunzelte.

28. April 2015 – Hediger seufzte, kniete auf den Boden, seufzte ein weiteres Mal, rollte das Poster mit den drei Pferden sorgsam auf, knickte es in der Mitte und presste es in die Bananenkiste. "Früher, da war euer Anblick ja noch erträglich. Doch seit geraumer Zeit mag ich euch nicht mehr sehen. Ihr verkörpert utopische Hirngespinste und weckt undefinierbare Sehnsüchte von irgendwelchen bemitleidenswerten Gestrandeten. Dabei seid ihr nichts weiter als etwas Tusche auf Papier..." Hediger schlurfte zur Kommode und hob seine rechte Hand. "Komm, Benno, du meine treue Seele, komm zu mir." Der Hund öffnete seine Schnauze und röchelte, schnappte kurz nach Luft, rührte sich aber nicht weiter. "Nun komm schon, mein Freund... Na, was ist? Steht es schon so schlimm um dich? Ja? ...na gut, dann halt eben nicht."

Hediger seufzte erneut – schon wieder, war man geneigt zu sagen – und furchte die Stirn. Seine ausgestreckten Finger griffen nach einem gepressten Eichenblatt, das auf der Kommode verstaubte.

"Ach Helga, was hast du nur aus uns gemacht. Du hast dich lieber ein Leben lang über deine Probleme beklagt, statt diese nach und nach zu lösen. All dein Lamentieren hat dich immer unglücklicher gemacht, bis nichts mehr vom einst so hübschen Lächeln übrig geblieben ist. Wie nur konnte es so weit kommen?"

Benno bewegte den Kopf, öffnete für einen Augenblick die Augen, jaulte mehrmals und vergrub seine Schnauze wieder zwischen seinen Vorderpfoten. Hediger starrte das Eichenblatt lange an.

"Helga, deine damalige Geschichte vom Eichenblatt, ausnahmsweise eine von dir und nicht von mir, angeblich ein Traum, ist ergreifend gewesen und hat mich zu tiefst berührt. Viel zu selten hast du dich mir gegenüber so sehr geöffnet – einzig während deinen depressiv getränkten Umnachtungen", murmelte er. "Und heute, was ist von der Geschichte vom Eichenblatt geblieben?" Er schaute auf und nickte. "Weisst du, Benno, was davon geblieben ist? Nichts ist davon geblieben! Nichts weiter als eine weitere lapidare Geschichte... Aber du sollst dir selbst ein Bild machen, mein Freund. Höre mir zu, ich erzähle dir von Helgas Traum."

Gestern war er von mir gegangen, mein geliebter Freund. Der Wind hatte ihn mit sich genommen, ihn davongetragen, hin zum Bach, zum reissenden Fluss. Ich hatte ihm hinterher geschaut, hinterher gerufen und gefleht, er sollte zurückkommen. Doch meine Laute waren vom Wind verschluckt worden, zusammen mit meinem geliebten Freund.

Er hatte gekämpft, sich an der Oberfläche breit gemacht, sich zu seiner ganzen imposanten Grösse entblättert und sich gegen das Unheil gestemmt. Doch das Wasser war unbarmherzig gewesen. Immer wieder hatte ihn der Strudel in die Tiefe gerissen und dann durch die nasse Kälte zurück an die Oberfläche gewirbelt, weg von mir, bis er endlich eins mit dem Horizont geworden war und für mich unerreichbar und fern.

Ich hatte im Wind gezittert, mich gewunden und dicke Tränen vergossen – zwecklos. Mein geliebter Freund blieb verschollen, konnte unmöglich zu mir zurückfinden. Kalt war mir ums Herz. Ich fühlte mich alleine und verlassen.

Kein Jahr war es her, seit wir uns das erste Mal gesehen hatten – damals in der warmen Frühlingssonne. Seine Knospe war mir sofort aufgefallen, kaum hatte ich mich etwas entfaltet gehabt. Hinter den Ohren noch ganz grün hatte ich ihn angelächelt.

"Hallo", hatte er nur gesagt und mir zugezwinkert, "hallo."

'Er wirkt jungmännlich und knackig und dabei doch so zart besaitet', hatte ich gedacht. Und in meinem Inneren war mir ganz heiss geworden. 'Nachbarschaft ist wahrlich Glückssache.'

Das war der Anfang unserer Beziehung gewesen, der Anfang von Nähe, Wärme und Geborgenheit, die erste Liebkosung, die erste Meinungsverschiedenheit, meine erste und einzige wahre Liebe. Damals – jetzt hing ich einsam und verlassen am Ast.

Laub raschelte. Eine Scheintote schleppte sich durch den Wald. In Gedanken versunken starrte sie zum Himmel hoch und bewegte ihre Lippen. Ich seufzte. Bald schon war auch ich tot, wurde von Würmern zersetzt und moderte vor mich hin. Sollten meine letzten Gedanken meinem fernen Geliebten gelten?

Ich schaute zum Horizont, dorthin, wo er entschwunden war. Das Wasser floss unaufhaltsam dem Meer entgegen. Ich wollte meinen Blick nicht senken, fühlte die schwere Leere in mir, und über allem das Verlangen nach ihm. Ach, wie sehr wünschte auch ich mir,

meine letzte Reise anzutreten und ihm nachzufliegen – und konnte dabei nicht fort, sondern hing weiter gefangen an meinem Ast.
"Wind, wo bist du?", rief ich, "trage mich mit dir fort. Trag mich zu ihm."
Als wollten mir meine Nachbarn antworten, bewegten sich die wenigen verbliebenen Blätter. Braun, rot und gelb hatten sie sich verfärbt, alt und runzlig waren sie geworden. Ich hielt den Atem an und horchte. Der Wind streichelte über unsere geschundenen Körper, zog durch die Äste und spielte unser Lied, jede Strophe, jeden Ton. Niemand sah wie sehr ich litt, wie schwer mir ums Herz war. Ich fühlte mich kraftlos, ausgesaugt, leer, ausgebrannt und aller Freude beraubt, wollte einfach nur noch weg und hin zu ihm – ihm nach. Doch mein Geliebter blieb unerreichbar fern.

Dann kam ein heftiger Windstoss, und noch einer – endlich war es so weit. Ich wirbelte durch die Luft und war frei. Meiner letzten Kraft beraubt, liess ich mich fallen, immer tiefer, irgendwohin ins Nichts. Ich hörte es plätschern, das Wasser, sah es spritzen, fühlte die kalte Nässe, die meinen Körper mit einem letzten Hauch Leben um- und durchflutete. Ich beklagte mich nicht über den Wirbel, der mich immer wieder in die Tiefe zog, beklagte mich nicht über die reissende Kraft des Flusses, die mich zusammenpresste und fast erdrückte. Ich erfreute mich einzig der Strömung, die mich immer wieder erfasste und zum Horizont zog, dorthin, wo mein Geliebter irgendwo sein musste. Mir wurde warm ums Herz. Bald sollten wir zusammen sein. Bald waren wir wieder vereint. Oder doch nicht?

Eine Schneeflocke tanzte vom Himmel. Ich schaute ihr zu, wie sie sich auf mir breit machte. Weitere Flocken folgten. Sie kitzelten. Ich seufzte und dachte an ihn, und wieder an ihn, immer nur an ihn – und achtete nicht auf die Strömung, die mich in eine Bucht trieb. An einem Grashalm blieb ich hängen, wie am Angelhaken, und war gefangen.

"Hallo", vernahm ich da seine Stimme neben mir, und nochmals: "Hallo."

Ich schaute auf und wurde ganz herbstlich rot. Was für eine glückliche Fügung des Schicksals – auch mein Geliebter hing am Grashalm! Tränen kullerten über meine Wangen und vermischten sich mit dem kalten Wasser des Flusses. Wir hatten uns gefunden, waren wieder vereint – endlich hatte alles Leiden ein Ende.

"Schau nur, Mama", hörte ich eine Kinderstimme jauchzen, "wie die beiden Eichenblätter aneinander kleben. Sind sie verliebt, Mama? Machen sie Babys?"

Ich lächelte still, spürte seine Nähe, so intensiv wie noch nie zuvor, und genoss den Moment. Denn ich war Realistin genug – bald schon sollte uns die Strömung wieder trennen. Vom Schmerz der Sehnsucht zerrissen, vereinten uns dann nur noch unsere Gedanken.

Doch nicht so in diesem Augenblick. Ich spürte ihn. Er war bei mir, so nahe wie noch nie zuvor. Mir wurde richtig warm. Ich schloss meine Augen und wusste: Für einen solchen letzten Augenblick in Zweisamkeit lohnte es sich zu sterben.

28. April 2015 – Hediger seufzte und starrte dabei unentwegt auf das gepresste Eichenblatt.
"Jedes Wort habe ich dir damals abgenommen – über Melancholie, Unzufriedenheit, Krankheit, Unglück und zerstörerische Tragik deines Lebens. Für wie blöd hast du mich eigentlich verkauft?", fragte er, nahm das Eichenblatt zwischen seine flachen Hände und rieb diese aneinander. Die Laubkrümel rieselten in die Bananenkiste. "Helga, du hast aus mir einen Esel gemacht, ich kann und will es heute noch nicht wahrhaben."
Er lehnte sich auf dem Sofa zurück und streckte seine Beine auf das Salontischchen. Dabei fiel sein Blick auf die beiden Sessel.
"Auch euch beide mag ich schon lange nicht mehr sehen – weg mit euch! Regungslos habt ihr bei mir im Wohnzimmer ausgeharrt, während sie mich zum Narren gehalten hat." Hediger erhob sich und wankte zum ersten Sessel. "Für alle ihre Verehrer habt ihr euch breit gemacht. Ich will gar nicht wissen, wie viele Ärsche das gewesen sein mögen."
Keine zehn Minuten später hatte Hediger die beiden Sessel nach draussen in den Gang gestossen, gewürgt, gezerrt und geflucht. Weitere fünf Minuten später hatte auch das Salontischchen nichts mehr im Wohnzimmer zu suchen. Hediger wischte sich die Schweissperlen von der Stirne.
"Weisst du, Benno, Helga war eigentlich ganz anders als wir alle dachten – denn sie war stark. Ihre Stärke war ihre ewige Unzufriedenheit. Damit zerstörte sie mich gleichermassen wie sich selbst. Sie war immer unzufrieden, doch Schuld waren alle anderen, nur nicht sie. Ich trug die Schuld an den Hagelkörnern, die ihr Gemüse verunstalteten, an den Regentropfen, die ihren Körper bis auf die Knochen durchnässten, am Schneegestöber, das sie zum Schlottern brachte, am Wind, der ihre Frisur zerzauste. Ja, ich war sogar verantwortlich dafür, dass die Sonnenstrahlen blendeten. Es war hoffnungslos..." Hediger fuhr sich mit den Händen über den Kopf. "All seine Kinderjahre hat Helga Fotos von Peter gemacht und in einer leeren Schuhschachtel abgelegt. Jedes Mal, wenn sie die Schachtel dann sah, beklagte sie sich über die mangelnde Zeit, um die Fotos im Album einzukleben. Sie beklagte sich immer öfters, bis ihr bereits der Anblick der Schachtel genügte, um unzufrieden zu sein. War ich dann mal wieder einen Abend mit meinen Kollegen un-

terwegs, telefonierte sie in der Weltgeschichte herum, kümmerte sich aber nie um ihren Pendenzenberg – um sich dann am nächsten Tag wieder über die mangelnde Zeit zu beklagen. Hielt ich ihr dann den Spiegel hin, wurde sie aggressiv und beschuldigte mich für was auch immer oder verlor sich dann irgendwann in ihren wiederkehrenden Selbstzweifeln." Hediger räusperte sich und griff zu. "Schau an, Benno, die Schachtel steht noch immer hier in der Kommode. Ja, ja – heute mangelt es Helga an der Zeit... Weg damit, mit all den Fotos von Peter, rein in die Bananenkiste!"

Hediger stemmte die Hände in die Hüften, reckte sein Kreuz zu noch mehr Höhle, holte tief Luft, atmete ganz langsam wieder aus und kniete sich hin. Die Ruhe selbst rollte er den Perserteppich auf, spitzte seine Lippen und pfiff ein paar muntere, absolut nicht zusammenpassende Tonfolgen.

"Weisst du, Helga, ich habe immer nur an das Gute in dir geglaubt. Doch du hast dich verändert. Und je mehr ich meine Befürchtungen zum Ausdruck gebracht habe, umso mehr hast du dich von mir entfernt. Ohne auch nur mit den Wimpern zu zucken. Wie nur konntest du vergessen, was einst zwischen uns gewesen war?"

- 32 -

Hediger rasierte sich vor dem Spiegel und schielte zur Seite. In einem transparenten Hauch von Negligé mehrheitlich entblösst, stand Helga dicht neben ihm – so dicht wie damals, Jahrzehnte zuvor in der Kolonne an der Kinokasse. Er spürte ihre Nähe und roch den Duft, der sie umhüllte, ein Gemisch aus Chanel 5 und Helga. Wie sehr hatte er in jungen Jahren die sie umwehende Wolke geliebt, ihre an einen Herbstspaziergang im raschelnden Laub erinnernde Frische, ihre mit Essenzen von gerodeten Fichten gespickte, wilde Jugend verbreitende Aura, ihre lebensbejahende Art, ihre von einem duftenden Honigtopf eingehüllte Fahne, ihre mit neugieriger Jungfräulichkeit und unersättlicher Erotik gekoppelte naive Leichtigkeit, ihre Einzigartigkeit, ihr ganzes, ihn magisch elektrisierendes Wesen. Ihr Geruch hatte ihn jeden Tag von neuem angezogen und er hatte sich in ihrer Nähe zu Hause gefühlt – in seinem Zuhause. Egal, wo Hediger ihr Parfum gerochen hatte, er war nicht mehr in der Lage gewesen klar zu denken.

Und heute? Hedigers Wahrnehmung hatte sich verändert. Er rümpfte seine Nase. Ganz deutlich roch er aus ihrem Parfum diese stechende, beissende Nuance heraus, die seiner Meinung nach in früheren Jahren noch nicht da gewesen war. Und mit jedem Atemzug wurde er sich mehr bewusst, dass da zu viel Helga in der Luft lag und zu wenig Chanel 5.

"Du solltest duschen", murmelte er und zog seinen Rasierer erneut durch den aufgetragenen Schaum.

Frischer Schweiss, dieses von der Haut über Drüsen abgesonderte wässrige Sekret, war geruchlos, wusste Hediger. Der Mensch schwitzte, um überschüssige Wärme abzugeben und seine Körpertemperatur zu regulieren. Bakterien auf der Haut bauten dann die langkettigen Fettsäuren zu kürzeren Ketten wie etwa Ameisensäuren ab, die den typischen Schweissgeruch verursachten – einen Geruch, den Hediger bei Helga früher nie wahrgenommen hatte. Nicht zufällig ging die Wissenschaft davon aus, solche apokrine, also über eigentlich behaarte – aber heute oftmals rasierte – Körperteile abgegebene Schweissgerüche spielten bei der nonverbalen Kommunikation eine wichtige Rolle.

"Du magst meinen Geruch nicht mehr?", fragte Helga. "Findest du, dass ich stinke?"

Hediger spitzte die Lippen und betrachtete den Rasierer zwischen seinen Fingern. Er spürte ihren Blick im Nacken.

"Das habe ich nie behauptet..."

"Aber gedacht."

"Wie willst du wissen, was ich denke?"

"Ich weiss es eben – aber das interessiert dich ja eh nicht."

"Lass es mich versuchen..."

"Vergiss es, Hediger, du wirst mich sowieso nie verstehen. In Wirklichkeit willst du es ja gar nicht."

Hediger stützte sich auf dem Lavabo ab, schloss seine Augen, senkte den Kopf und holte tief Luft. Es roch nicht mehr nach Chanel 5. Die ganze Luft stank nur noch nach Helga. Instinktiv hielt er den Atem an. Der selbe Duft, der ihn früher benebelt, alle seine Sinne betört und das Verlangen nach ihr ins Unermessliche gesteigert hatte, war nun ein widerwertiges, abstossendes, ätzendes Etwas, vor dem ihm ekelte.

Wie war das möglich? Ging es ihr gleich wie ihm, fragte er sich und schaute an seinem Oberkörper nach unten. Hatte sie auch nur noch Augen für seinen Bauchansatz und seine schlaffer werdende Haut? Hediger tastete die Wülste um seine Hüften ab, die da vor ein paar Jahren noch nicht gewesen waren. Er schüttelte den Kopf und schaute hinter den Spiegel, doch da war niemand. Das Spiegelbild zeigte doch tatsächlich ihn, Hediger, den einst attraktiven und heute sicher noch immer nicht unattraktiven Langstreckenpiloten. Und trotz leichtem Bauchansatz hatte er sich doch ganz gut gehalten – ganz im Gegensatz zu vielen seiner gleichaltrigen Kollegen. Was nur fehlte da Helga?

Auf diese Frage bekam Hediger wenig später am Frühstückstisch eine erste Antwort. Ohne auch nur ein einziges Wort zu verlieren, hatte er bereits zwei Vollkorngipfel verdrückt und einen Buttergipfel mit Honig bestrichen.

"Marcel, du langweilst mich", sagte Helga und schaute nicht einmal von ihrem Groschenroman auf. "Mit dir vergeude ich nur noch meine Zeit."

Hediger legte die Zeitung zur Seite und zog die Augenbrauen hoch.

"Wovon sprichst du?"

"Hörst du mir eigentlich nie zu?" Seine Frau schüttelte ihren Kopf. "Die Müllers von der Spieserwiese haben noch wöchentlich Sex – manchmal sogar mehrmals. Und wir?"

"Das fragst du mich?"
"Du interessierst dich schon lange nicht mehr für mich."
"Ach Helga, du immer mit deinen Vorwürfen", sagte Hediger.
"Bist nicht du es gewesen, die mich immer wieder abgewiesen hat? Heute habe ich mich mit meinem Schicksal abgefunden und arrangiert..."
"Nun übertreibe mal nicht. Seit einer Ewigkeit ergreifst du nicht mehr die Initiative, nicht erst seit gestern."
"Wann hast du das letzte Mal die Initiative ergriffen?"
"Soll ich Buch darüber führen? Das schreibe ich mir doch nicht auf." Helga pustete gegen die Strähne, die ihr immer wieder in die Stirne fiel. "Warum nur sind die Müllers so glücklich und wir nicht?"
"Willst du eine ehrliche Antwort auf deine Frage?"
"Ich will, dass du mich und meine Bedürfnisse ernst nimmst."
"Das mache ich, da ist jeder Zweifel ausgeschlossen", entgegnete Hediger und nickte. "Ich denke, du darfst dein Glück und Pech nicht vom Glück und Pech anderer abhängig machen. Ist es nicht viel wichtiger, dass du mit deinem eigenen Leben zufrieden bist?"
"Bin ich das?"
"Wenn nicht, dann sorge dafür."
"Warum sagst du mir immer, was ich machen soll und was nicht?"
"Ich gehe auf deine Fragen und Nöte ein."
"Du bestimmst über meinen Kopf hinweg."
"Aber nicht doch, ich helfe dir nur..."
"Deine ganze Art, deine männliche Übermacht, das alles zerdrückt mich und raubt mir den Schnauf – ich ersticke!"
"Du treibst mich in den Wahnsinn", brauste Hediger auf, griff nach einer Kippe, stampfte zur Balkontüre und riss sie auf. "Ich halte deinen ewigen Unmut einfach nicht mehr aus!"
"Und natürlich läuft er dann davon und benebelt sich und seinen Geist mit Nikotin", murmelte Helga mehr zu sich selbst als zu Hediger. "Dabei weiss er nur zu gut, wie sehr ich den Zigi-Rauch hasse. Er macht es absichtlich!"
Hediger schüttelte den Kopf, wandte sich ab und schlug die Türe hinter sich ins Schloss. Der Abend war natürlich gelaufen.
Am Folgetag machte Hediger wieder – wie immer, wie er meinte – den ersten Schritt auf Helga zu. Er wirkte männlich in seiner Pilotenuniform.

"Weisst du, Helga, du kannst so aggressiv gegen mich sein, wie du willst, ich werde dich immer lieben."
"Wie meinst du das?"
"Ich liebe dich."
"Aber ich liebe dich doch auch... wenigstens glaube ich es."
"Wir werden uns immer lieben."
Kam dann Hediger Tage später endlich wieder nach Hause, war seine Frau die Herzlichkeit selbst – mindestens für ein paar Minuten, aber kaum für viele Stunden. Ein falsches Wort oder auch nur schon missverständliche nonverbale Kommunikation, von der ein Mann sowieso nichts verstand, und es brannte lichterloh unter Hedigers Dach. Ihre Erwartungen divergierten zu sehr.

Sie, Helga, suchte ein offenes Ohr und nervte sich über sein rationales Geschwafel. Warum nur verstand ihr Mann nie, dass sie einfach nur über ihre Probleme oder auch nur über ihre Gedanken reden wollte und dabei keine schlauen Ratschläge brauchte?

Er, Hediger, suchte Wertschätzung für seine tägliche Arbeitsmüh, für all die Entbehrungen, die er Tag für Tag für seine Familie auf sich nahm, und bekam dann immer nur ihre verbalen Aggressionen zu spüren oder, noch schlimmer, jene Art von Reaktion oder Manipulation, die keinen Ausweg aus der hilflosen Situation mehr zuliess – ihr Schweigen.

Die Lage war verfahren und ein Entkommen aus der beide in immer tiefere Niederungen ziehenden Spirale zunehmend undenkbar. Einmal, nach einem Nachtflug aus Übersee, war er erschöpft ins Bett gefallen, hatte sich mittags aber wieder aufgerappelt und für Peter gekocht. Der Junge war damals vielleicht fünf gewesen. Helga war an jenem Freitagmorgen zu müde gewesen – weshalb auch immer. So hatte es sich Hediger nicht nehmen lassen und seinen Sohn nachmittags in den Kindergarten begleitet, danach die Fassade frisch gestrichen, den Rasen gemäht, abends für die Familie gekocht und Peter in den Schlaf gesungen. Erschöpft vor dem Fernsehgerät zappte er sich dann endlich in ein Fussballspiel hinein – bis, ja bis Helga wieder in sein Leben trat.

Mehrmals stapfte sie mit dem Kleiderkorb vor dem TV-Gerät vorbei, murrte dieses an und beklagte sich endlich, er, Hediger, unterstützte sie nie im Haushalt.

"Hast du sie nicht mehr alle", brauste der Herr des Hauses auf – wie immer mit den falschen Worten zum falschen Zeitpunkt. "Du bist dir schon bewusst, wieviel Kohle ich nach Hause schleppe,

damit du Woche für Woche deinen Kleiderschrank neu füllen kannst?"
"Was hat das mit dem Haushalt zu tun?"
"Bezahlen wir doch mit meinem Geld eine Putzhilfe und dann rühre ich zukünftig keinen Finger mehr."
"Mit deinem Geld?"
"Ich habe meinen Job und du hast den deinen."
"Meinen Job?"
"Du kümmerst dich um Peter und den Haushalt und unterrichtest Teilzeit. Das ist dein Job."
"Und du fliegst um die Welt, siehst ferne Länder, Stewardessen servieren dir den Kaffee und machen dir welchen weiteren Service auch immer. Meinst du das allen Ernstes?"
"Es sind Flight Attendants..."
"Wer auch immer... Du hast ein abwechslungsreiches Leben, und ich reisse mir hier mit Kind und Hof den Arsch auf und bekomme im besten Fall mal ein Lächeln und zu Weihnachten, Geburtstag und Valentinstag irgendwelches Drachenfutter?"
"Drachenfutter?"
"Einen im Aldi zum halben Preis gekauften Blumenstrauss."
"Das ist nicht fair... Ich habe die Blumen nie bei Aldi gekauft."
"Mag sein, aber ist doch wahr. Du beklagst dich allen Ernstes über mangelnde Wertschätzung, dabei steht mir doch diese Wertschätzung viel mehr zu."
"Willst du nun schon wieder streiten?", fragte Hediger und wandte sich erneut dem Fernsehgerät zu. Die Spieler betraten wieder den Rasen. "Mir ist wirklich nicht danach, aber wenn du unbedingt willst..."
"Die Lust auf weitere Diskussionen ist auch mir vergangen, da pflichte ich dir bei..."
Hediger sah noch, wie sich der Schatten hinter ihm bewegte, dann gab es einen Knall. Die Scherben flogen nur so durch die Luft. Hediger riss instinktiv die Arme hoch, hielt sich die Hände vor das Gesicht und wandte sich ab. Ein spitzer Schrei entglitt seinen Lippen.
Es dauerte eine Ewigkeit, bis er seine Augen wieder öffnete. Staubpartikel tanzten in der Luft, Glas- und Tonscherben, Topferde und eine geknickte Orchidee lagen auf dem Teppich herum. Hediger starrte mit weit aufgerissenem Mund geradeaus in ein vierecki-

ges Loch. Helga hatte den Blumentopf mit voller Wucht in die Mattscheibe geschleudert.

Ja, genau, so und nicht anders war es gewesen. Helga hatte ein unberechenbares Temperament gehabt, und das schon in jungen Jahren – viele Jahre vor ihrer angeblichen Krebserkrankung.

28. April 2015 – Hediger seufzte, wählte in der Küche eine schwarze Kapsel und drückte den roten Knopf. Wenig später, seine Kaffeetasse mit dem fetten Schriftzug 1879 in der Hand, schlarpte er zurück ins Wohnzimmer, krallte sich die Fernbedienung und drückte den grünen Knopf. Das Fernsehgerät machte keinen Wank. Hediger stellte die Tasse ab, zog den Stecker aus der Dose, drehte sich um und starrte auf den Boden. "Wahrlich, dich brauche ich auch nicht mehr. Nur bist du zu dick für die Bananenkiste. Was soll's, dann eben auf die harte Tour... und raus mit dir auf den Flur!"

Er hievte den in die Jahre gekommenen Plastikklotz auf den Boden und zog ihn am Stromkabel hinter sich her über den Spannteppich. Auf der Türschwelle machte das Fernsehgerät keinen Wank mehr. Also riss Hediger so lange am Kabel, bis er das lose Ende in der Hand hielt.

"Du hast wahrlich keine Daseinsberechtigung mehr", brummte er und lachte. "Wie ich gehörst auch du zum alten Eisen."

Einen Fusstritt später war Hediger zurück im immer leereren Wohnzimmer und starrte auf das Bild mit dem Brautpaar. Die beiden Verliebten küssten sich. Doch Hediger sah nur sie.

"Grazil wie eine Gazelle und so was von attraktiv", murmelte Hediger, "doch was bist du nur für eine undankbare Person gewesen. Na ja, heute suchst du mich nur noch in meinen Träumen heim – in meinen Alpträumen." Er verzog sein Gesicht wie beim Biss auf eine unreife Zitrone, schüttelte den Kopf und griff zur Tasse. Die braune Brühe war inzwischen kalt. "'Wäre ich noch immer deine Frau, ich würde dir deinen Kaffee vergiften', hast du mir neulich im Traum gedroht. Worauf ich erwidert habe: 'Wäre ich noch immer dein Mann, ich würde ihn trinken'."

Hediger kratzte sich im Nacken und starrte Benno an.

"Wenigstens du bist mir treu geblieben, mein Freund. Doch wen wundert's, währt doch die Treue des Hundes ein Leben lang, jene einer Frau nur bis zur ersten Gelegenheit", murmelte er und seufzte. Der Belgische Schäfer rührte sich nicht. Den Kopf auf dem Sofa schlief er den Schlaf des Gerechten. Seine Muskeln zuckten unentwegt. "Du hast es gut. Du hast nie etwas anderes gekannt als die Zuneigung und Liebe eines senilen Knackers. Du weisst noch nicht, was es bedeutet, von der Liebe des Lebens enttäuscht zu werden. All das ist dir bisher erspart geblieben. Darum wisse: Sagt dir eine Frau, 'ich liebe dich bis ans Ende meiner Tage', dann hast du keine Ahnung, welche Tage sie eigentlich meint."

Hediger streckte seinen Arm aus und umklammerte den Fotorahmen. Ach, was hatte er für eine hübsche Ehefrau gehabt. Doch heute sah er ihre Schönheit mit anderen Augen. Ihre Schönheit war verblasst.

"'Ich bin in jeder Beziehung treu', hast du mehrmals betont, meine Helga. Heute weiss ich deine Worte richtig zu interpretieren. Genauso wie deine Überzeit mit dem Chef eine doppelte Bedeutung gehabt hat."

Abends war es oft spät geworden – wegen angeblichen Weiterbildungsseminaren. Nach Strassburg auf den Christkindlmarkt war sie mit Katja gegangen. Seit wann lag Strassburg in Italien? Eine Sonderwoche unter Lehrern in Zürich und wegen Arbeitsstress die kurzen Nächte im Hotel verbracht. Seit wann lag Zürich in den Emiraten? All die Jahre hatte er ihr vertraut – bis zu jenem Tag.

"'Wer sich selbst treu bleiben will, kann nicht immer allen anderen treu bleiben', hatte sie an jenem Tag nur gesagt", murmelte Hediger. "Helga, du warst eine Schlange, eine Giftschlange. Und ich war nicht immun gegen dein Gift."

- 34 -

"Wir haben früh geheiratet – zu früh", sprach Hediger mit zittriger Stimme zu sich selbst, "was leider nicht nur zu unserem Vorteil gewesen ist. Denn wer jung heiratet, der muss länger treu bleiben. Doch Treue gibt es nur, wenn kein anderer kommt. Was heisst hier schon, 'kein anderer ist gekommen' – alle sind sie gekommen. Alle sind sie mit dir gekommen."
Kühl wehte der Wind über den Seealpsee. Beidseits des Ufers stieg der Fels zum Himmel empor, steil, leblos und abstossend wirkten die Wände. Schwarz zogen die Bergdohlen ihre Kreise. Über der Kapelle breiteten die Tannen ihre Äste aus und verbargen die Gemäuer unter einem kalten Schatten – boten sie Schutz oder drohten sie mit Verdammnis? Schlimmer werden konnte es nicht mehr, war Hediger überzeugt.
Peter war seit Jahren nicht mehr. Sein Weggang hatte ein Loch hinterlassen, gähnende Leere und Tristesse, und den Eltern das letzte bisschen Glück, Illusion und Familie geraubt. Erst im kinderlosen Zuhause war ihnen klar geworden, wie wenig sie sich eigentlich noch zu sagen hatten und wie wenig sie verband – als hielte Peter seinen Eltern aus dem Jenseits den Spiegel vor das Gesicht. Kein Wunder suchten sie beide auswärts nach Trost: Hediger ertränkte seinen Schmerz mit Bier, Helga den ihren mit fremden Männern.
"Einseitige Treue bringt beidseitiges Leid. Helga, hast du dein Schicksal nicht kommen sehen?" Hediger tat mal wieder das, was er am besten konnte – er seufzte. "Kein Schwein will der Treue wegen geliebt werden. Nicht mal ich. Ich wollte meinetwegen geliebt werden. Anfangs hatte ich dir noch vertraut, bis zu jenem Sommer."
Nur an sich hatte sie gedacht, diese Schlange, und ohne zu zögern die Beine breit gemacht, sich dem Italo hingegeben und ihre Lust gestillt. Und dann an einem Abend, als ihr alles zu viel geworden war, zu allem Übel auch noch auf Hedigers Kosten ihr Gewissen erleichtert, diese elend Verfluchte, diese auf ewig Verdammte. Was gab es niederträchtigeres?
Wie Nebelschwaden zog die Melancholie vom See hoch tief in Hedigers Gemüt, vom sonst so geliebten See, dem Ort innerster Ruhe und Geborgenheit, jetzt nur noch ein Tränenmeer, als Sinnbild seiner Tristesse. Er hatte hier Zuflucht gesucht, sich vor der

Realität davonstehlen wollen, zu sehr sehnte er das Vergangene zurück. Doch der See, an dem er sonst im Gras lag, die Blüten beschnupperte und sich mit einem Lächeln auf den Lippen durchs Paradies träumte, stiess ihn ab. Nicht der Berg Säntis spiegelte sich in der Klarheit des Seealpsees, sondern Geister und Dämonen, die ihn schon ein Leben lang verfolgten.

Es kribbelte in seiner Brust. Vor hundert Tagen war sie von ihm gegangen – unwiderruflich und für immer. Alles Klammern war nutzlos gewesen. Wie ein Fisch war sie seinen Fingern entglitten.

"Du fehlst mir trotz allem", murmelte er still vor sich hin. "Mein Engel, siehst du mich? Siehst du, wie ich mich nach dir sehne?"

Sehnsucht und Trauer vermischten sich mit Wut. Hediger war zu schwach um zu weinen, zu kraftlos um zu toben, verspürte einzig ein unbändiges Verlangen, in ihrer Nähe zu sein, sie zu spüren, mit ihr eins zu werden und eins zu bleiben. Er seufzte erneut, holte tief Luft, atmete diese wieder aus, dann wieder ein und blähte seinen Brustkorb auf, dass dieser zu platzen drohte. Als wäre es sein letzter Atemzug, glitt die Luft sanft und zögerlich über seine Unterlippe, bis der Ballon leer und schlapp war.

Hediger schloss seine Augen und lehnte sich zurück. Bewegte Bilder flimmerten vor seinem inneren Auge. Er spannte seine Muskeln an. Es kribbelte auf seiner Haut, in seinen Armen, in seinem ganzen Körper – allerdings nur für einen Augenblick. Schon war es wieder da, dieses Gefühl in der Lendengegend, das ihn schwach werden liess, traurig, unzufrieden und ohne Hoffnung.

"Liebling, warum bist du so fern? Was soll ich ohne dich?"

Er hob den Blick und starrte zur Ebenalp hoch. Die Wand war ein einziger grauer Fels – grau wie der Nebel, der Hediger immer mehr einhüllte.

"Schaust du gelegentlich von dort oben zu mir runter? Warum nur wird nie mehr sein, was einst gewesen ist, was wir zerstört haben, was ich zerstört habe?"

Er schob den Kopf vor und blickte ins Wasser, klar und kalt, sah sein Spiegelbild, das Gesicht des Greises, der ihm in die Augen starrte. Seine Wimpern glänzten feucht, seine Mundwinkel hingen, seine Haare waren zerzaust, seine Haut weiss und sein Blick trüb, ja richtiggehend gebrochen. Seine Nase tropfte – er fühlte sich verloren, hoffnungslos, verlassen, und begann bitter zu weinen.

"Ich will zu dir!", brüllte er.

Das Echo widerhallte von den Felswänden.

"...zu dir!"
"...zu dir!"
...und dann ganz leise nochmals...
"...zu dir..."
Er breitete seine Arme aus. Langsam kippte sein Körper vornüber, tauchte ein ins kalte Nass, verschwand in den Tiefen der Gedanken und wurde eins mit der Dunkelheit. Das letzte, was er sah, waren ihre klaren Augen. Er war bei ihr, neben ihr, mit ihr, irgendwo – sie waren zusammen. Für einen Augenblick nur, dann erwachte er wieder aus seinen Tagträumen. Kühl wehte der Wind noch immer über den Seealpsee.

"Die Treue nimmt der Liebe das Prickelnde, hast du dich rechtfertigt. Doch an mich hast du nie gedacht. Für mich blieb nur Leere und Elend – zuerst noch alleine an deiner Seite und dann ganz alleine."

Hediger griff nach seinem Rucksack, wuchtete ihn über die Schulter und stapfte los zurück in Richtung Tal. Er drehte sich kein einziges Mal mehr um. Zeit seines Lebens sollte er nie mehr an den Seealpsee zurückkehren.

28. April 2015 – Hediger seufzte, holte mal wieder tief Luft und klopfte sich mit den flachen Händen auf die Oberschenkel. "Benno, es ist Zeit für uns. Magst du noch ein Stück Schokolade?" Der alte Mann riss an der Aluminiumfolie, während der Belgische Schäfer laut hechelte, die feuchte Zunge aus der Schnauze hängen liess und das Sofa vollsabberte. Seine Augen, mit traurigem Hundeblick, tränten als weinte er. "Gleich ist die letzte Reihe alle, so ist's recht. Mein Freund, lass uns nun die Handschellen und den Strick aus dem Küchenschrank holen."
Der Hund jaulte bei jeder Bewegung. Sein Kopf zitterte. Seine Glieder zitterten. Sein ganzer Körper zitterte. Hediger murrte ein paar unverständliche Worte, strich dem Fellknäuel über den Kopf, verschwand um die Ecke und legte wenig später die beiden Utensilien auf das leergeräumte Fenstersims.
"Eine Frechheit, diese beiden Polizisten", sagte er zu sich selbst, "kommen gestern an meine Türe und bezichtigen mich aus heiter hellem Himmel dieser schrecklichen Tat, die doch schon so weit in der Vergangenheit liegt. Für wen halten die sich eigentlich? Die glauben doch tatsächlich, sie könnten sich alles erlauben." Er stemmte die Hände in die Hüften und starrte aus dem Fenster. "Dabei hat sie es gar nicht anders verdient, diese Hexe. Jeden Wunsch habe ich ihr von den Lippen abgelesen und sie mit der teuersten Unterwäsche und den edelsten Nylonstrümpfen verwöhnt. Und wozu? Damit ihr einer ihrer vielen Liebhaber meine heisse Wäsche vom Leibe reisst? Nicht mit mir!"
Hediger drehte sich um seine eigene Achse und starrte Benno an. Mit seinen Hundeaugen schaute dieser zu seinem Herrchen auf, zitterte weiter am ganzen Körper, jaulte immer mal wieder und rieb sich mit den Vorderpfoten die Schnauze – ohne jegliches Wissen und Verständnis für den an ihm begangenen Verrat.
"Ach Benno, du meine treue Seele. Ich will dir erzählen, was damals wirklich geschehen ist. Du sollst es erfahren, einzig du." Hediger wiegte seinen Kopf hin und her, von der rechten auf die linke Seite und wieder zurück – immer wieder. Endlich öffnete er seine Lippen: "Es war einmal ein älteres Paar – nennen wir die beiden Marc und Susan... Glaube mir, die Namen spielen auch dieses Mal keine Rolle... Es war vor etwa fünf Jahren... vielleicht auch vor zehn oder fünfzehn oder auch zwanzig Jahren. Ich weiss

es nicht mehr so genau... und seien wir mal ehrlich, so wichtig sind diese Details nicht... nicht mehr... Doch eines ist gewiss: Es hat sich alles so zugetragen, wie ich es dir jetzt erzähle..."

- 36 -

Marc biss sich auf die Unterlippe und zog die Augen zu dünnen Schlitzen zusammen. Glaubte Susan allen Ernstes, er sei nicht hinter ihr sorgfältig behütetes Geheimnis gekommen? Hielt sie ihn für so naiv? Er spuckte in die Taucherbrille, verstrich den Speichel und schwenkte die Brille in der Süsswassertonne. Nein, ewig durfte er nicht der gelbe Filzball bleiben, auf den sie nach Herzenslust eindrosch. Zu lange demütigte und erniedrigte sie ihn schon.

Er schaute auf. Susan stand neben ihm. Ihre Zähne strahlten im Sonnenschein. Sie schaute in die Ferne, dorthin, wo Ozean und Himmel zum Horizont verschmolzen. Ihre Augen waren tief klar wie der unberührteste Gletschersee. Die Morgenbrise spielte mit ihrem schulterlangen Haar. Der Eindruck entstand, sie sei einem nervösen Hairstylisten in die Hände geraten. Ihr gefärbtes Strähnchenblond liess sie je nach Lichteinfall grau aussehen. Den Kragen des weissen Hemdes trug sie lässig hochgestellt. Am Hals baumelte ein Silberkreuz. Susan sah verdammt gut aus – noch immer, selbst noch jetzt im fortgeschrittenen Alter.

Der Tauchtasche entnahm Marc den Neoprenanzug. Ihren Neoprenanzug! Schliesslich tauchte er, Marc, seit jeher ohne Anzug. Er liebte das Nass des Wassers auf der Haut – eine Sensation, die er nicht mit Worten beschreiben konnte.

Ein eigenartiger Schatten huschte über sein Gesicht, als er Susan aus dem Augenwinkel musterte. Sie präsentierte ihre Wespentaille, die noch immer der nackte Hammer war. Verständlich waren immer wieder andere Kerle in sie verschossen.

"Was ist?", fragte sie. "Woran denkst du?"

"Du gleichst einem Schmetterling, einem Pfauenauge", murmelte Marc und senkte den Blick, "nach geglückter Metamorphose."

In ihren Augen lag die sinnliche Wildheit einer Raubkatze, die genau wusste, ob ein Opfer würdig war, geschlagen zu werden – oder eben nicht. Gelangweilt wandte sie sich ab.

Marcs Hände spielten mit einem Paar Füsslingen – mit ihren Füsslingen! Er, Marc, benützte ein ausgelatschtes Paar Tennissocken. Aber Madame benötigte für ihre empfindlichen Füsschen eine Sonderanfertigung, damit die mit transparentem Nagellack überzogenen Zehennägel keinen Schaden nahmen. Sie mit ihren ewigen Sonderwünschen, dachte Marc.

Auch diese Reise war auf ihrem Mist gewachsen. Bereits im Vorjahr hatten die beiden ihre Ferien in Mikronesien verbracht. Die Wracktauchgänge nahe der Insel Truck waren phänomenal gewesen. Im zweiten Weltkrieg hatten die Amis hier die südostasiatische Flotte der Japaner versenkt. Alle Schiffe lagen seither auf Grund, bestückt mit Artilleriegeschossen, Flugzeugen, Motorrädern und Panzern. Eine Geisterflotte unter Wasser – der Traum eines jeden Tauchers!

'Warum nur konnte Susan nie zufrieden sein?', fragte sich Marc. Er wollte Weihnachten zu Hause verbringen, gemütlich am Kamin sitzen, die bunt geschmückte Weihnachtstanne neben sich, an einem Glas Port nippen und zusehen, wie die Schneeflocken im Lichte der Strassenlaterne himmlischen Tänzerinnen gleich langsam zu Boden walzten. So stellte er sich Weihnachten vor.

Aber nein, die gnädige Frau wollte für Weihnachten zurück nach Mikronesien. Klar war Heiligabend im Hotel Pathways auf der Insel Yap ein Erlebnis gewesen – mit von Palmen gesäumter Lagune, regenbogenfarbigen, honigsüss duftenden Blütenblättern, aus denen die Kolibris Nektar saugten, mit köstlichen, exotischen Speisen und einer warmen Abendbrise, welche die Palmwedel zum Rascheln brachte. Aber mussten sie deshalb erneut Weihnachten im Pathways verbringen? Erneut keine tanzenden Schneeflocken an Heiligabend?

Mit Kennermiene begutachtete Marc die Tarierweste, die geniale Entwicklung des Tauchpioniers Jacques Cousteau. Damit regulierte jeder Taucher unter Wasser den Auftrieb. Der wasserdruckgeregelte Lungenautomat zischte wie eine jungfräulich schnaufende Dampflok. Dann prüfte Marc den Sitz des Inflatorschlauches, der die Pressluftflasche mit der Tarierweste verband. Auch der Oktopus war betriebsbereit.

Susan musterte Marc nachdenklich, während dieser das Tauchzeugs an Deck des Motorbootes hievte. Da tauchte Jack auf. Vor Jahren hatte der gebürtige Australier einen Urlaub auf Yap verbracht, seine Verlobte nach den zwei Wochen zurück auf den fünften Kontinent geschickt, das Rückflugticket verfallen lassen und die eigene Tauchbasis gegründet. Wie im Vorjahr hatten Marc und Susan bei ihm gebucht.

"Alles in Ordnung?"

Was für eine redundante Frage. Natürlich war nichts, aber auch gar nichts in Ordnung. Am liebsten wollte Marc dem pazifischen Playboy eigenhändig den Tauchtank in die Fresse schmeissen.

Es war Susans Anliegen gewesen, erneut mit Jack zu tauchen. Ihn, Marc, hatten zu viele Ungereimtheiten aus dem Vorjahr beschäftigt, und er hatte bestimmt nicht wieder mit Jack tauchen wollen. Dennoch grinste Marc zufrieden.

"Wir konnten es kaum erwarten", sagte er, "wieder mit dir auf Tauchsafari zu gehen."

"Ich muss euch enttäuschen. Ich kann heute nicht mit in die Tiefe, ich habe mir den Knöchel gestaucht." Mit dem Zeigefinger deutete er auf das angeblich verletzte Teil. "Ihr seid erfahren, kennt den Mill Channel gut und kommt bestimmt auch ohne mich klar."

Selbstverständlich kamen die beiden Taucher ohne fremde Hilfe klar. Marc grinste und half Susan an Bord. Er war sich bewusst, dass er ihr mit seinem Händedruck Schmerzen bereitete. Sie verzerrte das Gesicht und hob den Blick. Ein Fluch entglitt ihren Sünde verbreitenden Lippen.

"Tut mir leid, mein Liebling. Ich wollte nicht, dass du ins Wasser fällst."

Susan würdigte ihren Ehemann keines weiteren Blickes. Sie setzte sich neben Jack, der den Motor startete.

Marcs Blick fiel auf Jacks behaarten Unterschenkel. An der Aussenseite des rechten Schienbeines glänzte der Griff eines umgeschnallten Tauchermessers. 'Weshalb nur benötigte Jack eine Waffe, wenn er nicht in Neptuns Reich hinabstieg?', fragte sich Marc. Er krauste seine Stirn und wandte sich ab. Ihm war nicht nach Konversation zu Mute. Am Bug liess er die Füsse ins Wasser baumeln. Irgendwelche bunten Schuppentiere tummelten sich im kühlen Nass, vermutlich Papageienfische. Marc biss auf dem Daumennagel herum. Sein Entschluss war gefasst, jetzt oder nie, unausweichlich die Situation.

Die Rinne durch die Mangrovensümpfe war nur bei Flut befahrbar. Wie in Zeitraffer nahm Marc die Landschaftsbilder wahr. Die Uferzonen waren karg. Einsam und verlassen verdunkelte eine einsame Baumkrone den Himmel. Das knalle Grün erinnerte Marc an den zurückliegenden Aufenthalt auf Yaps Nachbarinsel Palau.

Die vielen pilzförmigen Eilande Palaus hoben sich wie grünleuchtende Smaragde vom türkisfarbenen Ozean ab – ein von der Gischt umspülter Pilzkopf neben dem anderen. Auf dem Weg zu den Tauchplätzen waren Marc und Susan mit dem Schnellboot zwischen diesen Inselchen hindurchgekurvt. Der eindrücklichste Tauchgang war jener mit dem Einstieg ins Blue Hole gewesen. In diesem Nichts, diesem vom Riff umschlossenen Loch, fühlte man sich wie in einer Kathedrale. Alles um einen herum schimmerte düster, über dem Kopf die gewölbte Kuppel und unter den Flossen die Katakomben. Vereinzelt verirrten sich Sonnenstrahlen ins Dunkel der Tiefe. Ein unglaubliches Lichtspiel, wenn sich die Luftbläschen ihren Weg zum Rettung verheissenden Einstiegsloch bahnten.

Tief unten am Grund zwischen schlafenden Haien, eingehüllt von der Finsternis, führte eine Höhle zurück ans Aussenriff und weiter zum Blue Corner. In Massen patrouillierten hier graue Riffhaie, dazwischen ein paar Schildkröten, ein träger Napoleonfisch und gelegentlich auch Adler- oder Mantarochen.

Der Motor heulte auf. Marc zuckte zusammen und war auf einen Schlag wieder zurück in der Realität. Er wollte sich umdrehen, kam aber nicht mehr dazu. Das Boot bremste ruckartig und überschlug sich dabei beinahe. Marc wurde nach vorne katapultiert. Reflexartig klammerte er sich an der Reling fest, während seine Beine im Wasser schlingerten. Um ein Haar wäre er über Bord gegangen. Die Motorbootsschrauben hätten Beefsteak Tatar aus ihm gemacht.

Marc fing Susans Blick auf. Diese verräterischen Augen! Ungerührt sass sie da, ihre langen Beine gekreuzt, den Nacken im puffroten Ledersitz, die wärmenden Sonnenstrahlen im Gesicht und den Fahrtwind im offenen Haar. Der im Nasenflügel steckende Glitzerstein reflektierte das Licht.

'War da eine Spur von Enttäuschung in ihren Augen zu erkennen?', fragte sich Marc. 'War Susan auf das Bremsmanöver vorbereitet? Wollte sie ihn loswerden?'

Jack entschuldigte sich. Er hatte den quer über die Fahrrinne treibenden Baumstamm zu spät gesehen, behauptete er mehrmals. Marc glaubte ihm kein Wort.

'Bestimmt steckten Susan und er unter einer Decke – im wahrsten Sinne des Wortes. Über Jahre hinweg hatte diese Schlange ihn, Marc, an der Nase herumgeführt. Garantiert wäre diese Schwarze Witwe nicht unglücklich über sein frühzeitiges Ableben gewesen. Dabei wirkte sie auf den ersten Blick doch so unschuldig und naiv.'

Das Motorboot hatte wieder volle Fahrt aufgenommen. Offen lag die Lagune vor den Abenteurern. Für diese noch unsichtbar tummelten sich Dutzende von Mantarochen im Wasser. Nirgendwo auf der Welt gab es eine grössere Konzentration von diesen Plankton fressenden Giganten der Meere.

Das erste Aufeinandertreffen mit dem Teufelsrochen war Angst einflössend. Vor allem der aufgerissene Rachen versetzte den Taucher in Ehrfurcht. Doch jede weitere Begegnung steigerte die Bewunderung für den durch das Wasser fliegenden Riesen: Gemächlich und doch so elegant im Bewegungsablauf und überraschend wendig bei seiner eindrucksvollen Flügelspannweite – eine richtig imposante Erscheinung.

Jack warf den Anker. Marc schloss den Bleigurt, dann das Tauchgilet und drückte mit dem rechten Daumen auf den Auslöser. Die Weste füllte sich mit komprimierter Luft aus der Flasche. Eine kurze Rolle rückwärts, die eine Hand am Bleigurt, die andere an der Brille, und Marc klatschte auf der Wasseroberfläche auf. Der Ozean hatte ihn wieder.

Susan liess auf sich warten. Sie zwängte ihre Füsslinge in die Flossen. Jack half ihr. Die beiden tuschelten miteinander.

'Worüber unterhielten sie sich?', fragte sich Marc.

Susan schwankte mit der Pressluftflasche auf dem Rücken und kippt beinahe vornüber. Jack stützte sie.

'Jetzt stülpte sich diese Schnalle auch noch die Tauchhandschuhe über', stellte Marc fest und schmunzelte – nicht grundlos.

'Immer diese Warterei!'

Gereizt schwenkte er die Konsole im Wasser. Der Druckmesser zeigte an, dass der Tank voll war. Ausreichend Luft für den einstündigen Tauchgang auf zwanzig bis dreissig Metern Tiefe.

"Passt auf euch auf", rief Jack, "und kommt mir wieder heil zurück an Bord!"

"Mach mir doch in der Zwischenzeit einen heissen Tee!"

Susan zwinkerte ihm zu – ein verführerisches Zwinkern. Nicht das erste Mal an diesem Morgen.

"Einen oder zwei Zucker?"

"Was soll das, Jack! Hast du meine Vorlieben bereits vergessen?"

Susan liebte das Spiel mit dem Feuer. Sie verstand es, sich mit ihren Reizen in Szene zu setzen. Der Mann, der ihre Wünsche nicht zu erfüllen versuchte, musste erst noch geboren werden.

Marc starrte hoch zur Reling. Er biss sich auf die Unterlippe und kniff die Augenlider zusammen. Das um Jacks Unterschenkel gebundene Messer war verschwunden. Hatte Susan den Dolch eingesteckt? Schmiedeten die beiden ein Komplott? Marc streckte den rechten Arm in die Höhe und presste auf den Ablasserknopf. Die Luft blubberte aus der Weste. Marcs Kopf verschwand unter der Wasseroberfläche. Seine Frau folgte. Nebeneinander tauchten die beiden an der Führungsleine in die Tiefe. Susan hatte Mühe mit dem Druckausgleich. Die Luft in den Ohren und den Nasennebenhöhlen komprimierte schmerzhaft, also verlangsamte sie den Abstieg und drückte die Nasenflügel mit Daumen und Zeigefinger zusammen. Marc linste zu ihr hinüber. Sein Blick war voller Hass. Seit Jahren betrog sie ihn – nicht nur mit einem Liebhaber. Nein, die halbe heimische Wohnstrasse hatte schon auf ihr gelegen und sich zwischen ihren Schenkeln amüsiert.

Sie hatte immer alles abgestritten. Doch Marc glaubte ihr kein Wort mehr – ebenso wenig Jacks Unschuldsbeteuerungen im Vorjahr. Ihn interessierte nicht einmal, wie oft sie von irgendwelchen Kerlen gepoppt worden war. Susan war für Marc Vergangenheit.

Er war sicher, dass sie einen festen Liebhaber hatte. Paul, Marcs Freund, hatte die beiden gesehen. In aller Öffentlichkeit hatten sich die Untreuen im Park geliebt. Diese Hexe kannte keine Skrupel und machte Marc zum Gespött. Sie war es, die sein geregeltes Leben aus den Fugen gebracht hatte, und nicht umgekehrt.

Einmal, vor zwei Jahren, hatte Marc sie in flagranti erwischt – ein einziges Mal. Der Nachbarsjunge hatte damals die Unverfrorenheit gehabt, trotz Marcs Auftauchen nicht in seinen Bewegungen innezuhalten. Aus für ihn im Nachhinein nicht mehr nachvollziehbarem Grund hatte Marc plötzlich eine Essgabel in der Hand gehabt und diese ohne zu zögern in den pumpenden Arsch des Jungen gerammt.

Marcs Hass hatte sich seither ins Unermessliche gesteigert. Er schielte zur Seite. Die Ursache allen Übels, die Quelle seines Leids, seine Ehefrau, der er ein Leben lang unendlich viel Liebe, Zuneigung und Respekt entgegengebracht hatte, schwebte neben ihm über den Grund des Ozeans. Der Tiefenmesser zeigte zwanzig Meter an. Ein Schwarzspitzenriffhai glitt über den Sandboden.

Marc bemerkte eine Ausbuchtung in Susans Tauchanzug und stutzte. Der Gegenstand zeichnete sich klar und deutlich unter ihrem Neopren ab. Was hatte das Messer in ihrem Anzug zu suchen?

Marcs Flossen berührten den Boden. Instinktiv tarierte er die Weste aus. Es war kalt hier unten und still – Todesstille auf 27 Metern. Einzig die Lungenautomaten waren zu hören. Luftblasen stiegen hoch.

Ein Schatten tauchte neben Marc auf. Es war Susan – seine Susan. Er würdigte sie keines Blickes. Jetzt nicht mehr. Jetzt war es zu spät!

Sie touchierte mit der Hand die Ausbuchtung, hielt inne und starrte geradeaus. Ein Teufelsrochen schwebte aus dem Nichts daher und glitt durch das Wasser, als nützte er steten Aufwind über dem Grund. Putzerfische begleiteten ihn. Die beiden Seitenflossen standen wie die Tragflächen eines Deltaseglers vom Rumpf ab. Der geschlossene Mund schien zu lächeln.

Ein zweiter Teufelsrochen tauchte über der Korallenbank auf. Susan beobachtete den Manta. Sie registrierte jede seiner Bewegungen. Marc beobachtete Susan. Er registrierte jede ihrer Bewegungen.

Sie war eine leidenschaftliche, unersättliche Frau. Mehrmals täglich brauchte sie Befriedigung. Wer es nicht schaffte, sie zufrieden zu stellen, wurde wie Klopapier weggeworfen.

'Wie sollte er, Marc, Zeit und Energie aufbringen, um sich ausreichend um Susan zu kümmern?', sinnierte er. 'Der Job nahm ihn zu sehr in Anspruch und seine regelmässigen Abwesenheiten hatte sie berechnend ausgenutzt. Dabei scheffelte er das viele Geld auch für sie, für seine Ehefrau. Weshalb konnte und wollte sie dies nicht sehen? Was für eine ungerechte Welt, was für ein deprimierendes Leben. Susan konnte doch nicht so herzlos sein. Oder doch?

Susan hatte vor Monaten eine Lebensversicherung abgeschlossen – für den Fall seines Todes! Wünschte sie seinen Tod? Um reich zu bleiben? Sie hatte doch alles und konnte sich alles leisten, was ihr materialistisches Herz begehrte – diese Hexe!'

Ein Schatten tauchte auf. Susan hob den Kopf. Der Mantarochen glitt kaum einen Meter über ihr hinweg. Ihre Arme zitterten. Das Wasser war kalt. Mit den Armen umschlang sie den Brustkorb und presste ihre Brüste an ihren Oberkörper. Marc vermutete, dass ein eisiger Schauer über ihren Rücken zog. Trotzdem verharrte sie regungslos und starrte weiter dem Manta nach. Luftblasen stiegen auf. Ein zweiter, kleinerer Schatten folgte dem ersten. Marc schielte nach unten. Er schielte zu ihr. Susan beachtete ihn nicht. Sie starrte weiter in Richtung Rochen – ein fataler Fehler.

Es klimperte metallen. Susan zuckte zusammen. Der metallene Gegenstand touchierte erneut ihre Taucherflasche. Sie wollte sich umschauen, doch sie konnte sich nicht rühren. Eine unsichtbare Kraft hielt ihre Pressluftflasche eisern umklammert. Sie streckte die rechte Hand aus und fuchtelte mit dem ausgestreckten Mittelfinger im Wasser herum. Marc nervte nicht erst seit heute. Er nervte seit Jahr und Tag. Sie griff nach hinten und berührte seinen Unterarm. Was wollte dieser Idiot? Ihr war nicht nach neckischen Spielen zu Mute. Ein erster böser Gedanke kreiste zwischen ihren Gehirnzellen.

Panik machte sich breit. Marc spürte es an ihren ruckartigen Bewegungen. Bestimmt stieg ihre Pulsfrequenz mehr als bei allen bisherigen Tauchgängen zusammen. Eine Wolke feinster Luftbläschen perlte hoch in Richtung spiegelnder Wasseroberfläche. Susan atmete schneller. Zwei Mal noch saugte sie am Mundstück, dann kam nichts mehr.

'Das konnte nicht sein – unmöglich', musste sie sich sagen! 'Sie hatten den Tauchgang erst begonnen.'

Susan starrte auf die Anzeige. Der Zeiger war nicht mehr bei 200, sondern bei null. Der Tank schien leer. Marc fühlte, wie sie zögerte, wie sie offensichtlich überlegte, um dann plötzlich ihren Körper wie wild zu schütteln. Unter der Brille riss Susan ihre Augen weit auf – sie hatte begriffen: Marc hatte ihr das Luftventil zugedreht.

'Dieser verdammte Idiot!', fluchte sie bestimmt.

Sie fuchtelte mit den Armen, um ans Ventil zu gelangen, versuchte mit aller Kraft, seinem tödlichen Griff zu entrinnen, schlug um sich, zappelte und windete sich wie der Fisch an der Fangleine. Doch Marc krallte sich von hinten auch noch ihren Arm und liess ihn nicht mehr los.

Sand wirbelte auf. Das transparente Wasser verkam zur trüben Suppe. Kein Sonnenstrahl passierte mehr den dicken Vorhang. Susans Hautfarbe hinter ihren Brillengläsern verfärbte sich – wurde bleich, dann milchig, dann ganz weiss. Die Gläser liefen an. Susan sah nur noch eine Nebelwand vor sich. Schweisstropfen perlten weiter auf ihrer Stirn. Sie kreischte, nur einmal, und japste wieder nach Luft – nicht mehr wie der Fisch an der Leine, sondern an Land. Wasser trat in ihre Speiseröhre ein. Sie schluckte. Sie hustete. Sie würgte. Das Meersalz war im Gaumen, im Hals, es war überall. Susan krümmte ihren Körper, schüttelte sich wild, ja fast ekstatisch. Längst dachte sie nicht mehr klar. Längst dachte sie nichts mehr.

Zu spät griff sie sich mit der freien Hand an die Gurtschnalle und versuchte diese zu lösen. Doch ihre Muskeln waren erschlafft, ihre Bewegungen wurden langsamer, und bald schon hingen ihre Arme und Beine nur noch am Körper.

Marc lockerte den Griff noch immer nicht. Sein Puls raste. Susans Körper zuckte ein letztes Mal hin und her. Es war das letzte, vom Unterbewusstsein gesteuerte Aufbäumen. Dann trieb ihr Körper regungslos im aufgewühlten Sand.

Aus dem Nichts tauchte ein Schwarzspitzenriffhai auf. Von der Kampfhandlung stimuliert, pfeilte er auf einen unachtsamen Riffbewohner zu, ohne Vorwarnung, ohne Ankündigung, zur unüblichen Tageszeit. Der blaue Drückerfisch mit den kräftigen Vorderzähnen war chancenlos.

Marc schnappte nach Luft und saugte seine Flasche regelrecht leer. Der Vorrat hatte sich innerhalb von Minuten auf die Hälfte reduziert. Doch nach wenigen Atemzügen fing er sich wieder. Er war ein erfahrener Taucher und hatte sich minutiös auf diesen Moment vorbereitet. Nichts und niemand konnte ihn jetzt noch aus der Fassung bringen. Still betrachtete er den im Wasser driftenden Körper seiner Frau. Susans Brille war verrutscht. Susan machte keinen Wank mehr. Susan lächelte keinen fremden Mann mehr an. Susan setzte Marc keine Hörner mehr auf. Susan war – tot.

Fünf Minuten mussten seit dem ungleichen Ringkampf verstrichen sein. Marc blickte sich um. Es gab keine Zeugen weit und breit. Einzig die Mantas zogen unbeirrt ihre Kreise. Es war ein beeindruckendes Schattenspiel unter den sich an der Wasseroberfläche brechenden Sonnenstrahlen.

Marc drehte Susans Ventil zurück in die ursprüngliche Position und drückte auf das Mundstück – die Luftblasen stiegen wieder hoch. Alles war wie geplant abgelaufen. Marc fühlte sich befreit: Kein Psychoterror mehr zu Hause, keine Lügengeschichten, keine Demütigungen, kein Gespött hinter seinem Rücken.

Langsam pumpte er Susans Tarierweste auf. Ihre Arme und Beine schlingerten nochmals kurz über den Sand, dann schwebte ihr Körper wie ein Engel unter der Sonne. Marc griff nach ihren Haaren und stabilisierte die Tote in der Horizontalen. Ein letztes Mal wirbelte Sand auf, dann ging es langsam nach oben.

Je näher sie der Oberfläche kamen, umso mehr nahm der Wasserdruck ab. Die Luft in der Weste dehnte sich aus und sorgte für grösseren Auftrieb. Marc sah die Schiffsschraube vor sich, tarierte die Weste ein letztes Mal aus und liess Susan los – wie geplant.

Jack sah, wie Susans Körper einem Katapult gleich aus dem Wasser schoss – viel zu rasch und viel zu hoch. Ihr Kopf knickte zur Seite. Jack riss den Mund weit auf und rührte sich nicht mehr, bis er Marcs Kopf sah. Der Kerl wirkte verzweifelt, warf die Taucherbrille von sich und crawlte zu seiner Gattin.

"Jack, hilf mir!", schrie er. "Susan!" Jack beugte sich über die Reling. Seine Finger verkrallten sich in Susans Oberarm. Als Marc an Bord kletterte kniete Jack bereits über der Toten.

"Lebt sie?", stammelte Marc. "Bitte sag mir, dass sie lebt!" Jack antwortete nicht. "Was ist mit Susan? Sag mir, dass sie lebt!" Keine Antwort. "Jack, nun unternimm was. Herz-Lungen-Wiederbelebung, was auch immer, die Atemwege freilegen! Jack, so tue was!"

Jack öffnete Susans Tauchanzug und zog sein Messer hervor. Es war ihr nicht gelungen, die Waffe einzusetzen. Marc erhob sich und verwarf die Hände, um sich gleich wieder zu setzen.

"Ich sah die Stickstoffblasen aufsteigen", murmelte Jack. "Die eine Flasche funktionierte vorübergehend nicht mehr. Ich dachte zuerst, einer von euch beiden hielte die Luft an und machte einen Apnoetest. Doch die Pause dauerte zu lange, bis wieder Blasen aus beiden Tauchflaschen aufstiegen."

Marc schwieg. Sein Gehirn arbeitete auf Hochtouren – musste er seine Strategie anpassen?

"Weshalb hast du so lange zugewartet, bis du mit Susan aufgestiegen bist. Aus dieser Tiefe ist ein Notaufstieg machbar. Du hättest deine Frau retten können!"

Marc biss auf seinem Daumennagel herum.

'Verdammt, weshalb machte ihm Jack Vorwürfe? Es war ein tragischer Tauchunfall. Er, Marc, hatte soeben seine geliebte Ehefrau verloren. Was erlaubte sich Jack?'

"Wie kommt es, dass du so viel Luft verbraucht hast?" Jacks Skepsis war unüberhörbar. "Susans Tank dagegen ist noch voll."

"Panik", murmelte Marc, "alles ging so schnell. Ich wollte ihr helfen, doch sie liess mich nicht an sich ran. Sie war total hysterisch, von Sinnen, einfach..."

Marc stammelte nur noch irgendwelche Laute und hielt sich die Hände vor das Gesicht.
"Ihr seid zwei erfahrene Taucher. Mit eurer Routine... Ich verstehe das nicht!"
"Hast du kein Mitgefühl? Ich habe meine Susan verloren! Fahr endlich zum Pier und ruf den Arzt!"
"Da ist keine Eile..."
"Jack, das entscheide noch immer ich! Fahr endlich los!"
"Susan hatte eine düstere Vorahnung. Sie faselte was von Mord", sagte Jack mit ruhiger Stimme. Marc hob den auf die Leiche gerichteten Blick nicht. "Sie hat mein Messer verlangt." Noch immer keine Regung. Aber Marc war klar, dass ihn Jack durchschaute.
"Die Kratzspuren auf deinem Handrücken, woher stammen die?"
Marc betrachtete den rötlichen Fleck.
"Keine Ahnung, ich habe mich wohl irgendwo angeschlagen."
Still betrachtete Jack die wie das Dornröschen schlafende Tote.
"Angeschlagen?"
"Glaubst du mir etwa nicht? So wie ich dir letztes Jahr?"
"Was meinst du?"
"Tue nicht so, Jack. Du und Susan, damals. Du weisst genau, wovon ich spreche." Jack schwieg. "Ich habe genug Beweise", murmelte Marc. "Was wird man davon halten?"
"Du bist krank, Marc, einfach nur krank..."
"Spiel du mal nicht den Heiligen", sagte Marc, "nicht du!"
"Wie hübsch sie doch war", murmelte Jack nach einer Weile.
"Ein Glück für dich, dass sie Handschuhe trug."
'Nein, nicht Glück, sondern Kalkül', dachte Marc. Er hatte gewusst, dass Susan niemals ohne Handschuhe tauchte. Handschuhe hatten Stil. Stil war ihr wichtig. Lieber mit Stil sterben als stillos überleben – ganz alleine ihr Problem. Denn mit Handschuhen konnte sie ihn nicht blutig kratzen. Hautfetzen unter den Fingernägeln überführten jeden Mörder. Das las man in jedem Kriminalroman.
Marc brachte auf der Rückfahrt kein Wort über die Lippen. Er wusste, dass Jack wusste, was sonst niemand wusste – und nie jemand wissen durfte!
Am Pier wimmelte es von Schaulustigen. Ein Toter zog noch immer viele Gaffer an, und bald schon war auch die lokale Polizei vor Ort. Denn auf Yap hatte es seit Menschengedenken keinen Tauchunfall mit Todesfolge gegeben.

Marc schilderte wiederholt den dramatischen Hergang, erzählte von der Verkettung unglücklicher Zufälle. Der örtliche Polizeikommissar füllte sein Notizbuch mit Wortfetzen und reichte dem trauernden Ehemann Papiertaschentuch um Papiertaschentuch. Das Gespräch, voller Fallstricke und falscher Türen, war nicht einfach. Der kleinste Versprecher bedeutete Marcs Untergang, konnte, wie beim Dominospiel, zur Kettenreaktion führen, ihn entlarven und zum Geständnis bewegen. Doch er konzentrierte sich, und die Stricke hielten und die Falltüren schlossen sich immer wieder, bevor er hineingestossen werden konnte.

Jack war wenig erfreut über den Lauf der Dinge. Er zog die Augenlider zu dünnen Schlitzen zusammen und lauerte auf einen Ausrutscher, einen Widerspruch, eine Falschaussage. Doch Fehlanzeige, Marc gab sich keine Blösse. Mehrfach wollte Jack intervenieren und der Gerechtigkeit zum Durchbruch verhelfen. Die Worte warteten nur auf seiner Zunge, um endlich artikuliert zu werden. Doch waren Jack im wahrsten Sinne des Wortes die Hände gebunden – und sein Mund blieb stumm. Jederzeit konnte der Tatverdacht auf ihn fallen. Zeugen gab es keine, Aussage gegen Aussage – mit welchen Konsequenzen für ihn?

Bei der Obduktion der Leiche mussten die Ärzte den Tod durch Ertrinken feststellen. Eine andere Konklusion war unvorstellbar. Es existierten weder Würgspuren noch Anzeichen eines Kampfes noch sonstige Merkmale einer Tätlichkeit. Traurig, aber wahr, das Böse siegte immer!

Am Abend wurde im Hotel Pathways Weihnachten gefeiert, allerdings ohne Marc. Zurückgezogen sass er vor seinem Bungalow und nippte am teuren Islay Whiskey.

Weihnachten, das Fest von Christi Geburt! Auch an diesem Heiligen Abend strahlte ein Stern am Himmel, der die Geburt eines Neugeborenen verkündete – Marcs Widergeburt. In seiner Hosentasche umklammerte er ihren Diamantring und schmunzelte.

Die Last der letzten Monate war mit der Schwerelosigkeit dieses letzten Tauchganges von Marc abgefallen. Marc war frei. Marc war erleichtert. Marc war glücklich. Marc fühlte sich wie der neugeborene König.

Drei Tage später ersteigerte er sich beim Flughafenshop eine Nautilus-Muschel. In Begleitung seiner untreuen Gattin nahm er unbehelligt im Airbus 320 Platz und kehrte Yap für immer den Rücken. Während die Stewardesse ihn, Marc, in der Business-

Klasse willkommen hiess, schoben zwei verschwitzte Insulaner Susans Holz-sarg in den gekühlten Frachtraum. Getreu bis in den Tod – Marc begleitete seine Susan auf ihrer letzten, irdischen Flugreise.

Es war ein fast perfekter Mord. Marc sog am Strohhalm und schaute zum Fenster hinaus. Die Palmwedel flatterten im Wind. Die Turbinen dröhnten. Das Rauschen der Brandung noch in den Ohren war sich Marc bewusst: Jack kannte die Wahrheit. Doch spielte dies keine Rolle. Marc war auf dem Weg zurück ins Leben – so glaubte er. Was er jedoch nicht wusste: Sein Leben war nicht mehr lebenswert. Seine Heimatstadt war leer, seine Strasse war leer, seine Wohnung war leer. Er legte Susans Ehering in die Nautilus-Muschel und liess beides von diesem Tag an im Wohnzimmer verstauben – bis zu seinem letzten Tag.

28. April 2015 – Hediger seufzte, starrte seinen Freund Benno an, seinen verratenen Freund, holte tief Luft und murmelte: "Weisst du, Benno, Helga sagte mal, meine Stunde würde noch kommen. Doch ich frage dich, was soll der ganze Aufwand wegen einer Stunde?" Er schüttelte den Kopf. "Nein, ich mag das ganze Gerede über die Zukunft nicht mehr hören. Die Zukunft bringt uns nichts. Kaum ist sie da, ist sie ja schon wieder Vergangenheit." Hediger gähnte, fuhr sich mit beiden Händen über das Gesicht, dann die Augen und durch das Haar – und seufzte mal wieder. "Schon meine Mutter hat mir nur sinnlose Ratschläge mit auf den Weg gegeben. 'Iss deinen Teller leer, dann wird das Wetter schön', hat sie mir oft gesagt. Und was haben wir nun davon?" Hediger schmunzelte ausnahmsweise. "Dicke Kinder und Klimaerwärmung."

Der Speichel lief Benno weiter aus der Schnauze und tropfte auf das Sofa. Langsam erhob er sich, ein einziger zitternder Körper. Seine Vorderpfoten verweigerten den Dienst und knickten zur Seite. Der Hund krümmte sich am Boden, jaulte noch lauter als zuvor und kroch endlich aus dem Zimmer. Hediger hörte, wie Benno im Nebenzimmer seine Durft verrichtete.

"Du hast Durchfall, mein Freund. Das Theobromin wirkt", murmelte der Alte trocken, schaute kurz auf und schüttelte erneut den Kopf. "Benno, auch du bist alt geworden." Als wollte er seine Worte bestätigen, nickte er. "Tut mir leid, mein Freund, sollte ich zu direkt sein. Wir sind beide alt und senil und hoffnungslos am Ende. Wobei, da sagte doch mal einer, die Hoffnung sterbe zuletzt. Was aber nicht auf mich zutrifft. Meine Hoffnung auf die Zukunft ist Vergangenheit und somit längst gestorben. Und du, mein Freund, bist es auch bald – ich meine, Vergangenheit."

Mehrere Minuten verharrte Hediger in gebückter Haltung, den Kopf vornüber zwischen seinen Handflächen und die Ellbogen auf den Oberschenkeln. Fragen kreisten in seinem Kopf.

'Die beste Zeit in seinem Leben, lag diese fern in der Vergangenheit oder hatte er diese noch vor sich? Irgendwann im nächsten Augenblick, der doch so viel versprach? Oder weit zurück in der Kinderstube? Ist es der Tag seiner Hochzeit gewesen?' Sofort waren Hedigers Gedanken wieder bei Helga. Ein Fluch glitt über seine Lippen. 'Oder Peters Geburt?' Ein weiterer Fluch folgte. 'Brachte ihm die Zukunft noch einen letzten Tag mit Sonnenschein?' Er schaute kurz aus dem Fenster. Es regnete noch immer an diesem verdammten 28. April 2015. Ein letzter Fluch glitt über seine Lippen.

"Die Vergangenheit hat kein Ende, die Zukunft keinen Anfang, und die triste Gegenwart ist irgendwo dazwischen und bringt nur noch Leid und Unglück. Bei welcher Weggabelung habe ich nur die falsche Abzweigung erwischt?", fragte sich Hediger halblaut. In seinen Gedanken war er mit einem Mal bei Doktor Steingruber. "Ich und wahnsinnig? Dieser Kurpfuscher hat sie wohl nicht mehr alle! Die haben sie alle nicht mehr alle! Alle!"

Benno wackelte zurück ins Wohnzimmer, machte sich auf dem Spannteppich breit und winselte, wie nur ein gepeinigter Hund winseln konnte. Als klagte er sein Herrchen an, liess er den Blick nicht von ihm, bettete endlich die Schnauze auf seine Vorderpfoten und rührte sich nicht mehr – ganz im Gegensatz zu Hediger. Dieser schwankte in die Küche, krallte sich aus dem Kuhlschrank eine weitere grüne Bierbüchse der berühmten St. Galler Brauerei und griff mit der anderen Hand nach einem Teller mit Rindstatar.

"Weisst du, Benno, jeder weiss, wieviel Uhr es ist. Wie spät es ist, begreift aber keiner – auch du nicht." Er räusperte sich mehrmals. "Drum bringen wir es besser möglichst rasch hinter uns. Sonst kommen wir noch auf unseren Entscheid zurück."

Hediger kniete sich neben seinen Hund und stellte den Teller vor dessen Schnauze.

"Es tut mir leid, mein Freund, aber die anderen, sie tun dir nichts Gutes, stecken dich in ein Heim und schenken dir keine Beachtung mehr. Glaube mir, es ist besser so – nimm noch einen Happen." Benno schnupperte. "Weisst du, Benno, das Theobromin aus der Schokolade wirkt bereits. Es ist so oder so zu spät, es gibt kein Zurück mehr. Dein Blutdruck ist gestiegen, dein Puls rast, dein Blut zirkuliert kaum noch, so verengt sind deine Blutgefässe, und Durchfall hast du ja auch bereits. Mach es uns einfach und nimm das leckere Rindfleisch. Am Morgen hat es dir doch auch gemundet."

Der Hund winselte, zögerte, sabberte auf den Spannteppich, riss endlich seine Schnauze auf und schlang den Fleischhappen hinunter.

"Gut so, mein Freund, wenigstens du hörst noch auf mich. Nicht so wie all die anderen. Als Kind schon wurde ich dauernd gehän-

selt und verfolgt, und mit jedem Jahr ist es schlimmer geworden. Doch Doktor Steingruber hat sie alle übertroffen. Dieser Irre hat mich mit Psychopharmaka vollgestopft und wollte mich in eine geschlossene Anstalt einweisen."
Ruckartig stand Hediger auf, spuckte in seine Hände und umklammerte die Kommode. Dabei fiel sein Blick auf eine Schachtel mit Medikamenten.
"Wenn man vom Teufel spricht...", murmelte er, griff zu, stopfte die Schachtel in seine Hosentasche und umklammerte erneut die Kommode. "Noch dieses Teil raus auf den Flur, dann bleibt nur noch das Sofa." Der Hund winselte. "Benno, sei stark. Wir müssen beide stark sein. Nur so stehen wir das bis zum Ende durch. Glaube mir, es fällt mir auch nicht leicht. Auch ich habe Angst."
Minuten später plumpste Hediger ins Sofa, öffnete seine Lippen und griff nach der Büchse Klosterbräu. Das Bier schäumte im Mundwinkel und tropfte von seinem Kinn.
"So fühlt sich das Leben an", murmelte er, "doch ganz anders ist das Sterben. Es ist schmerzvoll, einer nach dem anderen ist von mir gegangen. Gleichzeitig verbindet das Sterben irgendwie das Gehen mit dem Kommen, alt mit jung. Der Tod hinterlässt Erinnerungen, Tränen an den Wimpern, ein Lächeln auf den Lippen, eine Art von Sehnsucht – als Geschenk an die Überlebenden. Doch was nützt das einer einsamen Seele wie mir? Ich hinterlasse niemanden." Er setzte die Bierdose erneut an. "Da reden sie immer vom Leben nach dem Tod. Die einen müssen zurück auf die Erde, wollen aber ins Nirwana. Die anderen fürchten sich vor dem Tod und glauben nicht daran, dass mehr als ein Häufchen Asche von ihnen übrig bleiben wird. Und wieder andere wünschen sich hundert Jungfrauen im Paradies, haben aber keine Ahnung, was sie mit den hundert Schwiegermüttern anstellen sollen. Ist das Leben schon eine Wundertüte, was ist dann erst der Tod?" Hediger setzte die Dose ein weiteres Mal an. "Woran ich glaube, fragst du mich, Benno. Gute Frage, wirklich gute Frage. Lass mich kurz überlegen... Eigentlich glaube ich an Gott. Ich glaubte eigentlich schon immer an Gott, und zwar an jenen Gott, der uns Menschen geschaffen hat. Aber weisst du, an den Gott, den wir Menschen geschaffen haben, an den glaube ich nicht. Wollen wir der Zeit gerecht werden, dann ist der von uns geschaffene Gott nicht mehr zeitgerecht."

Hediger strich Benno über den Kopf. Der Hund zitterte und winselte unaufhörlich.
"Ist schon gut, mein Freund. Für uns bringt der Tod Erlösung. Denn die Zeit mag vielleicht alle Wunden heilen, aber die Narben bleiben und zeugen vom Leben. Wer kann sich schon vorstellen, was es bedeutet, ein Leben lang verfolgt worden zu sein? So was hinterlässt Spuren. So was vergisst man nicht – nie!" Er nahm einen letzten Schluck, drückte die Büchse mit der rechten Hand zusammen und zirkelte sie in die Bananenkiste. "Mein Leben war eine einzige Qual, da kann der Tod nicht so viel schlimmer sein. Wenigstens bringt er etwas Endliches mit sich, nicht so wie das irdische Leben. Glaubte ich jeweils, unten angekommen zu sein, dann ging garantiert noch irgendwo eine Falltüre auf. Wie auch an jenem Tag vor gut fünf Jahren... beim Herrn Doktor Steingruber in der Arztpraxis..."

- 38 -

Doktor Steingruber war kein guter Arzt. Nicht nur fehlte es ihm an Mitgefühl – ein toter Patient war nichts weiter als zukünftige Einkommensminderung – nein, er lag auch mit seinen Diagnosen oft falsch. Bestimmt hatte er mehr Menschen beerdigt als geheilt. Doch die Diagnose, die er ihm, Hediger, an jenem Tag mitteilte, krönte dessen tragisches Leben und war der Auslöser für all dieses Leid, das Hediger danach noch verbreiten sollte.
"Kommen Sie nur rein, Herr Hediger."
Wortlos drückte Hediger die dargebotene Hand.
"Setzen Sie sich doch, Herr Hediger", murmelte der Arzt und schloss die Türe hinter sich. "So, jetzt haben wir unsere Ruhe."
"Und?"
"Was, und?"
"Was haben die Analysen gebracht?"
"Haben Sie Verwandtschaft, Herr Hediger? Frau, Kinder?"
"Dem Junggesellen fehlt zum Glück die Frau."
"Guter Satz, Herr Hediger, und absolut richtig." Der Arzt kramte nach dem braunen Umschlag. "Wir wollen es kurz machen, Herr Hediger. Wir haben eine Diagnose."
"So, haben wir eine Diagnose?" Hediger führte den Daumennagel zwischen Unter- und Oberkiefer, biss mehrmals zu und starrte dabei den Doktor an. "Und?"
"Es gibt Behandlungsmöglichkeiten."
"Was habe ich?"
"Herr Hediger, Sie leiden an Wahnvorstellungen gekoppelt mit zunehmender Demenz. Ich weiss..."
"Wahnvorstellungen?" Hediger erhob sich, den Blick noch immer auf den Arzt gerichtet. "Herr Doktor, was sagen Sie da?"
"So setzen Sie sich doch, Herr Hediger."
"Ob ich stehe oder sitze, das macht keinen Unterschied."
"Macht es nicht wirklich, da haben Sie recht..." Doktor Steingruber erhob sich ebenfalls. "Die Forschung hat in den letzten Jahren gewaltige Fortschritte gemacht. Der Einsatz von Psychopharmaka und Psychotherapie ist heute Standard. Ich verspreche Ihnen..."
"Ich höre immer nur Psycho und Psycho..." Hediger setzte sich wieder. "Mutiere ich zum Psycho? Bin ich schon einer? Ist es das, was Sie mir erklären wollen?"

"Wahnvorstellungen kommen in den verschiedensten Ausprägungen vor", erklärte der Herr Doktor und setzte sich ebenfalls. "Im Grossen und Ganzen geht es dabei um charakteristische Störungen im Bereich des Denkens, der Wahrnehmung, der Ich-Funktionen oder auch des Wollens und des Erlebens."
"Störungen? Schon wieder machen Sie mich zum Psycho... Tut mir leid, ich versteh nur Bahnhof. Was genau werfen Sie mir vor?"
"Ich werfe Ihnen nichts vor, ganz sicher nicht. Das ist..."
"Wie sicher ist die Diagnose?"
"Ich habe die Resultate mit mehreren Spezialisten besprochen. Wir denken, dass Sie bereits heute an einer beträchtlichen psychischen Wahrnehmungsstörung leiden."
"Sie sprechen in Rätseln. Ich bin also gestört oder mindestens auf dem Weg dazu?"
"Glauben Sie mir, Herr Hediger, es gibt erfolgversprechende Behandlungsmethoden. Ich habe selbst..."
"Wie lange wird es gehen, bis ich ganz gaga bin? Wie sieht meine Lebenserwartung aus?"
"Aktuelle Studien sprechen von einer 20 bis 25 Jahre tieferen Lebenserwartung. In Anbetracht Ihres bereits fortgeschrittenen Alters sind diese Studien aber wenig aussagekräftig."
"Also müsste ich schon lange tot sein?" Hediger grinste und schüttelte den Kopf. "Wie lange geben Sie mir noch?"
"Das hängt davon ab, ob Sie die Behandlung mit einer positiven Einstellung angehen."
"Was, wenn ich mich weigere?"
"Menschen mit schwerer psychischer Störung können bei fehlender Einsicht über die Behandlungsnotwendigkeit gegen ihren Willen gezwungen werden."
"Gezwungen? In ein Irrenhaus?"
"In eine geschlossene psychiatrische Abteilung."
"Das kommt auf das gleiche raus. Nochmals – woran genau leide ich?"
"Herr Hediger, Sie leiden an Wahnvorstellungen, an Verfolgungswahn, an Gedankeneingebungen. Sie glauben, in Geschehnisse verwickelt zu sein, die nicht nachvollziehbar sind."
"Was erzählen Sie da, Herr Doktor, das stimmt doch alles nicht. Geben Sie mir ein Beispiel."
"Sie haben mir von Peter erzählt und von – wie hiess das Mädchen nochmals? Egal... Fakt ist, Sie waren nie Vater, haben die

Geschichten erfunden und immer mehr in Ihren Vorstellungen gelebt. Aber ich kann Ihnen helfen. Ich will Ihnen helfen. Bitte lassen Sie sich helfen und vertrauen Sie mir."

"Alles, was ich Ihnen im Vertrauen gesagt habe, haben Sie hinter meinem Rücken mit anderen Ärzten besprochen? Also glauben Sie mir nicht, Herr Doktor? Sie sprechen von Vertrauen. Doch wie soll ich Ihnen vertrauen, wenn Sie mich hintergehen?"

"Glauben Sie mir, Herr Hediger, ich will nur Ihr Gutes."

"Ich leide ganz sicher nicht an Sinnestäuschungen. Ich weiss, was ich in der Vergangenheit erlebt habe. Nun behaupten Sie nur noch, ich sei nie Linienpilot bei der Swissair gewesen. Ich habe hart für den linken Sitz und die vier Streifen gekämpft."

"Ihre Pilotenkarriere habe ich nie in Frage gestellt."

"Dann verstehe ich beim besten Willen nicht, was schlecht dabei ist, dass ich eine gute Fantasie habe. Ja, ich mag ein Träumer sein, aber muss ich deswegen an Wahnvorstellungen leiden?"

"Herr Hediger, so kommen wir nicht weiter."

"Herr Doktor Steingruber, das sehe ich genau gleich. Bin ich deswegen gar schizophren?"

"Herr Hediger, bitte..."

"Muss ich in eine geschlossene Anstalt?"

"Wir drehen uns im Kreis, Herr Hediger."

"Also bleiben wir mal stehen und beginnen von vorne. Nochmals, wie muss ich mich verändern, um von Ihren Anschuldigungen freigesprochen zu werden?"

"Wir sprechen von einem Krankheitsbild und nicht von einem Gerichtsprozess. Sie..."

"Also rekapitulieren wir – ich bin ein Psycho, ein Irrer, und ich..." Hediger hielt sich die Hände vor das Gesicht. "Wissen Sie, Herr Doktor, wie erniedrigend das alles für mich ist? Ich schäme mich, solche Anschuldigungen von Ihnen zu hören. Ich habe Sie und Ihre Ansichten immer respektiert, auch wenn ich nicht immer gleicher Meinung gewesen bin. Aber das hier, das geht zu weit – das kann und will ich nicht wahrhaben. Sonst werde ich definitiv zum Psycho. Haben Sie doch ein Einsehen: Auf diese Weise ist mein Leben einfach nicht mehr lebenswert."

"Glauben Sie mir, Herr Hediger, ich verstehe Ihre Reaktion. Ich kenne Sie und weiss, dass..."

"Aber genau deshalb erwarte ich von Ihnen mehr Verständnis, Herr Doktor. Womit habe ich das verdient?"

"Niemand hat so etwas verdient..."
"Sie müssen sich irren, Herr Doktor, Sie müssen sich irren."
"Ist es nicht so, dass Sie sich ganz alleine zu Hause zurückgezogen haben, in sozialer Isolation leben, und dabei keine Motivation verspüren, sich nach draussen zu begeben und Ihre depressiven Gedanken hinter sich zu lassen?"
"Sprechen Sie nun auch noch von depressiv?"
"Ach Herr Hediger, so überlegen Sie doch mal in aller Ruhe..."
"Geht nicht, ich bin ein Psycho", murmelte er nur und schüttelte immer wieder den Kopf, "und erst noch ein depressiver. Wie meine Frau Helga?"
"Es gibt keine Frau Helga."
"Ich weiss, sie ist gestorben..."
"Nun Herrgott nochmal, Herr Hediger, so nehmen Sie doch Vernunft an."
"Aber Sie sprechen mir doch gerade alle Vernunft ab?"
"So kommen wir nicht wirklich weiter."
"Herr Doktor, das hatten wir alles schon... Sie reden genau wie die Amerikaner. Die haben auch immer alle Eile, um den nächsten Schritt zu machen, und am Ende langen sie doch wieder am Ausgangspunkt an. Stimmt, so kommen wir echt nicht weiter."
"Mag sein." Doktor Steingruber kratzte sich im Nacken, wandte sich kurz ab und drehte sich wieder Hediger zu. In der Hand hielt er eine kleine weisse Medikamentenschachtel. "Nehmen Sie eine Kapsel vor jedem Essen." Er öffnete die Türe und streckte seine Hand aus. "Meine Frau gibt Ihnen einen neuen Termin."
Wortlos trat Hediger über die Türschwelle, nahm ganz verschwommen den platinblonden Schopf von Frau Steingruber wahr, nickte zwei Mal und entschwebte nach draussen in den Nebel. Er liebte es Geschichten zu erzählen. Doch so hatte er seine eigene Geschichte nicht geplant.

- 39 -

28. April 2015 – Hediger seufzte. Mit dem Arztbesuch hatte seine letzte Geschichte ihren Anfang genommen, und am heutigen Regentag sollte sie enden.

Das Geschichtenerzählen hatte ihm immer als Möglichkeit gedient, seine eigene Welt zu kreieren und der Realität zu entfliehen. Das Erschaffen seiner Geschichten war zunehmend zu einer Obsession geworden. Er hatte Jahre gebraucht, um seine Erzählgabe zu entdecken, und dann bestimmt nochmals so viele Jahre, um sie akribisch zu perfektionieren. Irgendwann, rückblickend wusste er nicht mehr, wie alt er damals gewesen sein mochte, hatte sich jeder seiner Gedanken nur noch um den perfekten Spannungsbogen gedreht.

Marcel Hediger wollte seine Zuhörer fesseln, ob diese nun seiner Vorstellungskraft entsprungen waren oder ihm in Fleisch und Blut gegenüber sassen. Er nahm die Identität seiner Protagonisten an und vermochte immer weniger zwischen Realität und Fiktion zu unterscheiden. Erwachte er dann temporär aus seiner imaginären Welt, so reichte sein Gemütszustand von frustriert und unzufrieden bis zutiefst deprimiert. Bis dann eines Tages der Vorsatz gereift war, die realen Mitmenschen in seine fiktive Welt zu entführen und mit vergleichbaren Zweifeln und Fragen zu konfrontieren, mit denen er sich selbst ein Leben lang herumgequält hatte.

Heute, an seinem Geburtstag, wollte er diesen Vorsatz in die Tat umsetzen und seiner letzten Geschichte zu einem würdigen Abschluss verhelfen. Jeder sollte sich an ihn zurückerinnern, doch keiner das Wie und das Warum verstehen. Wenn sie sich schon ein Leben lang nicht um ihn gekümmert hatten, dann wollte er wenigstens in den Tagen nach seinem letzten Tag im Mittelpunkt des Interesses stehen. Niemand sollte ihn, Marcel Hediger, vergessen. Niemand!

Der alte Mann hob den Kopf und starrte auf die noch immer unversehrte Medikamentenschachtel zwischen seinen Fingern. Er seufzte erneut. An diesem seinem letzten Tag seufzte er noch viel öfters als an all den vorangegangenen Tagen.

'Mit dem Sterben kommt Leben in den Tod', sinnierte er, 'doch wieviel Leben hat ihn dieser Doktor Steingruber schon gekostet? Ohne dessen Diagnose wäre sein Leben noch lebenswert', war er überzeugt. 'Doch dieser Kurpfuscher hatte nichts Besseres zu tun gehabt, als ihn als wahnsinnig abzustempeln. Ihn, Marcel Hediger, den ausgebildeten Physiker, den weitergebildeten Flugzeugnavigator, den hochgebildeten Flugzeugkapitän. Für wen hielt sich dieser Taugenichts?'

Selbst jetzt noch, an seinem letzten Tag, war Hediger wütend auf Steingruber – und alle anderen, die ihn all die Jahre hatten leiden lassen. Je mehr er sich mit seiner Wut auseinandersetzte, umso mehr kamen die ersten Selbstzweifel, bis er sich gleichermassen hilflos und elend und verlassen und so richtig am Boden zerstört fühlte.

'Was, wenn der dekorierte Herr Doktor mit seiner Diagnose doch richtig lag', fragte er sich. 'Wer hat dann Schuld an meinem Elend? Wer?'

Hediger hatte Angst vor der Antwort auf seine Fragen. Er schloss seine Augen und dachte erneut an jene Zeit – an den Anfang vom Ende, an das letzte Aufeinandertreffen mit Doktor Steingruber, an die Flucht vor der niederschmetternden Diagnose. Damals kurz vor dem überstürzten Umzug in seine heutige Wohnung, in sein letztes Leben.

- 40 -

'Ein bisschen krank sein, war manchmal ganz gesund. Aber von Wahnvorstellungen besessen?' Hediger schüttelte seinen Kopf, durch den sich schon wieder ein neuer Aphorismus einen Weg von Nervenstrang zu Nervenstrang suchte. 'Nur wer krank ist, kann gesund werden... Ist ja gut und recht, aber was ist mit einem psychisch Gestörten wie mir?'

Fünf Tage waren seit der vernichtenden Konsultation bei Doktor Steingruber vergangen. Hatte er den Arzt während den ersten Stunden noch verflucht – der Kerl wolle ihn mit Drogen ausser Gefecht setzen – so war Hediger im Verlaufe der folgenden Tage unsicherer und verbitterter geworden. Immer wieder hatte er sich die Sinnfrage gestellt, warum um Himmels Willen oder in Teufels Namen ausgerechnet er mit einem solchen ärztlichen Verdikt konfrontiert worden war.

So sehr er auch innerlich verzweifelte, er versuchte nach aussen stark zu bleiben. Schon in jungen Jahren hatte Marcel von seiner Mutter eingetrichtert bekommen, dass Jungs nicht weinen durften. Und so zwang er sich Tag für Tag unter die Leute, schlenderte durch Markt- und Multergasse und lächelte den Schaufensterpuppen zu. Doch kaum hatte er zu Hause wieder die Türe hinter sich ins Schloss gezogen, fiel er zurück in sein Loch, das immer tiefer und düsterer wurde und aus dem es kein Entrinnen gab. Das Sofa, der kleine Salontisch, die beiden Sessel, in denen sich immer neue gesprächsbereite Dämone breit machten, und die pausenlos flimmernde schwarze Glotze gaukelten eine anonyme Gesellschaft vor.

'Meine Trauer widerspiegelt sich nicht in der von mir vergossenen Anzahl von Tränen', murmelte er an einem Abend, an dem das Loch etwas weniger tief war, vor sich hin. 'Es bedarf keiner einzigen Träne, um meiner Trauer Ausdruck zu verleihen. Denn Tränen sind nichts weiter als ein paar Tropfen auf den heissen Stein unseres lodernden Schmerzes. Ich trauere lieber still und in mich gekehrt.'

Dann kam die Phase, in der Hediger sich selbst Mut zusprach. 'Nach dem Tod ist vor dem Tod', war so ein Spruch, der ihm eine Weile nicht aus dem Kopf gehen wollte. 'Hinter dem Horizont geht's weiter', ein anderer – ganz in Anlehnung an den damals bereits nicht mehr ganz taufrischen Song von Udo Lindenberg. Blieb der Song schon nur kurze Zeit, so währte die Mut-Zusprech-Phase noch weniger lang.

"Was klopfst du da an meine Türe?", sagte er mehrmals, als ihn zunehmend der Wahn übermannte. "Ich habe keine Angst vor dir. Ich bin bereit."

Um dann fünf Minuten später wieder ganz rational und trocken die von ihm aus gesehen im linken Sessel sitzende Person in ein Gespräch zu verwickeln.

"Wie bist du hier reingekommen?"

Stille.

"Du kommst überall rein, sagst du. Überrascht mich eigentlich nicht, wenn ich an deine dunkle Berufung denke... Doch warum zu mir?"

Stille.

"Wie meinst du, 'die Zeit ist gekommen'. Glaubst du allen Ernstes, dass du über meine Zeit verfügen kannst?"

Stille.

"Aber natürlich weiss ich, wer du bist. Aber verstehe, mir mag es noch so schlecht gehen, es ist noch immer an mir, dir zu sagen, wann ich bereit bin – und nicht umgekehrt. Nichts steht geschrieben!"

Stille.

"Wie meinst du das, 'wir werden schon noch sehen...'? Glaubst du wirklich, du könntest mich mit deinem morbiden Gehabe beeindrucken? Ich habe keine Angst – nicht mehr!" Hediger schüttelte seinen Kopf. "Wobei, eigentlich hast du gar nicht mal so unrecht, wenn du unrecht hast. Spätestens dann, wenn dir dein Unrecht bewusst werden wird, wird dir klar sein, dass ich recht gehabt habe."

Stille.

"Deine Sicht über die Einsicht zeugt von Blindheit. Ich verliere langsam meine Geduld. Verschwinde besser früher als später... Zum Leben ist es langsam zu spät, aber zum Sterben zu früh."

Stille.

"Jetzt höre mir mal ganz gut zu: Sterben werde ich erst am Schluss und nicht mittendrin", schrie Hediger endlich. "Ich möchte doch wissen, was bis zu meinem Tod noch alles geschieht. Und ist es dann einmal soweit... Ich habe keine Angst! Aus Angst vor dem Tod ist bestimmt schon so manch einer zu früh ums Leben gekommen. Diesen Gefallen mache ich dir nicht!" Er erhob sich. "Unser Gespräch ist beendet."

Hedigers Gedanken an das Ende, an sein Ende, nahmen immer mehr Überhand. Wie so mancher unheilbar Verdammte vor ihm erlebte auch Hediger eine über Tage und Wochen anhaltende Achterbahnfahrt von Stimmungsschwankungen und Angstzuständen. War er ganz oben auf der hohen Welle, aufrecht stehend auf dem Brett, fühlte er sich unschlagbar und stark. Nichts und niemand konnte ihm etwas anhaben. Doch brach dann die Welle, dann brachen alle Dämme und er stürzte vom Thron – oder vom hohen Ross oder eben vom Brett, auf dem er wenig zuvor noch aufrecht gestanden hatte – und sah die Welt wieder von unten. Klein und elend und zerbrechlich fühlte er sich dann, war unglücklich und machtlos, konnte keinen klaren Gedanken fassen und wollte sich einfach nur gehen lassen. Alles und jeder war gegen ihn und verfolgte ihn.

Dieser Zustand in depressiver Lethargie währte eine Sekunde, eine Minute, eine Stunde oder auch einen oder mehrere Tage, bis Hediger sich allmählich wieder auffing, seine Gedanken sammelte, in positiveren Erinnerungen schwelgte und das Rollen der nächsten Welle hinter sich hörte. Diese nächste Welle katapultierte ihn dann wieder nach vorne und nach oben, hinauf auf den Olymp, wo er stark und unantastbar war. Die Angst vor dem Tod war dann nichts weiter als die rationale Erkenntnis, dass nichts unendlich war, drückte aber keine Hoffnungslosigkeit im Angesicht des Endgültigen aus. Die Angst schien unbegründet, waren wir doch alle bereits einmal tot gewesen, und zwar vor unserer Geburt. Nach dem Tod war demnach wie vor dem Tod, also nicht viel schlimmer als unsere eigene Vergangenheit, die wir gleichermassen bereits bewältigt hatten.

So schwamm Hediger seit dem ärztlichen Befund im Wellenmeer, in einem ewigen auf und ab, in einem Gefühlsgewitter im Ozean, und die Wellen zogen ihn mit sich fort, immer rauf und runter, und es konnte bis in alle Ewigkeit so weitergehen. Es konnte – doch es ging nicht.

Die Wellen brachen immer schneller und die Täler wurden immer tiefer. Hediger ertappte sich dabei, wie er motivationslos zu Hause auf dem Sofa lag – alleine in vollendeter sozialer Isolation – und nach dem für sein Schicksal Verantwortlichen suchte. Er hatte wirre Gedankeneingebungen, die im stereotypen Verfolgungswahn gipfelten – alle trachteten sie ihm nach dem Leben –, fremdgemacht und fremdgesteuert. Und immer öfters stellte er sich vor, wie er seinem Elend ein Ende setzen konnte, was er aber ausdrücklich nicht durfte. Denn genau das und nichts anderes bezweckte sie ja, sie und immer nur sie. Sie, die ihm dann und wann wieder als Dämon der Finsternis im Sessel gegenüber sass. Sie, Helga, war für all sein Elend und Unglück verantwortlich. Sie war für ihn Schicksal, Teufel und Tod in Person. Doch er, Hediger, durchschaute sie – und nicht erst seit gestern. Nein, viel früher schon hatte er das wahre ICH hinter ihrer Fassade erkannt. Tja, für eine Dame hatte sie sich gehalten, diese Schlange. Wobei, so unrecht hatte sie ja nicht gehabt. Helga war im wahrsten Sinne wie die Dame im Schachspiel, so allmächtig und allgegenwärtig und dabei schnell, wendig und fast unfassbar – aber nicht ganz. Hediger überlegte. Auf 32 Schachfiguren gab es nur zwei weibliche, was einer Frauenquote von 6.25% entsprach. Jede andere Figur durfte, so sie denn in Position kam, die Dame attackieren, schlagen und töten. Der König dagegen wurde beschützt und blieb bis zu seinem Tod unantastbar. Das Schachspiel als repräsentativer Spiegel der Gesellschaft, mit einer mehrheitsfähigen machoistischen Dominanz, die nichts mehr bezweckte als den Frauenanteil noch weiter zu drücken, stetig bis gegen Null, um so der Männerregentschaft zum Durchbruch zu verhelfen? Nichts da von Emanzipation, feministischer Selbstverwirklichung und sonstigen unverständlichen Fremdwörtern, die das Weltbild in den letzten Jahrzehnten aus dem Gefüge gebracht hatten und für Hungersnöte, Geflügelgrippe und Weltkriege verantwortlich zeichneten?! Was für goldene Zeiten, als das Schachspiel noch Gesellschaftssport Nummer eins gewesen war!

An einem tristen Tag hatte es Helga der schwarzen Dame gleich gemacht, sich für den König geopfert und war aus Hedigers Leben geschieden – und hatte damit den Frauenanteil von Schwarz auf null gesenkt. So sehr Hediger eine Frauenquote von Null herbeigesehnt hatte, so wenig veränderte diese Tatsache nun aber sein Leben. Er ritt weiter auf seiner Welle im Ozean, erklomm den nächsten Wellenberg, der ihn für einen Augenblick von einer besseren Zeit träumen liess, aber wie immer nicht hielt, was er versprach, und irgendwann in sich kollabierte und Hediger mit sich ins nächste Elend zog.

Einzig Helga konnte dafür nun wahrlich nicht zur Verantwortung gezogen werden, war sie doch nicht mehr an seiner Seite. Aber potentielle Verantwortliche gab es genug und Schuldige sowieso, auch in einer rein machoistischen Welt. Und so ritt Hediger einem Rodeo-Reiter gleich weiter munter durch das Gefühlschaos seines Lebens, verlor einen Tag nach dem anderen im Wissen, dass er keinen von ihnen je wieder zurückgewinnen konnte, bis er endlich eines Morgens im Wissen aufwachte, dass nun sein wissentlich letzter Tag gekommen war: Der 28. April 2015, ein trüber Regentag, passend, wie er meinte, zu seinem irdischen Leben.

Hediger hielt sich die Hände vor das Gesicht und weinte.

28. April 2015 – Hediger seufzte, atmete heftig ein und aus, strich sich mit den flachen Händen über das Gesicht und starrte auf seine zitternden Finger. Die Tränen hatten ihre Spuren hinterlassen – feucht glänzten Hedigers Handflächen. Benno lag neben der Bananenkiste auf dem Boden. Er rührte sich nicht mehr. Hediger starrte unentwegt auf den leblosen Fellknäuel, legte die Hände auf die Oberschenkel und schwieg. Leerer als sein Blick war nur das verwaiste Wohnzimmer. Es erinnerte nichts mehr an Leben. Einzig die dunklen Flecken auf der Tapete zeugten von den entsorgten Möbelstücken.

Hediger wusste nur zu gut, was er getan hatte. Akribisch war seine Vorbereitung gewesen. Beiläufig hatte er sich bei Doktor Steingruber über Rattengift erkundigt und anschliessend im Internet Recherche gemacht. Erst so war er auf das Thema 'Schokolade' gestossen – zu seiner allergrössten Überraschung. Kombiniert schuf er dann den absoluten Hundekiller-Cocktail.

Am Morgen verschlang Benno das gehackte Rindsfleisch und durfte danach als Belohnung eine halbe Tafel Schokolade mit Wasser hinunterspülen. Im Laufe des Tages wurde er dann unruhiger, seine Muskeln zitterten mehr und mehr und sein Atem ging unregelmässig stockend. Der Hund übergab sich mehrmals, mit Schaum im Erbrochenen. Urin und Kot verfärbten sich blutrot. Alles Indizien dafür, dass das Rattengift wirkte und, in Kombination mit dem Theobromin[2] aus der Schokolade, dem elendiglich verdammten Vierbeiner ein grausiges Ende bereitete.

Hedigers Mittagsportion an Fleisch und Schokolade gaben dem Hund dann den Rest. Er bekam noch mehr Durchfall, seine Zunge verfärbte sich blau, die Augen fielen ihm fast zu, sein Zahnfleisch blutete und er röchelte nur noch elendiglich, die Beine von sich gestreckt.

---

[2] Theobromin ist ein Alkaloid, das z.B. in hoher Konzentration in der Kakaobohne vorkommt und eine anregende Wirkung auf das Nervensystem hat (ähnlich wie Coffein). Sowohl Katze als auch Hund mangelt es an einem Enzym, um diese organische chemische Verbindung abzubauen, weshalb bereits eine Theobromin-Dosierung von 200mg/kg – 300mg/kg tödlich ist.

"Die Bananenkiste", flüsterte Hediger und kniete sich auf den Boden, "raus aus dem Wohnzimmer damit, aufs Abstellgleis, genau dorthin, wo ich ein Leben lang dahinvegetiert habe."

Minuten später betrat der alte Mann wieder das Wohnzimmer, schaute sich kurz um, atmete die Luft tief ein und ging erneut in die Knie.

"Nun noch das Sofa, dann haben wir reinen Tisch gemacht." Er stöhnte, zog an der Rückenlehne, dann an den Beinen – rücklings auf dem Boden liegend mit einer Hebelwirkung, mit der er kaum einen Grashalm bewegen konnte.

"Du, Helga, du wolltest dieses verfluchte Teil unbedingt haben. Warum hast du's nicht mit dir genommen, als du endlich von mir gegangen bist?" Hediger hockte sich hin und überlegte. "Ich bin alt geworden und mir fehlt die Kraft, aber mein Kopf ist nicht hohl." Er schaute sich um und klopfte sich auf die Oberschenkel. "Das Tau!"

Mit zwei Schlaufen wand er den Strick um das eine Holzbein, erhob sich, stürzte sich ins Seil und begann zu fluchen, wie er sich selbst noch nie fluchen gehört hatte. Fünf Minuten später war das Sofa draussen auf dem Gang. Hediger keuchte, räusperte sich ganz laut und spuckte endlich auf den Spannteppich.

"Wo nur sind die verdammten Schlüssel, Benno? So sag mir, wo du..." Hediger machte eine kurze Pause. "Tut mir leid, mein seliger Freund, du kannst mir ja gar nicht mehr antworten..." Er ging im Zimmer auf und ab, inspizierte das Spinnennetz über der Türe zum Balkon gleichermassen wie den mit Flecken übersäten Spannteppich, konnte aber seinen Schlüsselbund nirgends ausmachen. "Wer nur hat mir die Schlüssel gestohlen? Wer nur will mir auch noch meine letzten Stunden zur Hölle machen? Du, der du mit dem Teufel im Bunde bist, zeige dich mir!"

Doch niemand antwortete. Hediger tigerte weiter im Zimmer auf und ab, hob den Kopf und senkte ihn wieder, schaute nach links und dann wieder nach rechts – doch die Schlüssel blieben verschollen.

"Verdammt, verdammt, verdammt!", schrie er endlich, "wo verdammt noch mal seid ihr?"

Hediger hob den Blick und starrte zurück in Richtung Gang – und erstarrte. Der Schlüsselbund hing nur wenige Zentimeter unter der Türklinke und der richtige Schlüssel steckte im richtigen Schloss.

"Bin ich blind?", murmelte er und zog am Schlüssel, "blind wie damals, als du, Helga, mir Hörner aufgesetzt hast? Treue ohne Liebe ist schlimmer als Liebe ohne Treue, hast du gesagt, du Elende! Helga, ich verfluche dich auf ewig!"

Hediger schob den Schlüsselbund in seine Hosentasche und schaute sich erneut um.

"Die Leiter, ich brauche die Leiter", murmelte er, stolperte los in Richtung Küche, riss den eingebauten Eckschrank auf und streckte seine Arme aus. "Raus mit dir und ab mit dir in die gute alte Stube."

Hediger spreizte die beiden Schenkel der Leiter, spannte die Kette dazwischen und platzierte seinen rechten Fuss auf der ersten Sprosse. Wenigstens die Leiter hielt, was sie versprach. Hediger erklomm Sprosse um Sprosse und streckte endlich seinen rechten Arm in die Höhe.

"Ich weiss, ich muss die Glühbirnen rausdrehen", murmelte er. "Doch warum nur? Der Grund ist mir entfallen..."

Hediger umklammerte die erste Glühbirne, drehte sie im Gegenuhrzeigersinn, schmiss sie durch die offene Türe hinaus auf den Gang und verfluchte irgendwelche nicht mehr anwesenden Polizisten. Es knallte und die Glühbirne zersplitterte in tausend Teile. Dann griff er nach der zweiten, fluchte erneut über die Polizei, und zu guter Letzt lernte auch noch die dritte Glühbirne fliegen.

"Da soll noch einer sagen, Scherben bringen Glück", murmelte Hediger und nickte. "Wenn ich an gestern denke, dann wird mir heute noch schlecht."

Hediger hob den Blick, ebenso Benno. Beiden war gar nicht mehr bewusst, dass die Hausklingel noch funktionierte. Viel zu lange hatte sich niemand mehr bei ihnen gemeldet. Viel zu lange hatten sie keinen Besuch mehr gehabt.

"Wer mag das wohl sein?", murmelte der Alte und erhob sich. "Was haben wir heute... den 27. April 2015... Frau Specht ist schon vor drei Monaten gestorben. Wenn nicht sie, wer sonst will uns besuchen?"

Der Spion in der Haustüre war verdreckt. Hediger hauchte ihn an, wischte mit dem Zeigefinger darüber und linste erneut nach draussen. Beide Männer, der erste so um die dreissig, der zweite vielleicht zehn Jahre älter, trugen eine Polizistenmütze.

"Was wollen die nur?", murmelte Hediger und griff nach dem Schlüssel am Schlüsselbrett. "Haben wir etwas verbrochen?"

Er beobachtete seine zitternden Finger, atmete mehrmals tief ein und aus, traf erst im dritten Versuch das Schlüsselloch und drehte den Schlüssel im Schloss. Das Licht blendete ihn und er hielt sich die flache Hand an die Stirn.

"Guten Tag", sagte er nur und starrte die beiden Beamten fragend an.

"Herr Marcel Hediger?", erkundigte sich der Ältere und griff sich an seine Mütze. "Stören wir?"

'Die Polizei und nicht stören', dachte Hediger, antwortete aber: "Hediger, das ist meine Wenigkeit. Womit kann ich dienen?"

"Wir haben ein paar persönliche Fragen. Braucht ja nicht der ganze Häuserblock zu wissen. Dürfen wir kurz reinkommen?"

"Reinkommen?" Der Alte zögerte. "Es ist nicht aufgeräumt. Vielleicht wissen Sie, meine Frau ist leider verstorben."

"Unser herzlichstes Beileid... Dürfen wir? Es wird nicht lange dauern."

"Nicht lange dauern?" Hediger starrte vom einen Polizisten zum anderen und dann wieder zum ersten. "Na gut, wenn es weiter nichts ist."

"Wir werden uns kurz halten...", begann der jüngere Polizist, brach aber ab, als Hediger in Richtung Wohnzimmer davonschlarpte. Er starrte seinen Kollegen an und schmunzelte.

"Benno, auf mit dir, wir haben Besuch", hörten die beiden den Alten noch rufen, schon setzten sie sich. "Was verschafft uns die Ehre?"

"Uns?" Der jüngere Polizist kratzte sich im Nacken, während sich der ältere räusperte und auf den Hund deutete. "Ach, Ihr meint den Hund?"

"Einen schönen Salontisch haben Sie da, Herr Hediger...", warf der ältere Polizist ein, wurde aber von Hediger unterbrochen.

"Der Salontisch ist ja wohl nicht der Grund Ihres Besuches?"

"Nein, ist er nicht", sagte der Polizist, sah auf und starrte Hediger ins Gesicht. "Irgendwie ist es uns unangenehm... Wir wissen selbst noch nicht, was wir von der ganzen Sache halten sollen."

"Von welcher Sache?"

"Sie sind im Besitz eines gültigen Reisepasses und einer Identitätskarte. Bitte zeigen Sie mir diese beiden Dokumente."

"Meine Dokumente... sicher...", murmelte Hediger, erhob sich, brummte etwas von 'dein Freund und Helfer' und schlarpte in Richtung Schrank davon. "Hier ist alles, was sie suchen."

Er streckte nur kurz seinen Arm aus, schon blätterte der jüngere Beamte im roten Dokument mit dem kleinen weissen Kreuz, schwenkte dann die blaue Plastikkarte von einer Seite auf die andere und nickte.

"Ich will es kurz machen", begann der ältere Polizist, "wir haben einen internationalen Haftbefehl gegen Sie, Herr Hediger."

"Einen Haftbefehl?"

"Aus Mikronesien. Sie wissen, wo Mikronesien liegt?"

"Ich bin Pilot... ich war Pilot..."

"Die uns zur Verfügung stehenden Fakten rechtfertigen keine Haft. Da sind noch zu viele Ungereimtheiten. Auch können Schweizer Bürger nicht gegen Ihren Willen in ein Drittland ausgeliefert werden. Seien Sie also unbesorgt, Herr Hediger, einstweilen gibt es keinen Grund zur Besorgnis."

"Aus Mikronesien, sagen Sie?"

"Von der Insel Yap, um genau zu sein. Angeblich gibt es neue Erkenntnisse..."

"...zum Tod meiner Frau?" Hediger riss seinen Mund weit auf und starrte die beiden Polizisten abwechselnd an. "Ich verstehe nicht... Es wurde doch alles gesagt, was es zu sagen gab?"

"Das ist richtig, aber... Sie müssen verstehen, Herr Hediger, es geht um einen internationalen Haftbefehl, und erst noch von einem pazifischen Inselstaat. Da ist alles immer etwas komplizierter."
"Aber ich habe doch...", murmelte der alte Mann.
"Herr Hediger, darf ich Sie bitten, mit uns zu kooperieren. So können wir alle Missverständnisse innert nützlicher Frist ausräumen. Ausserdem..."
"Ich habe dir doch gesagt, die Insulaner haben nicht alle Tassen im Schrank", unterbrach ihn der jüngere Kollege und flüsterte mit vorgehaltener Hand: "Der Alte kann doch keiner Fliege was antun. Die Eingeborenen haben wohl zu viel gegorenen Kokosnusssaft getrunken oder irgendwelche Palmenblätter geraucht."
"Wir halten uns an internationales Recht", entgegnete der ältere Polizist. "Herr Hediger, planen Sie zu verreisen?"
"Verreisen? Sollte ich eine Reise planen?" Hediger starrte erneut vom einen zum anderen und senkte dann seinen Blick. "Hast du das gehört, Benno? Wollen wir verreisen?"
"Eben nicht", widersprach der Polizist sofort. "Wir möchten Sie bitten, unsere Stadt nicht zu verlassen, bis wir diese Sache geklärt haben."
"Ich will nicht verreisen."
"Genau das meine ich..."
"Aber Sie haben davon gesprochen, nicht ich."
"Ist schon gut, Herr Hediger..."
"Siehst du...", zischte der jüngere, verstummte aber, als er den Zeigefinger auf den Lippen seines Kollegen ausmachte.
"Dann ist ja alles gut, Herr Hediger", erklärte der ältere Polizist. "Reisepass und Identitätskarte behalten wir einstweilen auf dem Posten. Sollten Sie unsere Stadt wider Erwarten doch verlassen wollen, dann melden Sie sich bitte vorgängig bei uns."
"Wohin nur soll ich gehen", murmelte Hediger, schüttelte seinen Kopf und kraulte den Nacken seines Hundes. "Wohin nur sollen wir gehen, Benno? Amerika? Italien? ...aber ganz sicher kein weiteres Mal nach Mikronesien. Die letzte Reise hat mir gereicht."
"Von einer Reise nach Mikronesien rate ich Ihnen auf jeden Fall ab. Auf den Inseln können wir Sie nicht vor dem internationalen Haftbefehl beschützen."
"Also doch Freund und Helfer."
"Genau", schmunzelte der ältere Polizist, griff nach dem Ellbogen des jüngeren, murmelte etwas vom 'nicht mehr ganz zurechnungs-

fähigen, senilen Alten' und ergänzte mit lauter Stimme: "Wir wünschen Ihnen noch einen schönen Tag, Herr Hediger!"

Hediger reagierte nicht. Doch kaum fiel die Türe ins Schloss, so war er wieder auf den Beinen und beobachtete durch den Spion, wie die Beamten den Lift nach unten betraten.

"Was nur habe ich falsch gemacht?", murmelte er. "Wie nur sind sie mir auf die Schliche gekommen? Benno, was sollen wir tun?" Er kratzte sich seine Kopfhaut, bis die Schuppen nur so zu Boden schneiten. "Das ist nicht gut, Benno, gar nicht gut. Die haben uns, wollen aber noch etwas mit uns spielen. Wie mit einem Fisch an der Angel. Das passt mir gar nicht."

Längere Zeit verharrte Hediger regungslos mit dem Rücken an die Haustüre angelehnt. Dann machte er einen ersten Schritt und schlarpte wortlos in die Küche. Wo nur war der Putzkübel, überlegte er kurz, öffnete dann die richtige Schranktüre und griff zu. Ein weiterer Griff, und das Wasser spritzte aus dem Wasserhahn. Er füllte den Kübel bis zur Hälfte, stemmte dann die Kühltruhe auf und griff erneut nach dem Kübel.

"Ist... der... schwer...", keuchte er, schon knallte der Kübel auf den Boden. Wasser schwappte über den Rand und verspritzte den grauen Kugelteppich. Hediger schaute zu, wie sich die Wogen langsam glätteten und sich die kupferne Deckenleuchte zunehmend schärfer im Restwasser des Kübels spiegelte. "Noch einen Meter", murmelte er. "Ready du Teigaff!"

Er griff erneut nach dem Kübel, grunzte irgendwelche urzeitlichen Laute und schnaufte ganz fest ein und aus.

"Ge...schafft...", schnaubte er und liess los, "endlich in der Gefriertruhe. Da gehörst du auch hin – bis zu unserem letzten Tag."

Hediger umklammerte mit der rechten Hand ein Trinkglas, drehte mit der linken den Wasserhahn auf und legte den Weg zwischen Spülbecken und Kühltruhe gefühlte hundert Mal zurück. Als der Kübel endlich bis zum Rand voll war, schmunzelte er und nickte zufrieden.

"Jetzt noch eine Bananenkiste und dann beginnt die Entrümpelungsaktion... Und dann bin ich wirklich *ready du Teig-aff*!"

Hediger schmunzelte, schaute kurz auf den Kalender an der Wand, machte mit dem Kugelschreiber ein fettes Kreuz auf das Datum 27. April 2015, spitzte seine Lippen und pfiff den Refrain von Reinhard Meys Klassiker *'Über den Wolken, muss die Freiheit wohl grenzenlos sein, ...'*

28. April 2015 – Hediger seufzte und öffnete das Kühlfach. Der Kübel stand einsam und alleine stramm. Das Wasser war über Nacht gefroren. Der Alte klopfte mit der Faust gegen die kalte Oberfläche. "Eben noch strukturloses Wasser, bist du nun hart wie Stein und kalt wie ein frisch geöffnetes Grab. Doch stelle ich dich für ein paar Stunden in die Wüste, dann bleibt gar nichts, aber auch wirklich nichts mehr von dir übrig. Dürstet mich, labe ich mich an dir. Ist mir heiss, kühlst du mich. Doch will ich dir etwas von meiner Wärme geben, dann bist du plötzlich weg, spurlos verschwunden – vergangen. Genau das ist es, was du verkörperst: Vergänglichkeit. Und es ist schon immer so gewesen, ob fest, flüssig oder gasförmig. Wandle ich über Wiesen, sehe ich riesige Felsblöcke herumstehen – die von dir verschobenen Findlinge. Wandle ich über Hügel, sehe ich riesige Schuttwälle in der Landschaft – deine Moränen. Doch du hast dich längst in die Berge zurückgezogen, harrst in deinem engen Tal auf bessere, kältere Zeiten, in denen du dich wieder über die Hügelzüge und Wiesen hermachst und mit deiner kalten Pracht überrollst. Doch heute? Alles, was du zurücklässt, sind unsere Fragen. Welche unheimliche Kraft mag diesen Felsblock genau auf dieses Feld gebracht haben? Welche dunkle Macht hat die Moränenwälle aufgetürmt? Du bist schon lange nicht mehr und fern von uns, und dennoch denken wir an dich, wenn wir vor dem von dir zurückgelassenen Findling stehen. Und genau so soll es sein, unser Leben, und auch mein Leben.

Es darf nicht alles einfach aus und vorbei sein. Es muss bleiben, unvergänglich, ewig und grandios, ein einziges Theaterspektakel, bei dem kein letzter Vorhang fällt. Ich mag vielleicht unscheinbar und klein sein, und keiner nimmt mich wahr. Doch sie sollen sich an mich zurückerinnern. Wer war er? Was hat er gemacht? Wie? Warum? Sie sollen sich fragen – und das ist gut so. Der Tag wird kommen, da schütteln sie den Kopf, zucken mit den Schultern, verwerfen ihre Hände – und sind zu wenig Dichter, um sich einen Reim auf alles zu machen, auf alles, was ich hinterlassen habe. Doch die Fragen werden bleiben und mich in den Gedanken der Menschen auch über meinen Tod hinaus weiterleben lassen." Hediger krallte den Henkel des Kübels. "Wahrhaftig, der Tag wird kommen, an dem das Eis geschmolzen und verdampft sein wird. Das wird dann mein Tag sein."

Er holte tief Luft, stöhnte mehrmals laut auf, schon knallte er den Kübel neben sich auf den Boden.

"Ready du Teigaff!", rief er, verzog sein Gesicht und reckte sich. "Es ist wirklich an der Zeit zu gehen. Mein Körper macht das nicht mehr mit."

Hediger schleifte den Kübel ins leergeräumte Wohnzimmer. Mitten drin blieb er stehen, keuchte und hielt sich erneut das Kreuz.

"Ich brauche eine Pause", murmelte er, liess den Kübel zurück und ging auf den Gang hinaus. Erschöpft plumpste er in sein ihm nach all den Jahren so vertrautes Sofa hinein, schloss seine Augen – und sinnierte.

Was geschah wohl kurz vor dem Tod? Blieb genug Zeit, um einen letzten Blick zurück auf die erlebten Jahre und Ereignisse zu werfen, das Leben noch einmal Revue passieren zu lassen, voller Wehmut beim Gedanken an verpasste Chancen und an Fehlverhalten, voller Zufriedenheit über im Leben geschenkte Freude, Nähe, Lächeln und Liebe?

Wie war der Tod, wie fühlte er sich an? Fühlte er sich überhaupt an? Warum konnte man 'sterben' nicht lernen? Analog zu Geburtsvorbereitungskursen sollte es eigentlich auch Sterbevorbereitungskurse geben. Denn Sterben erforderte viel Energie, die Lebenskräfte zogen sich endgültig zurück und es blieb nicht viel mehr als eine leere Hülle, vergleichbar mit einer leeren Luftpumpe. Und der Weg dorthin? Da waren Schmerzen und Müdigkeit, Essen und Atmen fielen schwer, und man musste mit sich ins Reine kommen, mit dem Leben abschliessen und dem Tod ins Auge sehen. Sterben konnte als grosse Befreiung vom irdischen Leid gesehen werden, als ein sanftes Hinübergleiten in die andere Welt. Aber manchmal auch als ein Kampf bis zum letzten Atemzug – hart, schwer, unerbittlich, grausam oder viel zu früh. Doch was nach diesem letzten Atemzug kam, das wusste niemand – und das bereitete deshalb seit Menschengedenken Angst.

Nach dem Tod war nichts mehr wie vor dem Tod. War die Kerze des alten Lebens einmal für immer erloschen, zeugte zuerst noch eine feine Rauchschwade am Docht vom einstigen Leben. Erkaltete und erstarrte die Wärme, herrschte nur noch Schweigen, Stille und Trauer. Alles, was blieb, waren die Erinnerungen der Zurückgebliebenen – und die Hoffnung auf ein ewiges Leben danach.

Genug für ehrfürchtige Gläubige, zu wenig für rationale Realisten? Wer von beiden durfte sich glücklicher schätzen?

"Ich muss weiter, habe keine Zeit mehr für solche Gedankenspiele", murmelte Hediger und erhob sich. "Ach Helga, wenn die Sonne scheint, ist der Mond vergessen. Die Zeit für das grosse Finale ist gekommen."

Er strich sich mit den flachen Händen über das Gesicht, starrte auf das graue Flugzeugmodell einer Boing-747-258B am Boden – und seufzte. Wie schön waren sie doch gewesen, die damaligen Zeiten, als die Welt noch in Ordnung und er voller Optimismus gewesen war. Damals, als die Zeit noch keine Bedeutung gehabt hatte. Damals, als es nur darum gegangen war, wieder *'ready du Teigaff'* zu sein.

Heute war alles anders und die Zeit verflogen – seine Zeit. Er, Hediger, hatte vergessen, dass er eigentlich immer der Navigator gewesen war und sich schon seit Jahren verflogen hatte – irgendwo in der Unendlichkeit seiner eigenen Zeit. Alle drei Zeiger seiner Fliegeruhr hatten fortlaufen getickt. Doch so sehr die Zeit auch nachzuwachsen schien, seine eigene war immer kürzer geworden.

Hediger kniete sich auf den Boden und griff nach dem Modell des Jumbos mit dem Schweizerkreuz. Die Kühle des Metalls übertrug sich auf seine Finger, seine Hand, seinen Arm, seinen Körper. Er schloss die Augen.

"Den Wert eines einzigen Momentes erkennt man erst", schmunzelte Hediger, "wenn er zur Erinnerung geworden ist."

Und wie er sich erinnerte: Flugzeugpioniere waren sie gewesen, Helden der Lüfte der ersten Stunde, sie, die von allen Frauen bewunderten Piloten der Swissair. Selbst Jahre zuvor schon hatte er in seiner Uniform als Bordfunker einer Douglas-DC-4 eine tolle Falle gemacht. Nach Persien und weiter in den fernen Orient waren sie geflogen, über Dakar und Recife nach Sao Paolo, über Irland und Neufundland nach New York. Hediger dachte an den Überflug der Freiheitsstatue und seine erste Landung auf amerikanischem Boden. Nie konnte er jenen Augenblick vergessen.

Noch unvergesslicher war allerdings ein Rückflug gewesen – ein paar Jahre später. Alles hatte gepasst, alle Passagiere waren an Bord gewesen, die Crew bei bester Laune, alles und alle bereit für den Start der Swissair 1-0-1. Doch dann war alles anders gekommen und alles hatte sich plötzlich nur noch um Hedigers zukünftigen Lieblingsspruch gedreht – *Ready du Teigaff?*

"Ramp Control, good evening", sprach Copilot Marcel Hediger mit bestimmter Stimme, "Swissair 1-0-1 heavy, stand A5, ready for pushback."

"Ich verliere langsam meine Geduld", knurrte Jumbo-Kapitän Koller neben ihm auf dem linken Sitz. Seine Stimme klang angenehm. Er hatte markante Kieferknochen, die ihn männlich aussehen liessen, dunkles dichtes Haar, ein selbstgefälliges Grinsen und tiefblaue Augen. "Der Kerl soll sich endlich melden."

"Swissair 1-0-1 heavy, Ramp Control, roger", kam da postwendend eine Stimme aus dem Funk, "you are cleared for pushback, facing south. Start your engines after push."

"Swissair 1-0-1 heavy roger, cleared to push facing south, starting engines after push...", bestätigte Hediger. Das Flughafenterminal schien sich langsam vorwärts zu bewegen. In Wirklichkeit wurde die Boing-747-257B rückwärts auf die Piste gestossen. "Swissair 1-0-1 heavy is ready for taxi."

"Swissair 1-0-1 heavy, taxiway Golf, hold short of taxiway Alpha and contact Ground on 121.9."

"Swissair 1-0-1 heavy, taxiway Golf, to hold short of taxiway Alpha, over to Ground on 121.9..."

Die Motoren der Swissair-Maschine liefen, die Stewardessen in ihren Uniformen lächelten, die Passagiere sassen auf ihren Plätzen, der Wetterbericht – leichter Rückenwind – war perfekt und das Rollfeld nahezu frei.

"JFK Ground, good evening", sprach Hediger nach einer Weile, "Swissair 1-0-1 heavy, holding short of taxiway Alpha."

"Swissair 1-0-1 heavy, JFK Ground, good evening", ertönte eine neue Stimme, "taxi to runway 04L via Alpha and Kilo, hold short of runway 31L."

"Swissair 1-0-1 heavy, taxi to runway 04L via Alpha and Kilo, holding short of runway 31L...", bestätigte Copilot Hediger, "Swissair 101 heavy, holding short of runway 31L."

"Swissair 1-0-1 heavy, cleared to cross runway 31L, continue to Kilo 1 holding point."

"Swissair 1-0-1 heavy, cleared to cross runway 31L, continue to Kilo 1 holding point..." Hediger beugte sich vor und schaute über seine linke Schulter zum Fenster hinaus. "Ist schon beeindruckend, unsere Spannweite von 60 Metern. Wenn ich da an unsere Transatlantikflüge mit der Douglas-DC-4 zurückdenke und unsere Zwischenstopps in Shannon und Stephenville. Kaum 25 Jahre sind vergangen... und heute fliegen wir nonstop nach New York, und das mit 361 Passagieren – unglaublich, aber Realität." Es verstrich eine weitere Minuten, dann meldete sich der Copilot erneut zu Wort. "Swissair 1-0-1 heavy, approaching Kilo 1, ready for take off."

"Swissair 1-0-1 heavy, roger", sprach die Stimme ein letztes Mal, "contact Tower on 123.9."

"Swissair 1-0-1 heavy over to Tower, 123.9, goodbye...", verabschiedete sich Hediger.

"Noch zwei Flieger vor uns, das passt", erklärte Koller. "Selbst die Fahrt zum Flughafen verlief ohne Probleme. Jede Wette, in Zürich hat es wieder Stau. Tja, es ist schon eigenartig: Jedes Jahr brauchen wir weniger Zeit, um den Ozean zu überfliegen, und mehr Zeit, um zur Arbeit oder nach Hause zu kommen. Wohin mag das noch führen?"

"Die Zeit macht was sie will", antwortete Hediger und linste zu seinem Kollegen auf dem linken Sitz hinüber. "Alles richtet sich nach der Zeit, nur die Zeit richtet sich nach nichts."

"Wie wahr..." Der Kapitän nickte zustimmend. "Die schlechte Nachricht ist, dass die Zeit fliegt. Doch die gute Nachricht ist, dass wir die Piloten sind."

"Na ja, leider verfügen momentan die Fluglotsen über unsere Zeit. Wie lange dauert es wohl, bis sie uns die Starterlaubnis erteilen?"

"Geduld, Hediger, Geduld. Mein Vater sagte immer: Wer fliegen will, muss zuerst mal laufen lernen."

"Im Gegensatz zu Ihnen, mein Kapitän, war ich heute Morgen joggen", lachte Hediger, "und so schwierig ist fliegen nun auch wieder nicht – runter kommt man immer."

"Wie sagte noch mein Fluglehrer Axel Schweiss während den guten alten Pionierzeiten: 'Wer nicht vom Fliegen träumt, dem wachsen keine Flügel.'"

"Axel Schweiss?"

"Na ja, er hiess eigentlich Axel Schwarz...", lachte der Kapitän, "aber das fanden wir Flugschüler herzlich unpassend. So, jetzt sollten wir uns mal beim Tower melden."

Hediger räusperte sich kurz: "JFK Tower good evening, Swissair 1-0-1 heavy at holding point Kilo 1, ready for take off."

"Swissair 1-0-1 heavy, JFK Tower, good evening", krächzte da eine wirre Stimme aus dem Funk, "you're cleared to line up and take off runway 04L, wind 010 at 5 knots."
Die beiden Piloten schauten sich an und schmunzelten.
"Der durfte wohl schon lange nicht mehr ran, der arme Kerl", raunte Koller Hediger zu, während sich dieser erneut räusperte.
"Swissair 1-0-1 heavy, cleared for take-off runway 04L..."
"Swissair 1-0-1 heavy, confirm you are *ready du Teigaff.*"
"*Ready du Teigaff?*", flüsterte Hediger vor sich hin.
"Wie bitte?", lachte der Kapitän, "unverschämter Kerl. Zuerst lassen uns die Amis eine Ewigkeit warten, und nun das! So was lassen wir nicht auf uns sitzen."
"Aber..."
"Einfach zuwarten, bis er sich wieder meldet!"
"Swissair 1-0-1 heavy, confirm you are ready du Teigaff?", krächzte die Stimme nach einer Weile erneut aus dem Funk – und nochmals: "Ready du Teigaff!"
Hediger starrte nach Links und öffnete seine Kinnlade so weit, dass sie sogar noch eindrücklicher wirkte als jene des Kapitäns. In dessen Körper kam plötzlich Leben.
"Ready du Teigaff? Wo bleibt da der Anstand?", brüllte er, lachte laut heraus, kratzte sich mit der einen Hand unter der Achselhöhle und mit der anderen seinen Wuschelkopf und gab dazu Geräusche von sich, wie man sie sonst nur im Gorillagehege eines Zoos zu hören bekam. "Was zum Kuckuck ist ein Teigaff? Gehören die Teigaffen zur Spezies der Menschenaffen?"
"Bestimmt sind das Menschenaffen, sonst könnten sie dem Funker ja nicht antworten!", lachte Hediger, strich sich die Tränen aus den Augenwimpern und hielt sich den Bauch. "Ich lach mich tot!"
"Aber bitte, Hediger, doch noch nicht jetzt – zuerst die Arbeit, und dann das Vergnügen", schmunzelte der Kapitän, krallte sich den Funk aus Hedigers Hand und öffnete seinen Mund. "Yes, Sir, monkey here!"
Kurz nur herrschte Stille, dann war die Stimme wieder zu hören, wie sie sich krächzend von den Hintergrundgeräuschen abzuheben versuchte.
"Swissair 1-0-1, confirm ready du Teigaff!" Die Krächz-Stimme schnappte kurz nach Luft. "Ready, ready!!!"
Lautes Gelächter im Cockpit. Durch die offene Türe hörte Hediger das halbe Flugzeug mitkichern – und er, Marcel Hediger, war

im Zentrum des Interesses, in der Mitte der Manege, an dem Ort, von dem er sich ein halbes Leben lang ausgesperrt gefühlt hatte. Was für ein Augenblick der Freude!

"Yes, Swissair 1-0-1, ready du Teigaff", der Kapitän äffte im wahrsten Sinne des Wortes den Fluglotsen nach und schnappte ebenfalls nach Luft – Hediger hatte sofort wieder Tränen in den Augen, "ready du Teigaff!"
"Swissair 1-0-1, confirm ready du Teigaff!"
"Is this a question?"
Kurze Zeit herrschte Stille, dann krächzte es wieder im Funk: "Swissair 1-0-1, ready du Teigaff!"
"No, not Teigaff – this is Gorilla!" Erneut ertönten Zoogeräusche aus dem Cockpit. "Orangutan is sitting next to me!"
"Orangutan? ... Who is in the line?"
"Teigaff Orangutan!"
Der amerikanische Fluglotse schwieg. Koller und Hediger schauten sich an und lachten immer wieder laut heraus. In der Kabine meldete sich so mancher Passagiere zu Wort.
"So a riesen Gaudi!", rief etwa ein Österreicher, "das is ned a Kaiserschmarren – sondern a riesen Swissär-Schmarren, a dolles Schmankerl für zu Haus. Die werden's ned glaub'n, wenn i's erzöl."
"Äfach loschtig", frohlockte ein Appenzeller, "wö's nüd glöbä, wenn i's nöd sölba gsäh ond ghööt het."
Die Gemüter beruhigten sich noch lange nicht, da meldete sich wieder die Stimme aus dem Funk.
"Swissair 1-0-1, confirm you are ready du Teigaff! Ready!!!"
"Langsam ist es an der Zeit, die Situation zu beruhigen, sonst eskaliert es der Teigaff noch und steckt uns in Manhattans Wolkenkratzerdschungel in eine geschlossene Teigaffenanstalt", flüsterte Pilot Koller dem Co-Piloten Hediger zu und ergänzte dann laut: "Yes, Sir, Swissair 1-0-1 heavy, ready to take-off – I confirm, we are ready to take-off."
"Swissair 1-0-1, ready to take-off?"
"Yes, sir, Swissair 1-0-1 heavy, affirmed."
"Well then, move! Move!!!"
"Na dann nichts wie weg", murmelte Kapitän Koller noch, streckte Hediger den Funk zu, schon heulten die Turbinen auf und die Boing-747 setzte sich langsam in Bewegung.

- 45 -

28. April 2015 – Hediger seufzte, strich sich mit dem Handrücken über die Augen und verwischte die feuchten Tränenspuren. Ach, was hatte er im Cockpit doch für schöne Momente erlebt. Da waren sie wieder, die positiven Erinnerungen an sein zurückliegendes Leben. Seine Fingerkuppen glitten über das am Heck angebrachte Schweizerkreuz – Erinnerungen, so viele Erinnerungen. Konnte er diese einfach so zurücklassen?
"Das waren noch Zeiten. Man stelle sich die Amis heute vor, heute im Jahr 2015. Die würden kurzen Prozess machen, uns in die Kiste stecken, das Flugzeug konfiszieren und die Fluglinie oder gar den Staat oder ganz Europa auf Schadenersatz in Milliardenhöhe verklagen", seufzte Marcel Hediger. "So gute Zeiten kommen nie wieder. Niemand kann die Uhr zurückdrehen oder uns auch nur einen einzigen Augenblick ein zweites Mal schenken – leider." Er nickte. "Und schenkt uns dann mal einer doch seine Zeit, dann nimmt er uns damit in Wirklichkeit die unsere."
Er kniete auf den Flur und klopfte mit der Faust gegen den Boden des Kübels. Der Eisklotz rutschte heraus.
"So sei es", murmelte Marcel Hediger und stemmte die Hände in die Hüften. "Der Raum ist leer und die Vergangenheit verarbeitet und in Schachteln verpackt. Genau so soll es sein. Jetzt brauche ich nur noch abzuschliessen."
Er zog den Schlüsselbund aus der Hosentasche, ging zur Türe, die zur Küche führte, schob den Schlüssel ins Schloss und drehte im Uhrzeigersinn. Es klickte. Dann zog er den Schlüssel heraus, wandte sich ab und drückte wenig später die Klinke zum Balkon. Sie war verschlossen. Marcel Hediger nickte, murrte ein *'gut so'* und wandte sich der Türe zu, die zum Gang führte.
"So, jetzt noch die letzte Türe, schon sind wir *ready du Teigaff.*"
Er steckte den letzten Schlüssel ins letzte Schlüsselloch, drehte ihn im Uhrzeigersinn, hörte endlich das letzte Klicken und liess los. Der Schlüsselbund schaukelte noch eine Weile hin und her. Marcel Hediger öffnete seine Lippen und schmunzelte: "Stecken sollst du, oh Schlüssel, bis zum bitteren Ende."
Er stemmte die Hände in die Hüften, streckte sein vom Zahn der Zeit gehöhltes Kreuz und hörte seine Wirbelknochen knacken.
"Alt werden ist keine Freude. Alt werden ist ein einziges Trauerspiel. Benno, du hast es wenigstens schon hinter dir", murmelte

Marcel Hediger und schaute kurz auf den reglosen Fellknäuel am Boden. "Glaube mir, ich habe es nur gut gemeint mit dir. Wobei – gut gemeint ist manchmal auch das Gegenteil von gut." Er machte zwei Schritte und starrte aus dem Fenster ins triste Grau. "Du bist inzwischen im Hundehimmel. Ob wir uns dort oben wiedersehen werden? Haben du und ich den selben Himmel?"

Marcel Hediger summte erneut die Melodie von Reinhard Mey, drehte die Heizung voll auf, stellte die Leiter in der Mitte des Raumes auf und befestigte den Strick mit einem Seemannsknoten, einem Palstek, am Haken an der Decke. Die Schlinge bewegte sich hin und her und verlor allmählich an Schwung.

Dann platzierte Marcel Hediger den Eisklotz in der Mitte des Raumes, direkt unter dem Strick, öffnete nochmals die Türe zum Gang, stellte den leeren Kübel und die Leiter in eben diesem auf den Boden und schloss die Türe erneut von innen ab.

Jetzt, da das Wohnzimmer ganz leer war, fühlte sich auch Marcel Hediger ganz leer. Er griff nach den Handschellen, kletterte auf den Eisklotz und bekam die Schlinge im zweiten Versuch zu fassen.

"Sogar dazu fehlt mir die Kraft", murmelte er, stellte sich auf die Zehenspitzen und schaffte es gerade noch, die Schlinge über seinen Kopf zu zwängen. Dann führte er seine Hände auf den Rücken, bis sich die Finger berührten, und hörte die Handschellen einschnappen.

"Helga, es stimmt", murmelte Marcel Hediger – und seufzte sein allerletztes Mal. "Wer auf Rache aus ist, schaufelt besser zwei Gräber. Gleich bin ich bei dir, und dann kann ich dir alles erklären." Er schnäuzte sich so gut es ging in seinen Hemdskragen. "Weisst du, Helga, es musste wohl alles so kommen. Ich konnte und wollte dich einfach nicht alleine auf der Welt zurücklassen. Ob du mich nun betrogen hast oder nicht, das spielt keine Rolle mehr und tut auch nichts mehr zur Sache. Es ist, wie es ist, und gleich bin ich bei dir. Ach, unsere Liebe war von allem Anfang an eine todgeweihte Liebe. Doch die Erwartung des Todes hat ein gegenseitiges Verständnis und eine Zweisamkeit entstehen lassen, die intensiver und stärker waren als jede Liebe zuvor – so sei es." Er holte tief Luft. "Ja, so sei es – ready?" Kurze Pause. Er nickte so gut es ging mit dem Strick um den Hals. "Ready du Teigaff!"

Marcel Hediger holte ein letztes Mal tief Luft, dann kippte der Eisklotz zur Seite und es wurde still im Raum.

- 46 -

Eine Minute später zappelte Hediger nicht mehr am Strang. Eine Stunde später bewegte sich auch der Strang nicht mehr. Einen Tag später war der Eisklotz geschmolzen. Eine Woche später war auch der letzte Wassertropfen verdampft. Einen Monat später stank es im ganzen Treppenhaus. Der Hausmeister liess die Haustüre aufbrechen. Der Flur war verstopft mit Kommoden, Tischen, Stühlen und sonstigem Mobiliar – sowie mit einer Bananenkiste in blau, weiss und gelb, in der, obwohl so unscheinbar und klein, ein ganzes Leben Platz hatte. Staubpartikel tanzten in der Luft, die mit noch mehr Exkrementen und sonstigen Gestanksessenzen duftgesättigt war als ein ungereinigtes Plumpsklo von unten. Als dann auch noch die Türe zum leergeräumten, von innen verschlossenen Wohnzimmer aufgebrochen war, da schüttelte jeder Betrachter nur noch den Kopf.

"Das Wohnzimmer ist leergeräumt?", fragte der Hausmeister mehr als dass er sagte. "Diese Leere wirkt beklemmend."

"Wie meinen Sie das?", fragte der ältere der beiden Polizisten, jener mit dem schütteren Haarwuchs.

"So wie ich es sage." Die Pause war nicht lange. "Es ist, als habe hier jemand reinen Tisch gemacht. Armer Hediger, das hat er nun wirklich nicht verdient."

"Was hätte er verdient gehabt?"

"Er war kein schlechter Kerl."

"Wer war er?", fragte der Polizist. "Haben Sie ihn gut gekannt?"

"Er war ein einsamer Junggeselle mit Alzheimer oder Schizophrenie, wohl gepaart mit Demenz und sonstigem psychischem Leiden, ich weiss es nicht so genau", murmelte der Hausmeister. "Der arme Teufel lebte in seiner eigenen Traumwelt und war wohl näher dem Irrsinn als der Realität. Wobei – Wahrheit und Wirklichkeit sind bekanntlich auch nur eine Frage der Wahrnehmung."

"Hatte er Familie?", fragte der zweite Polizist, der Mitte Dreissig und mit einem Brad Pitt-Gesicht gesegnet war, "oder Freunde?"

"Hediger zog vor fünf Jahren hierher. All die Jahre klopfte kaum ein Mensch an seine Türe. Seit Frau Specht, die Nachbarin von gegenüber, das Zeitliche gesegnet hat, vereinsamte er wohl endgültig. In der Dämmerung führte er oft seinen Hund spazieren. Ansonsten ging er nur noch samstags raus."

"Samstags?"

"Samstags kaufte er Instantsuppen und Bier für sich und Hundefutter für Benno." Der Hausmeister deutete auf den am Boden vor sich hin modernden Fellknäuel. "Das hier muss mal sein Köter gewesen sein." Er fuhr sich mit der Hand durch seine graumelierten Locken. Weiss flockten die Schuppen auf seine Schultern und den Spannteppich. "Und samstags ist der Trödlermarkt in der Schmiedgasse. Nicht selten kam Hediger nachmittags mit irgendwelchen exotischen Errungenschaften zurück. Ein Blick in die Bananenschachtel und Ihr wisst, was ich meine."

"Also lebte Hediger ohne Verwandte und Bekannte und sprach wohl mehr mit sich selbst und dem Hund als mit irgendwelchen zweibeinigen Lebewesen. Wahrlich ein von der Menschheit im Alter vergessener Alter", stellte Brad Pitt fest und machte sich ein paar Notizen in seinem aufgeschlagenen, kleinkarierten Heft mit dem schwarzen Einband. "Was für ein armer Kerl!"

"Vor gut einem Monat hat er Besuch von der Polizei bekommen. Jedenfalls hat er das am... ich denke, es muss der 27. oder 28. April gewesen sein. Wir waren beide unten bei den Briefkästen, da hat er davon gesprochen. Sein Briefkasten ist wie immer leer gewesen."

"Polizeibesuch, eigenartig..." Der jüngere Polizist kratzte sich im Nacken. "Uns ist nichts dergleichen bekannt. Hat er das erfunden?"

"Was war er von Beruf?", fragte der Ältere, "ich meine, vor seiner Pensionierung?"

"In seinem Schrank im Schlafzimmer hängt bestimmt noch die alte Swissairuniform mit den vier Streifen. Und dort neben dem Köter auf dem Boden ", er streckte seine rechte Hand aus, "steht eines seiner Modellflugzeuge. Ob er wirklich je Flugkapitän gewesen ist, weiss ich aber nicht. Ich denke, er hatte keine Pension und lebte seit Jahren von der Fürsorge."

"Armer Kerl", brummte der Jüngere erneut und wischte sich mit dem Handrücken über die Stirne, "verdammt heiss hier drinnen."

"Die Heizung ist voll aufgedreht. Es herrschen Bedingungen wie im Tal der Könige. Das letzte bisschen Feuchtigkeit ist aus Hedigers Körper entwichen. Seine Leiche ist total mumifiziert."

"Was wissen Sie sonst noch über ihn?"

"Hediger war eine gesellschaftliche Randexistenz, die niemandem auffiel und niemandem etwas zuleide tat. Einzig in seiner Traumwelt hatte er wohl irgendwelche Freunde und Feinde."

"Aber jemand, irgendeine Person mit Motiv, muss ihm das hier angetan haben." Der jüngere Polizist deutete auf das hängende

Etwas, das noch von Hediger rührte. "Jemand muss ihn da oben aufgeknüpft haben, sonst..."

"Und danach hat der Mörder alle Türen von innen verschlossen und ist durch das Schlüsselloch geflohen?", fuhr ihm der ältere Polizist ins Wort. "Glaubt mir, da ist was faul, das sagt mir meine erfahrene Nasenspitze."

"Wenn nicht Mord, dann war es wohl Suizid", nickte Brad Pitt. "Hediger ist..."

"Genau, Suizid!", lachte der ach so erfahrene ältere Polizist. "Der Alte ist auf die Leiter geklettert, hat sich die Schlinge um den Hals gelegt und ist dann gesprungen. Im Fallen warf er die Leiter auf den Gang raus, schloss noch rasch die Türe von innen ab und streifte sich die Handschellen über – und, wenn er nicht gestorben ist, dann lebt er heute noch."

"Na ja, das tut er sicher nicht mehr", murmelte der jüngere Polizist und schaute sich um. "Die Kollegen von der Spurensicherung sollten gleich hier sein. Die können den Hergang bestimmt rekonstruieren. Das ist für die ein Kinderspiel."

Kurze Zeit später trafen weitere Polizisten in Zivil ein, alle bereit für das Kinderspiel. Zwei Journalisten standen ebenfalls schon auf der Türschwelle, und das Martinshorn war von weitem zu hören. Doch niemand, weder Polizisten noch Feuerwehr noch Journalisten, vermochte endgültig zu klären, wie um alles in der Welt Marcel Hediger zu Tode gekommen war.

Einsam baumelte dieser noch immer mit auf den Rücken gefesselten Händen an der Decke. Im Raum war weder Leiter noch Schemel, auf die er gestiegen sein konnte. Die Schlüssel steckten noch in den von Innen einst verschlossenen, inzwischen von aussen aufgebrochenen Türen. Kein Normalsterblicher konnte das leergeräumte Zimmer verlassen haben. Hediger hatte noch immer dieses selige Lächeln seines letzten Atemzuges auf seinen bereits verwesenden Lippen.

"Er scheint uns auszulachen", meinte etwa Rolf Weibel, seines Zeichens freischaffender Journalist beim St. Galler Tagblatt. "Er weiss etwas, das wir nicht wissen."

"Na ja", murmelte sein Arbeitskollege Kurt Stieger, "er weiss es sicher nicht mehr."

"Aber es hat hier ganz sicher noch Hinweise, die wir bisher übersehen. Es hat immer Hinweise, Kurt, das siehst du sonntagabends in jedem Tatort-Film."

"Da ist nichts", meinte der Beamte von der Spurensicherung nur. "Keine fremden Fingerabdrücke, keine zweite DNA, keine sonstige auswertbare Spur. Da muss ein Profi am Werk gewesen sein."
"Ein Profi?", riefen die beiden Journalisten wie aus einem Mund.
"Also war es Mord!"
"Meine Herren, keine voreiligen Schlüsse. Die Todesursache ist zum heutigen Zeitpunkt noch unbekannt..."
"Na ja, lieber Paul", lachte Weibel, "wenn einer am Seil hängt, dann ist er wohl kaum verhungert."
"Fremdeinwirken, meine Herren, kann weder ausgeschlossen noch bestätigt werden..."
"Paul, nun halte endlich ein mit deinen Mutmassungen. Keine weiteren Erklärungen vor diesen Journalisten... bist du eigentlich noch bei Trost?", zischte da sein Kollege von der Spurensicherung. "Die schreiben dann irgendwas in ihr Käseblatt und zitieren uns und wir müssen wieder beim Alten Rechenschaft ablegen."
"Sollen die doch schreiben, was sie wollen..."
"Das machen wir sowieso", lachte Weibel, "aber es stimmt schon: Wenn es kein Selbstmord ist und auch kein Tötungsdelikt, dann ist schon etwas journalistische Fantasie gefragt. Ich kann mir keinen Reim auf diese Geschichte machen."
"Soll ja auch keinen Reim geben, sondern Prosa", lachte nun auch Stieger, "oder schreibst du neu in Hexametern?"
"Immer noch einfacher", schmunzelte Weibel, "als diesen Fall zu lösen. Aber das ist ja nur indirekt unser Problem, nicht wahr, meine Herren?"
Und so plauderten sie munter weiter, holten irgendwann die sterblichen Überreste vom Strang, untersuchten sie, oder was von Marcel Hediger übrig geblieben war, in der Rechtsmedizin im Kantonsspital St. Gallen und verscharrten den Leichnam Tage später in aller Anonymität auf dem Friedhof Feldli im Westen St. Gallens. Was blieb, waren die offenen Fragen, die noch so manchen direkt oder indirekt Betroffenen für eine Weile beschäftigen sollten.
Marcel Hediger liess uns Hinterbliebene, wie von ihm beabsichtigt, mit so mancher Frage zurück. Er, der abseits der Öffentlichkeit dahinvegetiert und sich zeitlebens mit dem Sinn des Lebens und des Todes auseinandergesetzt hatte, kam über sein Ableben hinaus ins Interesse der regionalen Öffentlichkeit und beschäftigte mit seinem ungelösten Fall so manchen Mediziner, Beamten, An-

walt und Journalisten – was ihm eine Art ewigen Lebens und den Betroffenen eine Art ewiger Lebensaufgabe bescherte.

Wie er nun aber wirklich zu Tode gekommen war, interessierte eigentlich nicht wirklich – nicht mehr. Darum war und ist es Hediger nie gegangen und darum geht es auch heute nicht, sondern einzig um seine Geschichten und Gedanken, seine wilden Träume, generell um Leidenschaft, Sehnsucht und Emotionen, die das viel zu kurze Leben mit sich bringt. Wer nie eine freie Minute hat, um sie an einen schönen Gedanken oder Traum zu verschwenden – wie arm ist doch ein solcher Mensch.

Ja, er, Marcel Hediger, ist ein begnadeter Erzähler gewesen, ein Tagträumer, wie ihn die Welt nur selten gesehen hat – vielleicht psychisch krank, vielleicht alt und senil, vielleicht ein verkanntes Genie, vielleicht auch nichts von alledem – und nun im Alter von 83 Jahren für immer von uns gegangen. Mit all seinen Erzählungen hat er uns an seinem Innersten teilhaben lassen, uns den Zutritt zu seiner Seele gewährt, uns mitgerissen und uns so diese seine Geschichte vermacht. In dieser lebt er bei uns und mit uns weiter, was ja seine wirkliche Absicht gewesen ist – Unsterblichkeit.

Für Marcel Hediger ist dies seine letzte Geschichte, die nun für uns ein Teil unserer eigenen Geschichte geworden ist, in der er, Marcel Hediger, doch noch seinen Platz gefunden hat. Seinen Platz bis heute, bis morgen, für immer, bis zu jenem Tag, an dem auch wir unsere eigene letzte Geschichte erzählt und mit einem fetten Punkt abgeschlossen haben werden.

Doktor Steingruber in seiner oberflächlichen, eindimensionalen Erscheinung ist heute eine vergessene – reale oder fiktive – Randnotiz. Marcel Hediger dagegen, diese vielschichtige Persönlichkeit, bei der Realität und Fiktion fliessend ineinander übergegangen sind, wird uns allgegenwärtig bleiben und in und mit uns noch an vielen unserer noch nicht erzählten – weil noch nicht er- und gelebten – Geschichten teilhaben.

Zeit zu verschwenden ist bekanntlich wie ratenweise Selbstmord begehen. Krempeln wir also unsere Ärmel hoch, packen unser 'Jetzt' an, gehen raus ins Leben und erleben unsere eigene Geschichte. Denn dort draussen, dort spielt es sich ab, das Leben. Und genau dort wartet noch so mancher, der unsere eigenen Geschichten hören will, selbst unsere letzte – *Ready du Teigaff?*

Adrian Stürm

Geboren im letzten Jahrhundert, widmet sich Adrian Stürm seit Jahren neben dem Leben auch der Fiktion. Zuerst paukte er Buchstaben an der Primarschule Engelburg, dann füllte er Prüfungsbögen an der Universität HSG St. Gallen aus, bis er mit so einem unglaublich sterilen Diplom bewaffnet nach Hause entlassen wurde, und dann kaufte er sein erstes Micky Maus Heft, das sein Interesse für die Weltliteratur endgültig entfachte.

Seit diesem prägenden Ereignis schliesst sich Adrian Stürm immer mal wieder nächtelang zu Hause in der spartanischen Kammer ein und bringt seine wirren Gedanken und Geschichten zu Papier. Eine davon liegt heute druckfrisch vor uns.

Adrian Stürm steht mit beiden Füssen im Leben, mit dem einen noch in der Geburtsklinik in St. Gallen und mit dem anderen bereits auf seinem eigenen Grab – wo dieses auch immer einst sein mag. Denn er weiss nur zu gut: Ein gesunder Mensch ist auch nur ein Mensch, der nicht gründlich genug untersucht worden ist, und mit jedem Schritt einen Schritt mehr dorthin geht, woher er ursprünglich gekommen ist. Und das ist gut so, weil es sonst auf unserer wunderschönen Erde zu einer noch grösseren, die verschiedensten nationalistisch-populistischen Parteien begünstigenden Überbevölkerung kommen würde als heute schon.

Der hier vorliegende Roman ist Adrian Stürms Erstlingswerk – oder wenigstens das erste Werk, das er unter eigenem Namen veröffentlicht hat. Zahlreiche weitere Romane, von stilistisch hochstehenden Historikern bis zu schundhafter Groschenliteratur, sollen es unbestätigten Informationen zu Folge bereits unter männlichen und weiblichen Pseudonymen an die Öffentlichkeit geschafft haben.

Danke

Deine *'Ready du Teigaff'*-Erzählungen aus dem Swissair-Cockpit, mein lieber ehemaliger Nachbar Hans W., werden meinen Geschwistern Doro und Gregor, meinen Eltern und mir für immer präsent bleiben. Danke für all diese Geschichten, mit denen du uns gefesselt hast und die dich doch schon um so manches Jahr überlebt haben. Nie werde ich vergessen, wie es in deiner Wohnung ausgesehen hat. Nie werde ich dich vergessen.

Einen aktiven Piloten mit vier Streifen an seiner Seite zu wissen, schadet manchmal wirklich nicht. Danke, Frank, für deine Unterstützung und die von dir revidierten Funksprüche zwischen Tower und Cockpit.

Ein spezieller Dank geht an die beiden Digital-Konzepter Jeremie und Tobias von *www.baker-street.ch*. Ihr habt mir all die Arbeiten abgenommen, von denen ich nichts verstehe. Vielen Dank für die äusserst konstruktive und freundschaftliche Zusammenarbeit.

Ein grosser Dank geht an Tilla, Alice, Fabio und Pia. Eure kritischen Bemerkungen und Hinweise haben geholfen, dass die Erzählung heute druckfrisch vor uns liegt. Tilla, du hast Hedigers letzten Tag vom ersten Tag an begleitet. Danke für deine Ideen und Anregungen. Gabor weiss in dir eine tolle Frau an seiner Seite. Alice, auch dir danke ich ganz fest für deine konstruktive Kritik. Die mit dir in der Eisenbahn gewechselten Worte haben so manchen Abend meines Lebens bereichert. Du, Fabio, du hast mir noch zum richtigen Zeitpunkt die richtige Richtung gezeigt, damit der Roman richtig herausgekommen ist. Jeder Tunnel endet mit viel Licht!!! Und du, Pia, hast dem Hediger mit 'deinem fundierten Fachwissen' noch den letzten Krankheitsschliff verpasst – vielen Dank!

Iwan, Urs, Maehne und Roman, eure Anekdoten aus der Jugendzeit haben dafür gesorgt, dass ich keinen der von mir erwähnten Streiche erfinden musste, sondern einfach Hediger andichten konnte. Danke für eure Freundschaft – echte Loser sind Winner!

Leider habe ich nie das Vergnügen gehabt, Sie, Heinrich Rohrer, Schweizer Physiker, persönlich kennen gelernt zu haben. Zusammen mit Marcel Hediger haben Sie von 1951 - 1955 an der ETH studiert und dann in Physik promoviert. Für die Entwicklung des Rastertunnelmikroskops erhielten Sie 1986 den Nobelpreis für Physik und wurden deshalb auch schon als Vater der Nanotechnologie bezeichnet.

Ganz sicher vergesse ich auch Felix nicht, der mich länger kennt als jeder andere Freund. Der deinem Namen im Roman angedichtete Charakter ist gar nicht so falsch – du warst, bist und wirst immer ein wahrer Freund sein. Ist es Schicksal oder einfach nur Glück, dass wir uns im Kindergarten im Alter von 6 Jahren das erste Mal über den Weg gelaufen sind? Einzig bei den Denksportarten hättest du mich in jungen Jahren etwas öfters gewinnen lassen dürfen.

Zu guter Letzt geht mein Dank an dich, Hitch. Du bist für mich einfach der echte Männerfreund, der mir auch mal die Meinung geigt und mich auf den Boden der Realität zurückholt. Danke für deine äusserst konstruktiv-kritische Durchsicht meines Manuskripts. Das Wort Hitch ist für mich gleichbedeutend mit dem Wort Freund.

Marie-Laure, auch dir widme ich noch ein paar Zeilen. Denn so manche unserer sowohl in guten wie auch in schlechten Zeiten geführten Diskussionen hat es in diesen Roman geschafft. Im Laufe der Jahre ist mir so einiges klar geworden: Du warst die beste Freundin meines ersten Lebens. Du warst die schlechteste Ehefrau meines ersten Lebens. Du warst und bist die beste Ex-Ehefrau, die sich jeder Ex-Ehemann einfach nur wünschen kann (aber das liegt wohl auch ein klein wenig an deinem Ex-Ehemann ☺ ...). I ha di gern.

Meine letzten Zeilen sind für Anthony, Lara, Leila, Mauro und meine liebe Frau Nicole. Tag für Tag schenkt ihr mir die Kraft, die ich brauche, um mich von Sonnenaufgang zu Sonnenuntergang durchzukämpfen und mein Haupt mit einem zufriedenen Lächeln auf meinen Lippen auf das Kopfkissen zu betten. Ihr seid der Sonnenschein meines Lebens. Danke für jeden einzelnen Sonnenstrahl. Möge die Sonne noch lange für und mit uns scheinen. ICH LIEBE EUCH!

Adrian Stürm, Abtwil, 28. April 2016

Im selben Verlag erschienen:

Teil 1 der Gefangenen-Trilogie

Die Gefangene von Ste-Marie
Books on Demand, GmbH,
Norderstedt, Copyright © 2010
Catherine de Chenonceau
ISBN: 978-3-8391-6589-8

Im Zentrum des historischen Romans **'Die Gefangene von Ste-Marie'** steht Katharina, die vom Piraten La Buse entführte Tochter eines Maharadschas. Gefangen unter Wilden kämpft sie auf einer Insel im Indischen Ozean ums Überleben. Immer, wenn das zur selbstbewussten Frau herangewachsene naive Mädchen glaubt, das Schlimmste überstanden zu haben, trifft sie der nächste Schicksalsschlag. Sie leidet am Fieber, wird verraten und vergewaltigt, fällt den Intrigen zwischen den Piraten zum Opfer und lässt alle körperliche Gewalt emotionslos über sich ergehen. Bis sie sich nach Jahren zum entscheidenden Gegenschlag aufrappelt.

"Die Gefangene von Ste-Marie" spielt zu Beginn des 18. Jahrhunderts. Die Geschichte **beruht auf wahren Begebenheiten.** Sie macht Mut und zeigt, dass ungebrochener Durchhaltewillen letztendlich zum Ziel führt. Für Katharina ist es eine Reise zu sich selbst und aller Tragik zum Trotz eine **Reise in die Freiheit.**

"Der Drang nach Freiheit. Packend, traurig, spannend, tragisch, bewegend – der Aufsteller des Literaturjahres 2010!"

Im selben Verlag erschienen:

Teil 2 der Gefangenen-Trilogie

Die Gefangene von Rennes-Le-Château
Books on Demand, GmbH, Norderstedt, Copyright © 2015
Catherine de Chenonceau
ISBN: 978-3-734-77219-1

Im Frühling 1733 trifft Catherine mit ihren Kindern Ozérine und Valéon in Marseille ein. Kaum betreten die drei Neuland, kreuzt ihr ärgster Widersacher wieder ihren Weg – Kapitän D'Hermitte. Er, der Catherines Ehemann Olivier vor Jahren an den Galgen gebracht und die junge Familie ins Elend gestürzt hat, spielt nach wie vor sein falsches Spiel, manipuliert seine Mitmenschen und bringt erneut Unglück und Verderben über Catherine, Ozérine und Valéon. Bis sich die junge, von Rachegefühlen getriebene Witwe zurück ins Leben kämpft, sich eine unerwartete neue Identität zulegt und mit der Hilfe eines Fremden einen waghalsigen Plan ausheckt.

Diese auf wahren Begebenheiten beruhende Geschichte gibt einen guten Einblick ins Leben in Südfrankreich um 1733: In die Architektur, die Landschaft, die gesellschaftlichen Strukturen und Zwänge – sowie vor allem ins schwere Leben einer allein erziehenden Mutter. Es ist kaum nachvollziehbar, wie viel Unglück und Leid Catherine immer wieder erdulden muss und dabei trotzdem nicht den Lebenswillen verliert. Wer es schafft, diesen Roman während einer noch so kurzen Ewigkeit auf die Seite zu legen, dem kann nicht geholfen werden.

"Und wieder verblüfft Catherine de Chenonceau die LeserIn. Mit Wort und Fantasie zieht sie alle in den Bann, die noch den Drang nach Freiheit verspüren. Packend, traurig, spannend, tragisch, bewegend – und damit eine explosive Bereicherung des aktuellen Literaturjahres!"